有爱的青春陪伴者

七寸汤包
QICUNTANGBAO

著

APEX

禁止单飞

北京燕山出版社
BEIJING YANSHAN PRESS

图书在版编目（ＣＩＰ）数据

禁止单飞 / 七寸汤包著. -- 北京 : 北京燕山出版
社, 2022.7
ISBN 978-7-5402-6517-5

Ⅰ.①禁… Ⅱ.①七… Ⅲ.①长篇小说－中国－当代
Ⅳ.①I247.5

中国版本图书馆CIP数据核字(2022)第078044号

禁止单飞

著　　者	七寸汤包	
责任编辑	王　迪	
封面设计	Insect	
出版发行	北京燕山出版社有限公司	
社　　址	北京市丰台区东铁匠营苇子坑138号C座	
电　　话	010-65240430	
邮　　编	100079	
印　　刷	长沙鸿发印务实业有限公司	
开　　本	880mm×1230mm　　1/32	
字　　数	268千字	
印　　张	9	
版　　次	2022年11月第1版	
印　　次	2022年11月第1次印刷	
定　　价	45.80元	

目录 JINZHI
DANFEI

JINZHIDANFEI

目录 | JINZHI DANFEI

JINZHIDANFEI

第一章 /
醒来

JINZHIDANFEI

何子殊醒来的时候，耳边不知名的仪器规律地响着。

"嘀！嘀！嘀……"

一声又一声。

酸胀感翻涌而上，贴着冰凉的肌肤，疼到骨子里。

何子殊动了动僵硬的手指关节，睁开眼睛。

光芒刺目，何子殊紧皱了一下眉头，眼睛被照得有些痛。

还没等他看清周遭的一切，耳边就传来一声："子殊！"

那声音又喜又惊，瞬间把何子殊所有的睡意搅碎，他彻底醒过神来。

何子殊只觉得喉头发紧，还隐隐泛着干涩的疼，隔了好半晌，才开口："刘……夏？"

明明是两个完全不生疏的字，却辗转了一圈才说出口。

"不是说是皮肉伤吗？这嗓子怎么哑成这样了？"刘夏连忙起身倒了一杯水，半扶着何子殊坐起来。

刘夏在何子殊身后塞了一个靠枕，又把蓝绿色的塑料吸管插到杯子里，递到何子殊嘴边，才继续说："我说你也是，多大人了，就走个楼梯还能摔下来？而且还就那么几阶！

"你都不知道那些营销号写得多难听，什么深夜幽会、酗酒买醉，要不是被乐青压了下来，指不定闹出什么幺蛾子。

"过几天说不定还有个粉丝见面会，祖宗哎，你可别再出状况了……"

刘夏自顾自说着，何子殊一边听，一边安安静静地嘬着吸管。

几口温水入喉，干涩感也消了大半，何子殊这才得空抬起头来。

他眨了眨眼睛，思绪仍旧有些混乱，以至于话只听了一半，堪堪抓住话的尾巴。

"粉丝见面会？"他皱眉，"你又从哪里骗了些女孩子来充人气了？"

刘夏手上动作诡异地一滞，手中的水杯瞬间滑落，砸在厚实的被子上。

"这次又想在哪里办？天桥？还是隔壁的小吃街？"何子殊把吸管咬得扁平，又用牙磨了两下。

"天桥……"刘夏一把扯过吸管，尾音拖得很长。

何子殊被滋了一脸水。

"天桥？"何子殊抹了抹脸，"都长年躺在街道办阿姨的黑名单里了，刘叨叨你安分一点，别惹事。"

何子殊没太在意刘夏的神色，手上的输液管随着他的动作打在金属杆上，发出叮叮的响动。

何子殊伸手指了指，疑惑道："我怎么了？"

"子……子殊，你别吓我。"刘夏咽了口唾沫，声音都有些颤，"你在说什么啊！"

何子殊反问道："你在说什么啊？"

何子殊四下扫了一圈，视线落在印着"高级""私人""疗养"等字样，甚至译有多国语言、承接业务范围庞大的医院宣传册上。他没忍住，打开看了一眼，差点儿去掉半条命。

"刘叨叨，这……这住院费你替我付吗？"何子殊甚至不敢仔细看后面的价格表。

刘夏愣怔了好久，才勉强调动面部肌肉，嗫嚅道："你、你再说一遍！"

　　还不等何子殊回答，一只冰凉的手已经贴上他的额头，刘夏反复探他的体温，嘴里振振有词。

　　何子殊很费劲地听，才拼凑出几个并不算友好的词。

　　不付就不付！怎么还骂上了人？

　　"子殊，你别吓我啊！"刘夏几乎要哭出声来，机械地重复着这句话。

　　何子殊见状慌了神，怎么还哭上了？

　　他这一躺，起码躺掉半年的工资。他一个破驻唱歌手还没哭，小资本家倒先哭上了！

　　"不是，刘叨叨你别哭啊，"何子殊也顾不得手上正输着液，连忙转身抽纸巾，"我就随口一说，主要是手上也没这么多钱。那、那你看，我预支几个月工资，可以吗？"

　　刘夏哭得更大声了。

　　在何子殊懵懂的眼神中，刘夏已经把床头的呼叫铃拍得震天响。

　　刘夏声嘶力竭地吼："医生，救救孩子吧！"

　　何子殊："……"

　　医生花了一个小时的时间，给何子殊从头到尾检查了一遍，除了软组织挫伤和轻微脑震荡，什么也没查出来。

　　何子殊也花了一个小时的时间，被动地接受了一个事实。

　　何子殊还是何子殊，却不是十八岁的酒吧驻唱歌手何子殊，而是乐青旗下顶级流量男团 APEX 的主唱何子殊。

　　七年。

　　他只是在楼梯上踩空了一脚，却摔出了一个七年的窟窿。

　　何子殊的手攥紧又松开，松开又攥紧。

　　他觉得自己就像一把骤燃沸腾之后，转瞬熄灭的火。

　　那些情绪太多太杂，挤满脑袋，他反而没了脾气。

　　何子殊不知道自己该做什么，只是觉得有些闷。

　　他起身想将窗子开得大一些，可是还没走到窗边，就被刘夏一声凄厉又尖锐的"你要干什么"喝止。

那架势，好像何子殊不是想透个气，而是要当场破窗而出，自由飞翔。

"我没想跳楼。"

"你还想跳楼？祖宗哎，别往那边站，底下的记者正端着各路家伙等着呢！几根眼睫毛都能拍得清清楚楚！对面那个山头可能还有粉丝守着。"

"我、我这么红的吗？"何子殊被烫着似的缩回手，颇有些无所适从，"不是一般有名的那种吗？"

刘夏摆弄手机的手指一僵，指着拥有七千万粉丝的某微博账号对何子殊说道："你这个问题问得好。

"从此谦虚界又多了一个人。

"一般有名何子殊。"

何子殊："……"

何子殊天生冷白皮，哪怕是在病房半明半晦的光线下，也白得过分。

从刘夏的角度看过去，他精致的五官几乎挑不出一个死角，饶是亲近的身边人，稍一愣神，都很难从他冲击性十足的模样里走出来，尤其是他眼角的红痣，撩得人心痒痒。

刘夏心想，这张脸，当真是老天爷赏饭吃。

何子殊撕了针后贴，深紫的针孔周遭瘀青一片，晃得人眼睛疼。

他有一下没一下地揉着瘀青，不一会儿，又添了几道红。

盯着看了好一会儿，他叹了一口气。

"累了？"刘夏问。

"嗯。"何子殊点点头。

简直就是人间疾苦。

年纪小一点的时候，何子殊也时常会想，等他长大了、等他能养活自己了、等他吃穿不愁了……

或者再猖狂再肆无忌惮一点，等他名利双收了……

然后呢？那些"然后"都太遥远了。

可现在，摔了一跤，睡了一觉，醒来什么都有了，他却害怕了。

七年的窟窿，像是空空荡荡的骨架，他什么都没看见，可偏偏，那空荡的骨架是开着花的。

它们一意孤行地生长着，有模有样，而他什么都不记得了。

刘夏从盥洗室走出来，把沥干了水的毛巾递给何子殊。

刘夏有些心疼他，可是又不知道怎么安慰，半天才憋出一句："其实没什么不一样。"

何子殊眼睛微微眯了一下，半响，开口道："你是认真的吗？"

"当然。"刘夏在反复的自我催眠中，已经接受了眼前这个人狗血失忆的事实。

"原先你是我的老板，现在却在这里给我洗毛巾，你真的觉得一样吗？"何子殊擦了擦脸，毛巾盖住他的半张脸，只露出一双透着无辜的眼睛。

刘夏："……"

这说的是人话吗？！

刘夏忍了又忍，夺过毛巾，拉过被子，把人从头到脚盖了个严严实实。

动作一气呵成，不给那令人窒息的真相留一点缓冲的余地。

有句话说得好，只要动作够快，悲伤就追不上他。

"刘叨叨，我觉得……我可能不行。"何子殊挣扎良久，最终说了实话。

他做驻唱歌手的时候，名义上的酒吧小东家刘夏为了给他撑场子，经常要打出"酒吧！猫咖！子殊和猫轮流喵喵喵"这样丧心病狂的宣传语才能吸引一些小姑娘。

他甚至不敢称那些小姑娘为粉丝。

而现在，看着那红底黄 V，写着"何子殊"三个字的头像，以及底下的破七千万的粉丝数，他实在没法承认"此何子殊是彼何子殊"这个事实。

"不行也得行。"刘夏收起不正经的神情，正色道，"你必须行。"

"我什么都不记得了。"

"没事，队里又不止你一个人。"

"那我队友和……经纪人呢？"

刘夏填鸭式地跟他叨叨了一个小时，最先说的就是他所属的公司——乐青娱乐。

乐青和黎星、华夏并称业界三巨头，所有超一线、一线的艺人几乎都出自他们旗下，哪怕是之后自立门户，成立个人工作室的圈内大咖，也不会忘记老东家姓什么。

双向踏板，成就了乐青、黎星、华夏在业内不可撼动的地位。而乐青一手捧起来的顶级流量男团 APEX，人如其名，嚣张至极。

出道后，APEX 稳扎稳打地走上巅峰，人气居高不下，粉丝数不胜数。

刘夏不是何子殊的助理，也不是他的经纪人，他待在这里，除了死党的身份，还有一个重要原因——何子殊是在他的酒吧摔下楼梯的。

作为当事人之一，他在经纪人安姐的远程遥控下，把何子殊送到了这家私人疗养院。

这摇钱树的金叶子都被打掉了，在医院里躺了半天，何子殊的队友和经纪人都没个人影不说，连个电话都没有，未免太反常了些。

"嗯？"何子殊戳了戳神游的刘夏。

刘夏沉默了一会儿，开口回答："刚刚跟我说在路上了。"

不知怎的，何子殊觉得刘夏落在自己身上的目光很轻，只虚晃一眼，便闪躲着避开。

"真的什么都记不起来了？"刘夏不死心，拉开抽屉，拿出几张专辑和海报铺在床上，"看看，一个都不认识了？"

微风过窗而入，像是一柄未开刃的短刀，钝滞地在何子殊身上划了两下便草草收手。

何子殊自己都没发觉，自己的大半视线都落在一个人身上。

他极轻极浅地舒了口气，指了指海报上的自己："这个是认识的。"

还……还挺好看的。

刘夏："……"

"那我可真是谢谢你了，"刘夏把海报小心翼翼地卷起来，上贡一样放回原处，"都是小护士送过来要你们签名的，别给弄坏了。"

"我也在上面，"何子殊指着海报上露出来的半只眼睛，"可以先签个名。"

"你会吗？"

"或许……我可以试试。"

"不，你不可以。"

万一字迹太丑，小护士一定会怀疑是他代笔。

刘夏半蹲着藏好海报，坐到床边的矮脚椅上，看着不知道在想些什么的何子殊，问："在想陆队他们？"

"陆队？"

"嗯，APEX 队长，陆瑾沉。"

"陆瑾沉？"

刘夏叹了一口长气，语气端得格外沧桑："能忘掉的，都是该忘掉的。"

何子殊："……"

橘子吃到只剩下最后一瓣的时候，走廊间传来了隐约的走动声。

隔着门，听不清也辨不明。

"可能是陆队他们来了。"

何子殊看着原本耷拉着肩膀的刘夏，在说完这句话后开始变得拘谨。刘夏一步一步挪到窗边将帘子拢起来，何子殊心中疑惑更甚。

他从来没见过小霸王刘夏紧张成这副模样，浑身上下无一不透露着一个"怂"字。

不知怎的，何子殊觉得最后这瓣橘子，怎么也吃不下去了。

门锁开合的声音清晰地传到耳边。

何子殊抽了张纸巾，随意擦了擦手，循声望去。

打头的是一个三四十岁的女人，披散着长发，穿着复古红的西装和黑色尖头高跟鞋。

她的精明利落几乎是不加掩饰地淌在表面上，叫人生出"不想靠近也不敢靠近"的念头。

跟在她身后的三个人，进门的一瞬间，便摘了帽子和口罩。

这几个人似乎是连表面功夫都懒得做，只淡淡扫了何子殊一眼，然后极度默契地停在门口，没有再走近一步，甚至没有顾忌站在何子殊身侧的"外人"刘夏，将冷漠表现到了极致。

何子殊打记事起就寄人篱下，很多习惯是糅进骨子里的，识人眼色、小心行事……

只一眼，他就能感受到这些或讥讽，或轻视的恶意。

这几个刘夏口中的、所谓的他的"队友"，谈不上多厌恶自己，但那种漠然作不了假。

他们看过来的眼神，就好像是在看一个无关紧要的路人，而不是朝夕相处的"队友"。

尤其是最后一个进门的人，他离何子殊最远，靠墙而立。

那人穿着一身黑色的运动服，身后是白到压抑的壁墙。他穿得随意，拉链虚合，笔直的长腿因为靠墙微微曲着。

明明是散漫到了骨子里的模样，却因为无可挑剔的五官和慑人的气势，这份散漫生生折扣了大半。

何子殊莫名有些紧张。

那人看见刘夏的时候，眉头几不可见地蹙了一下，连带着摘口罩的手都顿了一瞬，虽然只有极短的片刻，何子殊偏巧就看见了。

"安姐。"刘夏出声打破沉默，对着她身后的三人点了点头，当作打招呼。

"夏哥也在啊，辛苦了。"出声的是一个头发染成奶金色的年轻人。

何子殊视线扫过去，那人正笑着和刘夏打招呼，精致亮眼的模样很容易叫人心生好感。

他身旁站着的另外一个男人正低头刷手机，样貌、身材和他不相上下。

几个人一字排开，极具冲击力。

何子殊现在总算知道，粉丝口中的"完颜团"是什么意思了。

刘夏给他做了功课，他认出来打头的女人是经纪人林佳安，那个奶金发色的男生叫谢沐然，自顾自刷手机的是纪梵。

至于穿着黑衣服的，就是 APEX 的队长，陆瑾沉。

不大的病房挤满了人，却没人说话，只有手机里传来的细微欢呼声。

何子殊低头一看，那是刘夏挑挑拣拣，最后选出来帮他认人的视频，明显是粉丝剪辑的，带着浓重的主观色彩。

《APEX团魂炸裂的十大名场面》，光看名字就知道很狂野，很炸裂。

而现实中，团魂炸不炸裂何子殊不知道，他只知道自己差不多快裂了，可以收拾收拾，安详地闭眼。

刘夏用手肘碰了碰何子殊，提醒他叫人。

何子殊反应过来，开口喊了句"安姐"。

经纪人没有应声，踩着高跟鞋走到何子殊面前，微微敛眉："刘夏说出了些问题，是怎么回事？什么都不记得了？"

何子殊点了点头。

"只记得刘夏？"

不知怎的，她身后的三人听到这句话，竟都给了些反应，抬起头来。

谢沐然和纪梵还扭头看了陆瑾沉一眼。

"安姐，不是只记得我。"刘夏被几道死亡凝视盯着，慌得手脚都不知道怎么放，连忙出声纠正，"是子殊的记忆有些错乱，停留在……大概六七年前，那时候还没有APEX。"

"真失忆了？"谢沐然试探着往前走了两步，"其实真想单飞也没什么，不用……"

"小然。"林佳安截住他的话头，语气冷了几分，警告意味显而易见。

单飞？

何子殊心下一凛。

但林佳安没给他思考的余地，直接开口道："还有没有哪里不舒服？"

何子殊还有些愣怔，由着"单飞"两个字在心间晃，他摇了摇头。

"头还疼吗？"不知道是不是何子殊眼里的茫然太甚，林佳安的语气不自觉软了下来，"难受就要说，不要忍着。"

"没有。"

"那准备出院吧，走应急通道，我在那里安排了人，可以避开那些媒体。"林佳安说着，揉了揉何子殊的头发，把一个帽子轻轻扣在他头上。

"安姐。"在她转身的瞬间，何子殊小心翼翼地喊了一声，静默片刻后，他字斟句酌道，"能让刘夏陪我几天吗？"

在这个陌生的环境里，他贫瘠到近乎可怜的、仅存的一点安全感，都来自身旁的刘夏。

"几天就好，"何子殊努力稳住声音，"可以吗？"

刘夏登时酸了鼻子，没什么比崽崽需要他更重要了！

"安姐，我会注意的，你放心，娱记那边我也会帮忙盯着。"刘夏连忙道。

林佳安还没点头，门口传来"咔嗒"一声门锁转动的声音。

"哥，你去哪里？"纪梵压着门把手问。

"抽根烟。"陆瑾沉答。

淡漠的声音渐渐飘远，被厚重的门板一遮，显得有些嘶哑。

何子殊觉得陆瑾沉可能心情不大好，更准确地说，自打进门起，那人的心情可能就没好过。

"吸烟区在三楼，哥！你别搞错了！听见了没啊！千万别被拍到了！"谢沐然把脑袋探出门外，手在纪梵身上胡乱拍了两下，急忙道，"不行不行，状态不对，你跟去看看，别出事了。"

林佳安不轻不重地叹了口气，待纪梵跟出了门，才转过身来看着何子殊。她的目光很沉，叫何子殊无端生怯。

"子殊。"林佳安抬手替何子殊正了正帽檐，自进入这间屋子以来，第一次露出笑意。

"忘了就忘了吧，也不是什么坏事。"她拍了拍何子殊的肩膀，"让刘夏陪着说说话也好。"

"谢谢安姐。"何子殊低声应下。

林佳安去办理出院手续，谢沐然显然在这里待不住，寻了个蹩脚的理由也跟着出了门，房间里又只剩下何子殊和刘夏。

"你……惹着他了？"何子殊仰头看着刘夏。

何子殊没指名道姓，可刘夏心里清楚。刘夏嘴巴张了又合，合了又张，最后挤出干瘪的两个字："没有。"

何子殊说："可他……好像不是很好相处的样子。"

刘夏乜斜了何子殊一眼："想知道为什么吗？"

何子殊从刘夏的眼神里看出了点可怜他的意味，压不住好奇，点了点头。

"气屋及乌。"

"？"

"不是我惹他了，是你惹他了。"

"我又怎么惹着他了？"

何子殊快崩溃了。他能感觉到，无论是林佳安还是刘夏，谈及"失忆"这个话题时态度都有些敷衍，明显不想多谈的样子。

"崽啊，有个问题我也已经想问你很久了。"

"那你为什么不问？！"

"没来得及，等准备好的时候，你已经躺在这里了。"

"……"

"可能是因为你翅膀硬了想单飞吧。"

"我跟你说过吗？单飞的事情？"

何子殊拇指抵在食指第一个指节处，直到那里泛起病态的白，才骤然松开。

那是何子殊惯有的小动作，刘夏心里很清楚，他精神极度紧绷的时候，下意识就会做这个动作。

"提过一嘴，我没当真。"刘夏递给何子殊一套装好的干净衣服，看着他，"因为你在和我提起单飞这件事之前，和陆队他们就不对付了。"

"换衣服去吧，安姐带来的。"刘夏把袋子往何子殊手上一塞，"我是有些怕陆队，但我也知道，他不是什么不讲道理的人。你还是他一手带进乐青的呢。"

何子殊慢慢抬起头来："他带我进乐青的？"

"嗯。"刘夏点头，"那时候，你嘴边最常挂着的就是他了。"

或许是眼前的何子殊像极了还没成名时的他，看得刘夏的心倏地软了。

这些年来，刘夏站在不远处看着何子殊身上的少年气愈渐黯敛，成了无数人心中的萤火星河。

可是，渐渐地，何子殊变得不怎么说话了。

以前的他、后来的他、现在的他，被分割得清清楚楚。

是从什么时候开始的？刘夏很费劲地去想，也想了很多次，最终还是没想明白。

所以，那句"能忘掉的，都是该忘掉的"，并不是敷衍的慰藉。

他是真的觉得，这样的何子殊很好。

"他带我进了乐青，我却想着要单飞？"何子殊轻声开口。

"什么都不记得的人，还乱猜什么？我说陆队不是个不讲道理的人，"刘夏拉起何子殊，把他往盥洗室推，话锋忽地一转，"但你更不是。

"如果非要选一个，那我选你。"

何子殊换好衣服出来的时候，林佳安他们已经等在门口了。

他看了一圈，没看见陆瑾沉，心里竟松了一口气，于是低头默不作声，亦步亦趋跟在林佳安身后往外走。

"陆哥他先开车回去了，晚上有个通告。"谢沐然不知何时走到何子殊身边，只草草说了这一句话，便停下步子等后头的纪梵。

何子殊微微一愣，没想到谢沐然会搭理他。

"谢谢。"何子殊朝着谢沐然笑着点了点头。

"谢……谢什么，莫名其妙！"谢沐然耳尖烧红，看都不看何子殊，把手机屏幕敲得噼啪响，像是在极力掩饰什么。

何子殊嘴角一扬，他的队友……好像也挺可爱的。

还不等他感受完队友爱的余韵，就听到纪梵沉闷地哼了一声，他决定收回那句话。

谢沐然和纪梵自上车那一刻起，就窝到最后一排，戴着眼罩，一言不发。

林佳安手机消息不断，手机嗡嗡地振动着，神色不豫。

而刘夏陪了一宿的夜，紧绷的精神一下子懈下来，也熬不住迟来的睡意，蜷成一团睡着了。

只剩下何子殊清醒着，也闲着。他伸手将车上的空调温度调高，又将盖在自己身上的薄毯披到刘夏身上。

林佳安正打算抬手揉揉酸胀的脖子，一个护颈枕就出现在她的视线里。

灰色的护枕，修长白皙的手指，她抬起头来，眼前是眉眼如画的少年。

淡淡的阳光透过玻璃窗，一下，两下，在他眉梢、嘴角闪过。

林佳安见过太多好看的皮囊，却仍旧没出息地恍了神。

"安姐，这个给你，我不用。"何子殊怕惊扰到睡着的人，所以把声音压得很低。

林佳安接过护颈枕，看看刘夏身上那条白色的绒毯，再看看被调了个风向，又升了两度的空调。

她没有说话，只是紧皱的眉头舒展开来。

保姆车在山道上行驶了半个小时，直到司机小声提醒"到了"，何子殊才睁开眼睛。

车停在门口，没有开到车库去，何子殊下车就看见一幢别墅。

独门独户，入眼是低调却精致的枯山水和鹅卵石底道，最右侧的角落里还长着些装饰用的竹枝。

"安姐，这……"刘夏揉了揉眼睛，睡意被眼前的建筑吓得消了大半。

"我知道，"林佳安径直往前走去，"就先住这里，现在他一个人住不合适。"

何子殊察觉到不对劲，扯了扯刘夏的袖子："怎么了？"

"你以前住这儿，一年前搬出来了。"刘夏凑到何子殊耳边说，"这是陆队自己的房子，因为离公司近，所以拿来当宿舍。"

"这小区狗仔进不来，不是权贵就是富商。据说乐青和黎星的总裁都住在这一片，还有贺影帝。"

何子殊总算明白刘夏为什么会有这样的表情。

陆瑾沉最不待见他，现在他却要住进陆瑾沉的房子，抬头不见低头见，哪天两人一齐上新闻，都可能不是上的娱乐版块，而是社会版块。

内容都拟好了——"何某、陆某积怨已久，深夜大打出手，民警赶赴现场，两人仍揪住对方衣领不松手，场面一度失去控制……"

何子殊看着还窝在车内，慢腾腾起身的谢沐然和纪梵，差点忘了，可能还要加个谢某和纪某，互殴变成群殴，四人排队接受警察叔叔的教育。

"安姐！"何子殊连忙叫住林佳安，"我住这里会不会不合适，我怕……"

"没什么不合适的，这事听我的安排，没得商量。"林佳安头也不回，

"房间很多，小夏你可以去挑间喜欢的。"

被安排得明明白白，刘夏"哎"了一声，跑上前跟着林佳安进了门。

"记起什么来了？"谢沐然打着哈欠伸了个懒腰。

何子殊摇了摇头，要是想起来就好了，他也不用在这里杵着。

"那有什么好怕的。"谢沐然头上还顶着眼罩，额前的碎发被卷上去，整个人满是少年气。

"不情愿住就不住，免得到时候再半夜一个人跑出去，我们还要到处去找。"纪梵将衣领拉长，半张脸埋在衣领里，左耳的耳机线被他一把扯下，虚虚地挂在脖子上，"我没这么闲。"

这是何子殊第一次听见纪梵说话。他甚至分不清纪梵是在回答谢沐然，还是在讽刺自己。

只是其中的不满，分毫不差地打在他身上。

何子殊越发糊涂了。

谢沐然踹了纪梵一脚，皱了皱鼻子，示意他住嘴。

"你陪他在这里耗着吧，说不定还能等到陆哥。"纪梵语气微凉，将耳机重新戴好，双手插兜往前走。

何子殊听到"陆哥"两个字，皱了下眉。

不知道为什么，哪怕纪梵话说得再重，也远不如"陆瑾沉"这三个字来得慑人。

何子殊扒着车门，有点想跑。

"他吓唬你的，陆哥晚上有通告，拍摄地离这里起码两个小时的路程，这个点不可能回来。"谢沐然摘下眼罩，在掌心揉成一团。

他走出去几步之后，没听见何子殊跟上的声音，又顿住，转过身说："不过你要是再在门口站着，可能会碰见沈总。"

"沈总？"

"嗯，乐青总裁，沈誉。"谢沐然偏头，伸手一指，"就住在前面那栋。"

铁骨铮铮的何子殊立刻跟上。

自进屋起，林佳安的手机铃声就没停过，何子殊连个说话的空当都没找到，更别说谈关于"搬家"的事。

回过神的时候，林佳安坐的保姆车已经开出了小区大门。

于是，偌大的别墅客厅里只剩下何子殊和纪梵，坐在沙发上大眼瞪小眼。

不知道为什么，何子殊总有一种纪梵在等他的错觉。

何子殊："你……"

"你"字刚出口，纪梵的视线便扫了过来，很轻，却成功地将何子殊想说的话都堵了回去。

何子殊撇过头去看地板，一时之间想不起自己刚刚想说什么，没了下文。

可是纪梵一反常态，始终没移开视线，就好像在执拗地等着什么。

"小殊，你房间太久没人住，可能都落……灰了。"刘夏从楼梯上慢悠悠晃下来，隔着十几个台阶都能感受到令人窒息的尴尬。

他抽了抽鼻子，停下了脚步。

何子殊起身要走，纪梵却忽然开了口："你要说什么？"

"没什么，"何子殊顿了顿，"一下子忘记了，等我下次想起来再跟你说。"

不出所料，一声嗤笑在何子殊耳边响起。

"不必了，我也不想听。"纪梵掸了掸裤子上并不存在的灰，起身揉了两下手腕，"我不知道你口中的'失忆'是什么意思，是真的还是假的，只想告诉你，别再找麻烦。"

"麻烦？我找了什么麻烦？"何子殊下意识地反问，语气中甚至带了些诡异的兴奋。

说实话，他现在比谁都更迫切地想知道，自己以前究竟找了什么麻烦，那些麻烦又到底有多麻烦。

纪梵嘴角一抽，像是没料到何子殊会给出这种反应。

他深吸了两口气才稳住心态，转过身来看着何子殊，神情有些一言难尽，半晌，凉凉地道："你很高兴？"

何子殊："我没有，只是好奇。"

纪梵闻言，眉头一皱，语气带了几分显而易见的愠怒："那你该去问问你的'队友'。"

最后的"队友"两个字被咬得很重，很刻意，透着浓厚的讽刺。

"我问了，可是你好像并不想说。"

紧接着，他看到纪梵整个人僵住，过了好一会儿，那人紧绷的脊背才松了些。

纪梵没有回答何子殊，他侧过身去，看着停在不远处楼梯上的刘夏，神色凉薄，语带讥讽："夏哥，这个问题是不是该问你？"

刘夏闻言，像是想到了什么似的，先是一怔，随后讪笑一声，最后悻悻收回搭在楼梯扶手上的手。

纪梵也不等何子殊给他什么答复，径直往门外走去。

"他什么意思？"何子殊在刘夏跟前站定，"要我去问谁？"

他现在能确定，纪梵口中的"队友"肯定不是他们自己。

那究竟是谁？ APEX还有个预备役不成？

何子殊看向刘夏，眨了眨眼睛。

刘夏脸红了白，白了又红，最终抬手拍了拍他的肩膀："别问，问就是我。"

何子殊："……"

刘夏显然顾忌着什么，没打算开口。

何子殊套了两三遍话都没成功，只好作罢。

谢沐然过两天要出一个通告，为了上镜好看些，正严格控制饮食，纪梵又满脸写着"生人勿近"。

为了避免和纪梵在厨房碰头，何子殊草草解决了晚餐，便回了房间。

不过让他和刘夏都觉得诧异的是，那个据说已经空了一年的房间，不仅没落灰，而且干净得很，花瓶里甚至还有几枝新鲜的花，就好像有人特意布置过一样。比起来，刘夏住的那间客房更像是闲置了些日子的。

何子殊觉得应该是林佳安提前安排的，也没多想，只是房间里多少有些闷。刘夏怕他再过敏，就让他在书房这边先待一会儿。

何子殊坐在沙发椅上，看APEX出道以来的视频集锦，关于谢沐然的、关于纪梵的、关于他的、关于陆瑾沉的，从回别墅到现在，没有间断地放了几个小时，直到眼睛泛酸，何子殊才放下手机。

手机是放下了，可看了小半天视频的后遗症也跟着冒了出来，何子殊只觉得脑海里满是陆瑾沉他们的声音，吵得他有些头晕。

何子殊有些难耐地揉了揉额角，起身躲去阳台醒醒神，过一会儿再回去睡觉。

初秋深夜的风有点凉，从院落枝丫间一晃而过，何子殊不自觉地打了个寒战。

十几分钟后，当陆瑾沉循着光，推开半掩着的门进来的时候，何子殊正好从阳台回来。

各自毫无防备，就这样打了照面。

灯光微微闪动，等看清来人的脸，何子殊直接后退了一步。

当事人现在就是后悔，非常后悔。

为什么自己不早点上床睡觉？！

原来熬夜不仅会秃头，还会遇见陆瑾沉。

何子殊脑海里闪过谢沐然和纪梵对陆瑾沉的称呼，鬼使神差地，下意识喊了一声"哥"。

在反应过来以他和陆瑾沉的关系，这称呼过于亲密之后，何子殊咬了咬牙，又亡羊补牢似的喊了一声"陆队"。

陆瑾沉皱了皱眉，何子殊心都跟着提了起来。

"怎么睡在这里？"

"安、安姐说我先在这里住着比较合适，陆队要是觉得……"

"我不是说这个。"

陆瑾沉皱着眉头打断何子殊，何子殊要住在这里，林佳安自然跟他打过招呼。

如果他没有点头，哪怕林佳安有再多冠冕堂皇的理由，何子殊也进不来。

只是何子殊原先的房间并不在这里，所以陆瑾沉隐隐约约看到灯光的时候，还以为是谢沐然又半夜躲着偷吃东西了。

陆瑾沉定了定神："怎么不回自己房间？"

何子殊都想当场卷铺盖走人了，听到这话松了一口气，小心翼翼回道：

"想先给房间通通风。"

陆瑾沉显然没什么耐性，礼貌性地回了一句"嗯"。

何子殊更是无话可说，也礼貌性地应了一声"嗯"。

聊天聊到这份上，两人都没了往下接话的意思。

陆瑾沉微一垂眼，说了一句"早点睡"，紧接着他下意识抬手，想把门旁多余又刺眼的装饰灯关掉。

这灯亮得恍神，打在身上甚至隐隐发烫，可就在指尖触上开关的瞬间，陆瑾沉猛地听到一句急促的——"别关！"

何子殊声音微颤，卷着若隐若现的风，莫名有些凉。

陆瑾沉顿住，目光一沉，放下手，回头看向何子殊。

何子殊站在开了一半的落地窗前，动作僵硬，胸膛快速起伏着，好像……在害怕？

这个念头一下子砸在陆瑾沉心上。

他甚至不知道何子殊是怕他关灯，还是怕他这个人，或者两者都有。

"怕黑？"陆瑾沉转过身来，语气微凉，试探性开口。

可他想不明白，"怕黑"这毛病，何子殊是什么时候添上的？

何子殊有些惊惶地垂下头去，保持沉默。就好像刚刚连他自己都没准备好，只是凭着本能喊了停。

陆瑾沉不想为难何子殊，就在他打算避开这个话题的时候，何子殊却闷声开口："不是怕。只是不太喜欢。"

声音被压着，听着总感觉带了些软绵绵的哭腔。

不知怎的，陆瑾沉突然想起进门的时候，何子殊那一声"哥"。

也是因为那一声"哥"，他才停了下来。

医生说何子殊的记忆停留在七八年前，那时候还没有 APEX，自然也没有他陆瑾沉。

可陆瑾沉记得，十八岁的何子殊跟在自己身后，当别人都在喊"陆队"的时候，独独他一个人，喊了很久的"哥"。

"只是不太喜欢"这个借口过于蹩脚，一戳就破。

何子殊不想说，他也不想再问。

陆瑾沉忽然有点想抽烟，手贴在风衣口袋侧缝的瞬间，才想起来林佳安以"最近抽得太凶了"为理由没收了他的烟，全放在了助理那里。

陆瑾沉有些烦躁地"啧"了一声，看到何子殊抬头拘谨地看着自己，那股子烦躁没来由地越来越重。

这种不受控的情绪很糟，而罪魁祸首……就是眼前这个人。

陆瑾沉转身，甚至连一句礼节用语都没说，就准备关门走人。

何子殊愣了好一会儿，才小跑着上前。看着陆瑾沉的背影，他极小声地说了一句："陆队早点睡。"

根本不在乎陆瑾沉有没有听到。

门关上的一刹那，何子殊三步并作两步地跳到床上，有些脱力地仰躺着。

他侧过脸去，看着窗外忽隐忽现的星星，长叹了一口气，满脑子都是屋子的主人这么不待见他，他是不是该有"滚出去"的自知之明。

半睡半醒间，何子殊还在思考该找个怎样合情又合理的理由搬出去，甚至都忘了要回房间睡，就这么在书房睡了一晚。

他不知道，他口中不待见他的陆瑾沉，翻箱倒柜找了半小时，才翻出一包烟来，站在阳台上，抽了一晚上。

何子殊就这样在别墅待了好几天，林佳安每天安排给他的任务，就是认人。

厚厚的一沓资料，包含了上到乐青和黎星的高层、业界名导、一线演员，下到合作过的重要的服化道、场务等工作人员的信息。

资料按照必要程度，和一旦没认出来会引起的"麻烦"程度，分了好几类，为了不过分官方化，甚至还掺杂了很多绯闻八卦。

"穿这么点也不知道坐毯子上，刚从医院出来，别又进去了。"刘夏进门就看见何子殊穿着一件单薄的短袖，坐在地上，"看看这穿的都是什么，这儿一个窟窿，那儿一个窟窿的，能不能有点身为病人的自觉？"

"这衣服就这样，"何子殊戴着一副镜框，眨了眨眼睛，"你不懂。"

"赶紧给我换了。"刘夏递过药片，"今天又忘记吃药了！"

何子殊抬手接过，连水都没有拿，抵着掌心，从药板里挤出两片药，然后囫囵往嘴里一塞。

　　涩味从舌根漫上来，苦得何子殊整张脸皱成了包子，他忍不住开口："怎么这么苦？"

　　"苦死你算了。"刘夏没好气地说。

　　过了很久，何子殊脸还皱着，一副苦出天际的模样。

　　刘夏忍了又忍，还是没忍住，把药板放到何子殊眼前，晃得哗哗响："温水服下几个字看到没？！医嘱看到没？！药还会不会吃了？！"

　　"看到了看到了，"何子殊捂着耳朵，"刘妈妈！"

　　"我就没有你这样的儿子！"

　　何子殊起身拿了条毯子披着，盘腿坐到床上："安姐让我看的资料我都看完了，你让我看的视频我也都看完了。"

　　刘夏把毯子往里边拢了拢："然后呢？"

　　何子殊问："你说我进乐青还是陆队帮的忙？"

　　刘夏停下手上的动作，手指有意无意地在床面上敲了两下，隔了好一会儿，才开口道："严格来说，不是他帮了你，而是他选了你。"

　　刘夏和何子殊认识得很凑巧。

　　那年何子殊刚刚高考完，浑身都透着一股书卷气，一看就是"别人家的孩子"。

　　他身上还穿着省重点中学的校服，书包规规矩矩地挂在肩上，出现在当地有名的"野区"——酒吧一条街。和来往的人比起来，他显得格外清瘦。

　　根正苗红的少年，手里却拿着十几张颜色各异、视觉冲击感很强的宣传单。

　　他眨巴着眼睛一字一句地道："你们招驻唱歌手是吗？我来应聘。"

　　丝毫不露怯。

　　当时，刘夏正被老爸揪着耳朵从隔壁网吧拉出来，就这样，在街角和何子殊碰了个正着。

　　一个是勤工俭学的三好学生，一个是爬墙放炮的小霸王。

　　刘夏他爸得知何子殊是省重点中学毕业的，为了让刘夏沾沾省重点的

"仙气"，又怕这唇红齿白的少年被拒绝之后，转头去别的做夜场生意的酒吧应聘，还不如放自己眼皮子底下帮一把，于是把何子殊招进了自家的暮色酒吧。

刘夏显然不这么想，他觉得敢跑到这里"混饭吃"的，指不定在哪儿野呢，也就骗骗他爸。

刘夏没好气地自报名号："十四中，刘夏。"

而他爸眼中仙气飘飘的三好学生，眨了眨眼睛，满眼无辜地道："咏春，叶问。"

从此，"梁子"就结下了。

原先，酒吧里所有人都知道，小东家很不喜欢那个小兼职。

后来，酒吧里所有人都知道，小东家很喜欢那个小兼职。

再后来，就连刘夏自己都快忘了怎么就和这人"好"了八年。

何子殊躲在刘夏家的小酒吧里，安安稳稳地唱了一年歌。

那时候何子殊还不叫何子殊。

他戴着能遮住半张脸的黑色口罩，外表很飒，骨子里又很乖，别人点什么他就唱什么。没有一点脾气，也不挑。

他还和酒吧常驻的几个歌手一起，组了一个临时小乐队，取了一个煞人、应景又中二的名字——Blood。

那时候的刘夏常常分不清何子殊究竟是为了唱歌来的，还是为了那几千块糊口的工资来的。

直到后来，何子殊遇到了陆瑾沉。

小小的指向标被名为"陆瑾沉"的这阵风一吹，吹偏了方向，一切都不一样了。

黎星作为最老牌的唱片公司，在最初的那个年代几乎无人能及，但后续力量不足，又因为一些重要合伙人撤资，风波缠身，导致运作链断裂，一步步衰落，成了圈子里"食之无味、弃之可惜"的存在。

但瘦死的骆驼比马大，黎星被顾氏收购后强势杀出，几乎要登顶业界。

为了不让黎星一家独大，乐青避其锋芒，从专注"个人歌手"转向打造"天团"，组建了 APEX，且只组建了 APEX 这一支乐队。

野心不言而喻，乐青就是要拿它当最大的筹码，压一压黎星的势头，抢一杯羹。

陆瑾沉从一开始便是定好的队长。

而何子殊，是陆瑾沉从酒吧捡回来的。

刘夏还记得，陆瑾沉来的时候，何子殊正穿着大了一码的白色 T 恤衫，在酒吧昏黄的灯光下，坐在被涂鸦得看不出原本颜色的高脚椅上，哼着一支乡野小调，连正式演出都称不上。

陆瑾沉坐在角落里，听完了全程。

谢幕的时候，在一层又一层交叠的彩灯下，在一圈又一圈女孩子嬉笑调侃的喊声中，陆瑾沉慢慢起身，朝着何子殊走来，站定。

刘夏不知道陆瑾沉跟何子殊说了什么，陆瑾沉只留下一句"老板，这人借我一下"，何子殊就再也没"回来"了。

刘夏的小酒吧里，再也没有 Blood。

而乐青的压箱王牌 APEX，多了一个横空出世的主唱——何子殊。

何子殊安安静静听完了始末。

总的来说，陆瑾沉和他的关系就像是伯乐和千里马，他从丑小鸭变成了白天鹅。

可他就是想不明白，本该是俗套的励志故事，怎么就变成了现在这个走向？

何子殊拿出手机刷了刷微博。

他住院的消息的确被瞒了几天，可还是露了点苗头出来，林佳安索性让公司发了个声明，现在网上闹得沸沸扬扬。

【酱肥牛】：能不用这种方式营业吗？我原地爆哭！

【泡面要加醋】：哥哥要快点好起来啊！

【可乐鸡翅不要鸡翅】：小伤小伤，大家稳住！陆队在医院吸烟区黯然神伤默默抽烟那张图你们看到了吗？！陆队肯定是心疼队友了！

【别浪费空气】：何子殊是从酒吧楼梯摔下来的吧，据说他去酒吧也不是一次两次了。

【胖虎的刀】：乐青都已经辟谣了，别张嘴一个"据说"，闭嘴一个"据说"。

【账号已注销】：乐青炒作，鉴定完毕。

何子殊关上手机，有些头疼。

哪怕隔着屏幕，他都能看出来，那不是黯然神伤的陆瑾沉，是杀气满满的陆瑾沉。

"阿夏，陆队为什么会选我啊？"何子殊有些想不明白。

他和陆瑾沉，甚至和谢沐然、纪梵都不一样。

陆瑾沉的母亲宋希清是歌坛天后，在几十年前"诸神混战"的时代登顶，直到现今，地位都无人能撼动。

在 APEX 最初出道的时候，"天后之子"这个光环一直是宣传的重磅噱头。

不忌讳到什么程度呢？

就是直到现在，APEX 开演唱会的时候，很多粉丝还会朝着陆瑾沉声嘶力竭地大喊："唱你妈妈的歌！唱你妈妈的歌！"

饶是见多识广的控场保安，都经常分不清来看演唱会的究竟是真粉丝，还是隔壁黎星派来的卧底。

陆瑾沉的父亲，常年挂在富豪榜上，谢家、纪家也榜上有名，因此，乐青的首席男团 APEX 还有个众人皆知、专门拿来调侃的别称——太子团。

正是因为都清楚，所以何子殊不知道陆瑾沉当初为何选了他。

刘夏没心没肺地道："为什么不选你？要声音有声音，要长相有长相，我是陆瑾沉我也选你。

"陆瑾沉既然能找到我那里来，说明他看见你了。"

何子殊反驳："他能注意到，别人自然也能。"

刘夏又说："只是早晚的问题，而陆瑾沉恰好是下手最快的那个。"

何子殊没什么情绪地点了点头。

"子殊，其实你也不用太认真。"刘夏拍了拍何子殊的肩膀，"严格说起来，你们团只有最开始的三年，是以团为单位活动，后期基本都成立了个人工作室。"

何子殊闷闷地道："我知道。"

APEX 出道的目标就是成为"第一天团"，所以最初的三年，所有的活动、演出，他们几乎都是以组合为单位出现。

成为顶级流量后，为了利益最大化，公司才给他们成立各自的工作室，开始接个人通告。

在此之前，何子殊起码有三年的个人活动期。

今年再度合体，是因为乐青二十周年庆。

作为娱乐圈一大盛事，乐青今年打了一副情怀牌，作为乐青旗下第一天团，也是第一摇钱树的 APEX，被迫又捆在了一起。

刘夏说"不用太认真"，是因为他觉得只是团队合作一年而已。既然造成如今局面的缘由无从找起，还不如破罐子破摔，别给自己心里找堵。

何子殊明白这个道理，他也想眼不见心不烦，可偏偏事与愿违。

同住一个屋檐下，他离陆瑾沉太近了，近到……他发现自己根本没办法完全冷静下来。

接下来的日子，还有得熬。

何子殊需要尽快适应镜头，林佳安考虑到他的身体状况，挑挑拣拣，最终拿了一个杂志封面的拍摄工作给他练手。

为此，林佳安还特地跟杂志方协调，将拍摄地点定在乐青。

为的就是把不可控因素降到最低，哪怕出了点意外，也能内部快速解决。

可陆瑾沉和谢沐然临时改了通告，打道回了乐青这事，林佳安是没算到的。

所以，何子殊在拍摄杂志封面的时候，陆瑾沉和谢沐然就在楼下的录音棚里。

虽然何子殊一点记忆都没留下，但或许是潜意识里习惯了镜头，杂志拍摄的任务还是中规中矩地完成了，除了最开始有些拘谨，但很快就进入了状态。

先不说别的，就说何子殊那张号称"一帧一海报"的脸，哪怕是面无表情，都能完美糊弄过去。

再加上近年来"高冷"人设的加持，直到收尾，工作人员都没发现何子殊换了个"芯子"。

拍摄结束已临近中午，所有人脚不沾地地忙了一上午。林佳安做事滴水不漏，自然不会放过这种人情场，早就以何子殊的名义买了午饭和茶点。

在一片喧闹声中，何子殊换下衣服，避开人群走到洗手间，他撑着洗手池，长舒了一口气。

他对着镜子扫了眼后脖颈，果不其然红了一片。

已经过了痒的阶段，后脖颈开始发烫，看着有些瘆人。

何子殊抿了抿嘴，只是戴了条项链而已，竟然也能过敏。

自己究竟是对项链材质过敏，还是对金钱过敏？否则怎么能把百万起步的奢侈品戴出地摊货的效果？

何子殊扯开领口，让过敏的地方见了见风。待红肿消下去了一点后，他用水胡乱冲了冲，用毛巾一盖，戴着口罩走了出来。

正值午休，来往的人并不少。

他低头走着，在推开摄影棚门的瞬间，借着虚虚掩着、半合未合的门，看着一屋子有说有笑的人，不自觉停下了步子。

半晌，何子殊转身往角落里的器材室走去。

何子殊不太想打扰他们，里面氛围太融洽，融洽到他觉得自己的出现是不合时宜的。

他不是没察觉，只要自己出现在他们的视线范围内，所有人都下意识有些紧张。

再加上更不合时宜的过敏，可能情况会更混乱。

拍摄过程中出现这种情况，总有人要因为他挨骂的，还要麻烦一堆人跟着着急。

他是特殊过敏体质，从小就是，这种状况也不是一次两次了，等等便能消下去，顺便歇歇神。

器材室很窄，堆满了闲置的物件，显得格外逼仄，但因为和摄影棚共用一套供冷设备，四面通着凉风，所以并不闷热。

何子殊从犄角旮旯里捡了个小马扎，吹了吹灰，拎着，哒哒哒跑到风口，一个人坐着擦头发。

刘夏和他暗中"接头"的时候，就见何子殊坐在一个小马扎上，脖子上挂着一条半干未干的毛巾，发丝还沾着水。何子殊听到动静抬头的瞬间，刘夏总觉得那双眼睛里带着水汽。

和拍摄的时候气场全开的大明星比起来，简直软到没眼看。

"洗头了？"刘夏关门，开口。

"没，就冲了一下。"何子殊低头，把通红的后脖颈给刘夏看了一眼，"红了。"

刘夏皱眉，伸手摸了摸，除了红着的地方微微发烫，周遭皮肤一片冰凉。他顺着冷风袭来的方向，抬头往顶上的空调口看了一眼："坐过来点儿！"

"洗了头也不知道吹干就搁这里坐着，也不怕着凉。"刘夏顺手接过何子殊手里的毛巾，"被头发扎的？"

刘夏觉得不对劲，又细看了一下："不是又过敏了吧？"

"是过敏，"风有些凉，何子殊抽了抽鼻子，"那条项链，戴着有点痒。"

刘夏沉着的情绪一下子涌了上来，一字一顿地问："是、过、敏？！"

在刘夏阴森森的眼神中，何子殊小心翼翼地回答："嗯，是过敏……吧？"

刘夏本来都气上头了，可看着何子殊可怜兮兮的模样，一时之间又狠不下手，只好泄愤似的在他脸上掐了一把："那怎么不说？"

何子殊没回答。

这项链据说是前不久新接的代言，别说轻微过敏了，就算是扎透了，也得把工作完成。

"也就一个上午的事。"何子殊伸手想碰过敏的地方，被刘夏没好气地拍了一下，示意他不要乱动。

何子殊眼神越发无辜。

"就一个上午的事？"刘夏差点儿都要被气笑了，"那现在拍摄结束了，不快点卸妆离开，躲在这里干什么？"

何子殊："……"

"因为不想让他们发现，不想麻烦他们？甚至不想让安姐知道，所以红成这样都忍了？"刘夏真是要被他气疯了。

林佳安带着陆瑾沉和谢沐然，以及两个工作人员找过来的时候，正巧听到这句话，闻言，齐齐顿住了脚步。

何子殊解释："没那么夸张，就红了一点点。我心里有数。"

何子殊是真的觉得轻微过敏没什么大碍，而且他刚从医院出来没多久，网上的风波将将平息，再因为过敏进医院，不知道又要被编排成什么样，还要惹粉丝担心。

"你心里有数？你是靠脸吃饭的你知不知道啊？！"刘夏气得音量都拔高了好几分。

刘夏忽然意识到，现在的何子殊，骨子里真的是七年前那个少年。

怕麻烦，更怕给别人惹麻烦。

"不想麻烦安姐他们，跟我说一句会死吗？"

刘夏拗不过何子殊，这毛病改了这么多年，以为要好一点了，结果摔一跤又回到解放前。

他认命地起身，还不忘回头咬牙切齿地道："在这里待着，我去买药。"拉开门，却和林佳安碰了个正着。

林佳安穿着一身黑色正装，身边跟着明显有些惊愕的工作人员，以及谢沐然和陆瑾沉。

双方巨头在逼仄的器材室门口，亲切会晤。

刘夏："……"

他安慰自己，小场面，不要慌。

但他的脚明显有自己的想法，一步一步挪到了何子殊身后。

刘夏下意识地咽了下口水，极小声地贴着何子殊耳侧说："完了完了，当场抓获。"

在这窒息的场面中，唯独何子殊不动如山，甚至还不忘藏好跛了一只脚的小马扎，一边藏一边扭头看刘夏："做什么了，就当场抓获。"

刘夏把何子殊的头扳正，让他直面对面的三巨头。

林佳安咳了一声。

何子殊深吸一口气，走到门边，乖巧地喊："姐。"

身边两个小姑娘看气氛不对，极度默契地溜走了。

"安姐，要不要进来坐坐？"刘夏只顾着打破沉默，忘了这地方是器材室，连跛脚的小马扎都只有一个的器材室。

"知道错了没有？"林佳安看着何子殊开口道。

何子殊沉默了片刻，有些疑惑地摇了摇头，然后往刘夏手机上瞟了一眼："现在应该还没到拍摄时间。"

"我说的不是这个。"林佳安上前，极轻柔地碰了碰何子殊红了的后脖子，"疼不疼？"

何子殊这才反应过来林佳安指的是什么，他摇头："不疼。"

林佳安再度问："所以知道错了没？"

隔了半响，何子殊又摇了摇头。

林佳安轻声道："事情谈不上对错，但人错了。"

她一边拿出手机给生活助理打电话买药，一边开口："你是艺人，靠脸吃饭，别人可以忍，你不行。无论什么时候，都要把自己吃饭的东西放在第一位。这也是艺人的原则之一。"

何子殊以为林佳安会生气，明明话说得很严肃，可不知为何，林佳安始终带着笑。

"姐，麻烦你严肃一点，批评就要有批评的样子。"谢沐然简直没眼看。

"我说要批评了吗？"林佳安挑眉，电话刚接通，一个"你"字刚说出口，一旁的陆瑾沉却忽地伸手截过手机。

林佳安："？？？"

只见陆瑾沉把手机贴在耳侧，冷漠无情地说了一句："打错了。"

林佳安："……"

"臭小子！"林佳安回过神来，卷起纸筒，往陆瑾沉手上狠狠一敲，"什么打错了！"

陆瑾沉："我那边有过敏药。"

说着，他把手机还给林佳安。

谢沐然闻言，惊讶道："哥，你哪儿来的过敏药？"

陆瑾沉："之前买的。"

谢沐然："你买过敏药干吗？"

陆瑾沉："备着。"

谢沐然神情有些复杂："那你备着过敏药干吗？"

在谢沐然的印象里，陆瑾沉就没怎么受过伤，堪称病毒绝缘体。出道至今，别说过敏了，连感冒都没怎么得过。

何子殊和谢沐然离得很近，所以谢沐然小声嘟囔的那句"你又不过敏"飘进了他耳朵里。

何子殊下意识抬头看了陆瑾沉一眼，刚好撞上陆瑾沉看过来的视线。

只一眼，没有多作停留。

何子殊看向地板，扯了扯嘴角，开口道："麻烦陆队了。"

陆瑾沉低头摆弄手机，不冷不热地回："不客气。"

何子殊："……"

"我觉得陆队不是想给你药，"刘夏扯了扯何子殊腰间的衣服，压着声音道，"是想给你下药。

"你看看他那一副'我不喜欢你，请你马上死掉'的样子。"

何子殊："……"

何子殊抹完药、卸完妆的时候，敏锐地发现周遭的工作人员对自己的笑意多了起来，甚至还会开些无伤大雅的玩笑。

尤其是跟着林佳安一起来的两个女孩子，将芦荟膏、小蛋糕全塞给了刘夏，还嘱咐了好些事项。

"要垫垫肚子再吃药。"

"这个芦荟膏修复皮肤效果很好，以前我过敏的时候也用过，子殊你可以试试看！"

被围了一圈，何子殊颇有些无所适从，求救似的看向刘夏，然后慢慢地，从耳尖到脖子，红了个透。

"好。"林佳安笑了一下。她发觉自己对现在的何子殊，根本说不出拒绝的话来。

这孩子眼神认真、纯粹，就好像多年前那个什么都没有，又什么都有的小少年。

哪怕只是远远看着，都觉得欢喜。

"有些事急不来，刚从医院出来，自己要有分寸。"她指了指何子殊手上的芦荟膏，"像今天中午这样的事，不能再发生了。"

"嗯，知道了，谢谢安姐。"何子殊点头。

"还有，瑾沉和沐然今天下午会一直待在公司，"林佳安开口道，"就在楼下录音棚。"

林佳安后半句"没事的话去找他们聊聊天"还没说出口，就看见何子殊眨了眨眼睛，正色道："我知道了，我会注意的。"

一副如临大敌的模样，简直要把"我们队内不合，你们快来看看"写在脸上。

林佳安没忍住，抬手轻轻敲了敲他的额头："知不知道今天我为什么带着瑾沉和沐然上去找你？"

何子殊："……不是顺便吗？"

林佳安答："三个人都在公司，却你不见我，我不见你，会被传成什么样？"

何子殊疑惑地问："公司还会有娱记？"

林佳安被逗笑了，回道："否则你以为那么多'内部人士'哪儿来的？"

何子殊"嗯"了一声，随即决定，只要自己忙到没工夫下楼，"内部人士"就追不上他。

只是他没想到，自己还真就在练舞室待到了深夜，练上头了。

陆瑾沉从录音棚走出来的时候，手机振了振。

他拿出手机，扫了一眼，来电显示"沈誉"。

走道灯从头顶打下来，敷衍地照着，昏沉又暗淡，把影子折射得辨不出轮廓，只有手上的手机不知疲倦地响着。

屏幕本不算明亮的光，在这黑暗冗长的走道上，爆发出抢眼的存在感。

陆瑾沉低头，手机上蹦出一条信息：到楼上练舞室来。

手机上显示的时间，刚过零点。

陆瑾沉眉头一皱，这个时间点，沈誉去练舞室做什么？

第二章 /
被迫营业

JINZHIDANFEI

电梯只往楼上走了一层。

陆瑾沉刚走到转角，就看到不远处的沈誉倚靠着墙，对着他摆了摆手，示意他不要说话。

离沈誉半米远的位置，是一扇半掩半合的门，透着光，打在地上，和那些可有可无的走道灯相比，亮得有些过分。

陆瑾沉走过去，沈誉顺势把他往前一推。

就这样，隔着一道门，陆瑾沉看见了何子殊。

那人穿着一件白色的棉T恤，额前的细发被汗浸湿，软塌塌贴着额角，手肘、膝盖上还留着没散干净的瘀青。

也不知道是练舞新添的，还是前几天没养好的伤。

何子殊弯着腰，手撑在膝盖上喘着气，也许是舞蹈动作幅度太大，他整张脸都红扑扑的。

陆瑾沉不自觉愣怔了片刻，随即侧过脸去，看着沈誉，一言不发。

沈誉丝毫不露怯，仍旧一副看戏的模样。

陆瑾沉转身就走。

沈誉慢悠悠地跟上："陆瑾沉，你这样就没意思了。

"听他们说，何子殊从下午开始就一直在练舞室待着，连晚饭都没吃。

"刚从医院出来没多久，伤的还是脑袋。要是不小心再摔一跤可能连自己是谁都忘掉了。"

陆瑾沉被念得有些头疼，停下脚步，语气冷淡："不会说话就少说点。"

"陆队。"沈誉话中带笑，指了指练舞室的方向，"没看到吗？"

"沈誉。"陆瑾沉不咸不淡地喊了声。

沈誉见好就收，敛了笑意，往墙上一靠。

他盯着陆瑾沉看了好一会儿，才开口道："我说你也真奇怪，当初把他从酒吧带回来的是你，手把手教他的也是你，怎么扭头就水火不容了？"

陆瑾沉沉默了下，半晌，才跟着靠在墙上。

他自嘲似的道："你问我？"

沈誉被不轻不重地呛了一下，也斜了陆瑾沉一眼，无语道："不问你，难不成还问我吗？"

陆瑾沉没有接话，点了一根烟，冷声道："你该去问他。"他转过头来，看着沈誉，嘴角还残留着一点不算重的烟气，"我比你更想知道。"

沈誉一时之间还有些没反应过来，只是惊讶于陆瑾沉现在的样子。

他从来不知道，陆瑾沉也会这样颓败。

陆瑾沉只抽了一口，就兴致缺缺的样子，把烟放在一旁的灭烟石上捻灭了。

沈誉下意识开口："去哪儿？"

陆瑾沉："睡觉。"

没过多久，刚走到楼下的沈誉手机亮了。

【车停在门口，送他回家。】

信息来自陆瑾沉。

沈誉嘴角一扬，信步折了回去。

何子殊总觉得外面隐约有人说话的声音。

他迟疑了好一会儿，还是抬手关掉了音乐。一下子没了音乐，偌大的练舞室静得有些诡异。

何子殊本想去外面看看，但挣扎了两下，还是瘫在了地板上，一是外面黑，二是跳了一天，他实在没力气了。

当借着镜子，看见推门而入的乐青总裁的时候，何子殊觉得跟半夜见鬼并没有多大差别。

更见鬼的是，沈誉说受人之托，要送他回家。

一头雾水被沈誉安排的车送回家，他悬着的心还没彻底落地，扭头又在厨房"见了鬼"。

谁能告诉他，陆瑾沉为什么半夜不睡觉，出现在这里？

陆瑾沉正拿着一个玻璃杯，掌心朝下把着杯口，垂在身侧。

半杯满的冰块碰着壁，叮咚一片脆响，杯子里的酒噗噗冒着泡。

何子殊盯着看了一会儿，也不知怎么了，直接冒出一句："喝酒对嗓子不好。"

话一出口，陆瑾沉抬头看他。

何子殊这才回过神来刚刚自己说了什么。

他在做什么？

"喝酒对嗓子不好"，听听说的是人话吗？

"呃……我是说，这么晚了，明天还有工作，可能有影响……"

何子殊越说越没有底气，随手倒了一杯水，疯狂往嘴里灌。

试图用水堵住嘴。

装作自己很忙的样子。

陆瑾沉放下酒杯，破天荒开口道："沈誉送你回来的？"

"嗯？"何子殊愣了一下，"沈誉"的名字在脑子里过了一圈，才回道，"没，沈总就带我到了公司楼下，我自己坐车回来的。"何子殊说完，抬眸看了陆瑾沉一眼。陆瑾沉是怎么知道沈总送他回来的？

"刚从医院出来，没必要这么折腾自己。"陆瑾沉将酒尽数倒在槽中，连着未化的冰，一口未动。

夜很沉，但夏末初秋的气温不算低。

半开的窗户过着风，不消片刻便把冰凌吹净了。

陆队心情不好，何子殊警告自己。

他甚至不知道是自己运气不好，不小心撞上了陆瑾沉的枪口，还是因为自己的出现，陆瑾沉心情才不好。

可空气中若有似无的酒味一熏，何子殊却不知道哪儿来的底气，他抬起手来，挡住陆瑾沉的去路。

"陆队，我以前……是不是做了什么让你们不高兴的事？"

从陆瑾沉那个角度看过去，这人微仰着头，贴在身侧的手紧攥。

紧张，甚至是害怕。

可偏偏又把话问出了口，还问得干脆又利落。

陆瑾沉把空了的酒杯放在桌上，轻飘飘说了一句："如果我说是呢。"

何子殊抬头看他，视线第一次没有闪躲："那我以后不会了。

"不会再到处跑，不会给你们添麻烦。

"等到一切步上正轨后，我就会跟安姐说搬出去，不打扰你。"

何子殊说完，便侧开身子，把手放了下来。

他甚至已经做好被陆瑾沉回呛嘲讽的准备。

可奇怪的是，陆瑾沉却什么话都没说，只是看了他一眼，然后从他身边，擦肩走了过去。

何子殊松了一口气。

他其实也没想让陆瑾沉凭这几句话相信他，只是单纯地觉得，该给陆瑾沉看到一点什么。

自从那个深夜"会谈"之后，一连好几天，何子殊都没有再碰上陆瑾沉，就连纪梵和谢沐然也是神龙见首不见尾。

明明住在同一个屋檐下，可碰面的机会却是寥寥。

何子殊一心想赶上进度，所以练得狠了些。

林佳安怕他吃不消，强制喊停，逼着他在家里休息一天。

一觉醒来，天已经大亮。

何子殊草草洗了一把脸，想下去解决早餐、顺带着把午餐也一并解决的时候，刚出门就碰上了谢沐然。

"沐……然？"何子殊下意识扭头看了眼墙上的钟表，"这个时间点你怎么还在家？安姐不是说这个星期你通告排满了吗？"

何子殊说完，才注意到谢沐然有些不对劲，脸色苍白，眼眶却通红。

"怎么了？"何子殊赶忙往前走一步，半扶着谢沐然，"是不是不舒服？"

谢沐然眼皮有些吃力地一抬，脚步虚浮："没事，还顶得住。"

谢沐然的样子很明显是发烧了，思索片刻，何子殊还是擦了擦手，看着谢沐然一本正经道："我可能要摸你一下。"

然后在谢沐然"你在说什么"的眼神中，他抬手覆在谢沐然的额头上。

"你在发烧。"何子殊眨了眨眼睛，"烧得还不轻。"

"那怎么办？"谢沐然总算顶不住了，卸了大半气力在何子殊身上。

"先给安姐打电话，然后去医院。"

作为一个经验丰富的人，他很有发言权。

"不行，我这个样子怎么去医院？头都没洗。"谢沐然垂死挣扎。

何子殊："……"

"真不行，安姐今天不在这里，电话别打了，去一趟医院又要闹一圈，粉丝又要担心。"谢沐然深吸了一口气。

他其实隐约能猜到上次过敏的时候，何子殊为什么瞒着不去医院。

前些日子何子殊进医院已经闹得沸沸扬扬，眼下他要是后脚再踩进去，怕是要坐实炒作的传闻，甚至还会再度波及到何子殊。

谢沐然咬着牙："吃点药就好，你忙你的吧，我还行。"

紧接着，在何子殊的眼皮底下，谢沐然把毫无阻碍物的走廊，走成了一条曲折蜿蜒的山路。

眼看下一秒就要匍匐前进了，何子殊赶忙上前撑住他。

"我觉得我还行。"谢沐然浑身颤抖着强调。

"嗯，我知道，我就是搭把手。"何子殊回道。

何子殊把谢沐然送回房间后，给他倒了一杯温水，然后敷上湿毛巾，又在锅里煲上粥，才开始翻箱倒柜找退烧药。

最后，他看着一水的治疗扭伤拉伤、活血散瘀的喷雾罐、药膏盒，就是没有退烧药的抽屉，深感偶像的不易。

他盯着手机看了很久，还是给纪梵和陆瑾沉发了个消息。

家里有没有备用药这种事，他们大概会比较清楚。

陆瑾沉消息回得很快，他没有多说什么，只发了个地址和药房的名字。

何子殊看了一下，位置就在小区内，倒也不远。

他没工夫多想，又怕等会儿谢沐然烧沉了，于是抓着手机就跑了出去。

谢沐然不想麻烦何子殊。

他知道这几天何子殊都在公司练习，几乎是没日没夜，才空了这么一天出来，再加上他们的关系，也算不上好。

谢沐然拉过被子，从头盖到脚，打算老老实实睡一觉。

小队友给自己倒了温水，还敷了湿毛巾，已经仁至义尽了。

可就在他迷迷糊糊刚想入睡的时候，他感觉有人拿着湿毛巾帮自己擦脸。

冰凉的触感，烧灼的感觉瞬间散了大半。

谢沐然有些吃力地睁开眼睛，先入眼的，就是何子殊蒸得通红的脸。

"你被我传染了吗？怎么脸这么红？"谢沐然烧得混混沌沌，"流感都没这么快吧？"

何子殊笑了一下："家里没退烧药了，刚去了趟小区的药房。"

因为心里挂着病号和厨房的粥，跑得急了些，直到现在还没缓过来，所以何子殊说话的时候尾音还有点喘。

"你跑着去的？"看着何子殊额角沁出的薄汗，一时之间，谢沐然竟有些语塞。

"就在小区里面，也不远。"何子殊看出了谢沐然的不好意思，怕他尴尬，于是不着痕迹地转移了话题，"等粥熬好，先喝点粥再吃药。"

何子殊拿下耳温计："都快 39℃了，如果吃了药还不见好，必须去医院。"

"39℃，我这么厉害的吗？"谢沐然睁大眼睛，显然也被这体温吓到了，原先他还以为只高了一点。

何子殊换了条毛巾，毫无感情地迎合他："嗯，厉害厉害。"

"你不用给我煮粥了，楼下冰箱有面包，我随便吃点就好了。"谢沐然一边说，一边用余光小心翼翼地瞟何子殊。

千万要拒绝。

其实他一点都不想吃面包。

不仅想喝粥，甚至还想啃猪蹄。

谢沐然眼神太热切，何子殊差点笑出声来，只好强忍笑意："我自己也还没吃。"

生怕何子殊反悔似的，谢沐然连装模作样思考一下的表面功夫都没做，直接回道："哦，那就好，其实我也没什么胃口，吃一点点就可以了。"

饶是何子殊对谢沐然这"没什么胃口"持高度怀疑态度，但事实摆在眼前的时候，他仍旧觉得自己低估了谢沐然。

他这个生病的小队友吧。

弱小、可怜、无助……

但能吃。

而且是很能吃。

"子殊，你竟然会做饭？而且手艺这么好。"谢沐然放下筷子，打了个饱嗝，一点都不像个烧到39℃的。

"我以前没做过吗？"何子殊一边递过药片，一边收拾碗筷。

看着那见底的碗盘，何子殊顿了顿。

总觉得这饿狠了的样子，没人看着，说不定连药都会想多吃一粒。

于是，何子殊严肃道："只能吃一粒，不能多吃。"

谢沐然没听出何子殊话外之音，摇了摇头："刚出道那会儿太忙了，想做顿饭也没时间。"

"那后来呢？"何子殊不经意开口。

"后来……"谢沐然说到一半，语调一下子沉下来，忽地顿住，紧接着一抿嘴，像是突然想到了什么似的，抬起头来。

他抬头的速度很慢，很吃力才做完一系列动作，因为正烧着，脸色依旧不大好看，病恹恹的，可一双眸子透亮。

他就这么看着何子殊，半晌，一字一字道："不知道，你突然间就不理我们了，还和安姐说要单飞。"

可能是人生病的时候，会把所有情绪放大。

所以，谢沐然语气中的委屈不加掩饰地淌了出来。他眨了眨眼睛："可是……为什么啊？"

声音嘶哑，带着一点小小的哭腔。

明明把话说得重了，可语气反倒淡了一层。

谢沐然自己也觉得奇怪。他想说的话其实很多，可到头来，说出口的竟也不是责怪，只是一句"为什么啊"。

为什么啊？

何子殊也很想问。

他不知道的，想知道的，也是谢沐然他们不知道的，想知道的。

就好像"扑通"一声，踩进一个死胡同。

那些无从找起的从前，硬化成顽石，立在中央，周围蔓草疯长，从醒来到现在，都没给自己留个落脚的地方。

何子殊忽地就不想费劲去讨一个结果了，那太累了。

也许只是现在时间还没到，等到时间到了的那一天，他会给他们答案的。

只是眼下，何子殊不知道什么话才是谢沐然想听的。

看着因为生病，格外孩子气，就好像马上要哭出来的谢沐然，何子殊只是愣愣地把刚做好的酥皮蛋挞递过去，眨了眨眼睛："对不起。"

"嗯？"谢沐然视线在蛋挞上转了一圈，最终落在何子殊身上。

"嗯，"何子殊一股脑把蛋挞全塞过去，"都给你，对不起。"

暖洋洋的风，蛋挞甜腻腻的香气，慢半拍的思绪。

谢沐然不知道为什么，想哭又想笑。

他仍旧没等来解释，却先等来了一句"对不起"。

顺序错了，地点、时间也不正式，道歉的礼物更是只有几个蛋挞，仅此而已。

可谢沐然却轻轻巧巧释怀了。

就好像，他们之间，本该就是这样的。

"我还想吃别的。"谢沐然侧过身去，背对着何子殊，闷在被子里。

"好。"何子殊笑着回答。

"要八菜一汤。"

"好。"

"还要啃猪蹄。"

"……"

陆瑾沉和纪梵收到何子殊的消息后，放心不下，结束通告后都掉头回了家。

陆瑾沉上楼的时候，谢沐然的房门正半开着。

纪梵靠着墙，却没有进去。

"睡了？"陆瑾沉松了松领口，垮了形的领带虚虚挂着，他一把抽下，随手放在扶栏上，低着头问，"退烧了没？"

沉默了好一会儿，纪梵才开口道："应该退了。"

"应该？"陆瑾沉手上动作一顿，"量过体温了没？"

纪梵闻言，神情有些不自然地往前迈了一步，就好像刻意挡住陆瑾沉的视线，道："没，睡了，怕把他吵醒。"

"我去看看。"陆瑾沉没漏过纪梵的小动作。

陆瑾沉心下有些怀疑谢沐然是不是仗着生病，又偷吃东西了，毕竟也不是一次两次了，纪梵又容易心软。

他径直推开门，却一下子怔在原地。

昏黄的灯光下，谢沐然和何子殊并排躺着，睡沉了。

被子半悬在床边，皱巴着将谢沐然裹得很齐整，何子殊却只将将盖住一半，手贴在枕侧，蜷成一团。

陆瑾沉偏过头去，看着纪梵，半晌，笑了："挡在这里，是不想让我看见？"

纪梵不答。

"说说吧，怎么想的。"陆瑾沉随性往门上一靠，往何子殊的方向扫了一眼。

"如果一直记不起来，也很好。"纪梵走到沙发边上，扯下薄毯，轻轻盖在何子殊身上。

陆瑾沉眼中虚浮着的笑意一沉，不咸不淡地开了口："没有一句解释也很好？"

"嗯。"纪梵点头，"这样，就很好。"

陆瑾沉抬眸，深深看了何子殊一眼。

大抵是感觉到了暖意，那人抱着被角抵在下巴处，顶头的灯给他罩上一层不轻不重的光，柔软又无害。

睡着的样子，很安静。

这样，就很好。

陆瑾沉知道纪梵说的是真话。

对于纪梵来说，现在的何子殊的确很好。

陆瑾沉还记得纪梵加入 APEX 的时候是什么样子。

那时候纪梵还没有成年，年纪最小，又刚从国外回来，脾气冲得要命，谁都敢顶上一嘴。

谢沐然还没来，陆瑾沉手头事情又多，所以"看小孩"的任务自然而然交在了刚刚成年的何子殊手里。

陆瑾沉从没想着叫何子殊管住纪梵。只是到后来，磨着磨着，纪梵渐渐没了脾气的时候，陆瑾沉才发现，何子殊远比自己想象的更适合。

适合做一个队员，适合做一个朋友。

那时候通稿都说，不可一世的"纪哥"是因为怕了陆队，所以变乖了。

可事实上，只有陆瑾沉知道，甚至连何子殊自己都没发觉，纪梵最迁就的其实是何子殊。

何子殊之于纪梵，是一个习惯成自然的存在。

那感情很纯粹，只是简单地习惯了一个人的存在，然后下意识地去依赖他。

所以之后那些事，纪梵很生气，却又比谁都护着他。

两人对峙似的沉默着，关灯，出门。

在楼梯转角的瞬间，纪梵却忽地开了口："哥，你还在生气吗？"

陆瑾沉顿住脚步，眸色一沉，声音被压得很低，所以显得有些哑："为什么这么说？"

"感觉。"

"生谁的气？"陆瑾沉转过身来，稍一挑眉。

"他。"纪梵目光灼灼，丝毫没有闪躲。

"因为怕我在生他的气，不想让我看见他，所以堵在门口？"

陆瑾沉话里没什么情绪，纪梵甚至听不出他是在陈述一个事实，还是在反问自己。

"嗯，我不想让你生气。"纪梵顿了顿，"但也不想让他觉得不自在。"

纪梵垂下眸子："他很怕你。"

因为纪梵的极尽诚实，陆瑾沉反倒怔了怔，笑道："我不想看见他，却不代表我在生他的气。"

"那你在生谁的气？"

纪梵一反常态，不追究到底不罢休的架势让陆瑾沉有些头疼。

因为连他自己都不知道，自己在生谁的气，又在气什么。

陆瑾沉："没生谁的气。"

纪梵："你骗人。"

"你陪着他们好好住在这里，沐然年纪小不懂事，他又没了记忆，平日里多注意一点。"陆瑾沉扶额。

"那你呢？"

"接下来几个通告离这里太远，不方便。"

陆瑾沉睁眼说瞎话，但话中的意思很明显。

"那有什么区别，你搬出去和他搬出去，有什么区别？"纪梵眉头紧皱。

纪梵很久没有这么"咄咄逼人"过了，尤其是对着陆瑾沉。

哪怕是最不知天高地厚的年纪，他也很少冲陆瑾沉发脾气。

在这剑拔弩张的气氛中，陆瑾沉却莫名想到了一句话。

纪梵刚出道的时候，表情管理糟糕到一个境界。

　　常常是只要一句话不对付，就一副"你在说什么，我还要装模作样听多久"的神情。

　　日子一长，粉丝之间流传最广的一个表情包就是"纪哥，算了算了"。

　　陆瑾沉看着面前的小孩儿，要不是气氛不对，他也很想说一句：纪哥，算了算了。

　　"这是我家，我能搬到哪里去？"陆瑾沉叹了口气，灯光太甚，隔着长长的影子，恍神间还以为看见了十几岁的纪梵。

　　油盐不进，软硬不吃。

　　或许纪梵一直是这样，一直没变过，只是时间久了，自己先忘了。

　　"那你对他好点。"纪梵抿了抿嘴，"别老是凶他。"

　　像是全然忘记了之前最凶神恶煞说着"我没这么闲管你"的人是谁。

　　陆瑾沉第一次被堵得没了脾气。这死小孩，简直得寸进尺。

　　"好。"陆瑾沉无奈回道。

　　"那哥你早点睡。"纪梵微一点头，转身的瞬间又折回来，强调，"他和沐然今晚就在这里睡，挺好的，哥你别吵着他们。"

　　"知道了……"

　　纪梵回了房间，陆瑾沉却没了睡觉的心情。

　　他慢悠悠地晃到厨房，拿了瓶啤酒。

　　打开冰箱的瞬间，冷气撞着暖风，片刻，罐壁上便水涔涔一片，顺着掌缝淌下来。

　　陆瑾沉坐在外庭的木椅上，三两口喝完啤酒，睡意消得越发彻底。

　　夜很沉，月色很亮，没了云雾的遮挡，光柱都变得有迹可循起来。

　　瞬息光景间，何子殊在躲他这个念头，就这么猛地扎透下来，就连纪梵都能清楚地说出"他很怕你"这种话。

　　陆瑾沉抬头，目光所及的地方，是谢沐然和何子殊睡觉的房间。

　　纪梵让他对何子殊好点，但其实哪怕自己什么也不做，何子殊也会躲他。

　　失忆前是，失忆后也是。

　　陆瑾沉怕麻烦。

何子殊对他来说，就是个麻烦，而且是个由不得自己的……大麻烦。

不能待在这里，陆瑾沉再次认清事实。

可他却怎么也没想到，之前为了诓纪梵，随口一诌的"通告离这儿太远，不方便"不仅成了真，还如野马脱缰般，朝着一个完全不可控的方向疾驰而去。

自那事之后，何子殊和谢沐然的关系显然已经不能用"破冰"来形容，简直就是突飞猛进，好到刘夏可以放心"别墅托孤"的地步，顺带着，给谢沐然养了一斤的肉。

"就这身板，老子一拳都能给打穿了，你到底要减哪里？"刘夏趴在最后座，撑着腮帮子开口道。

"你不懂，上镜胖三斤。"谢沐然回道。

"长肉了？"何子殊戳了戳谢沐然腰间的软肉，左右都没察觉出什么变化。

"这不是肉，"谢沐然认命地往椅背上一靠，胡乱在腰间摸了一圈，"是然然赚的钱和子殊的爱。"

谢沐然自欺欺人说完后，罪恶感瞬间袭来。

他默默伸出两指，在腰间掐了一小团肉，盯着足足两分钟，长叹一口气："真是该死的肥美。"

何子殊 & 刘夏："……"

"胖了一斤，还好，控制饮食加运动，两天就减掉了。"刘夏拿出手机，在行程上默默添上了"提醒沐然健身"六个字。

虽然仍旧觉得谢沐然完全没有减肥的必要，但毕竟这斤肉是何子殊养出来的，四舍五入就是他养出来的，怎么也得给安姐一个交代。

"这点沐然你要跟小梵学，"刘夏一边搜减肥餐的食谱，一边恨铁不成钢，"要把运动当成是一种享受，不要当成一个任务。"

谢沐然嘴巴一瘪，连连摇头，义正词严道："不！我不是那种贪图享受的人！"

何子殊："……"

刘夏："……"

"对了，安姐说常驻嘉宾有变动，什么意思？"谢沐然开口道，"之前跟你提过吗？"

"不知道。"何子殊摇了摇头。

他既不知道常驻嘉宾怎么个变动法，也不知道安姐之前有没有跟他提过，紧接着视线往下一游。手中的通告台本被车载空调的冷风吹起一个小角，露出封面上硕大浓黑的"榕树下"三个字。

他今天，就是为了这个来的。

《榕树下》是青云台推出的生活体验明星真人秀综艺，和其他竞技互动体验类真人秀不一样，它的定位便是"榕树下，小桥、流水、人家"，再加上顺应潮流的一些游戏环节。

慢节奏地展示明星脱去光环后，回归"乡野生活"的琐事和趣味。

而何子殊则是节目初创期便定下来的常驻嘉宾之一——在他还没摔一跤的时候。

"很早之前我听安姐提过一嘴，另外两个常驻嘉宾，一个是业内口碑、资历双在线的余铭余老师，一个是影后白英？"

谢沐然看着何子殊点了点头，继续安慰道："你别担心，余老师和白老师都是老手，也是人精，不会出事的。"

"哦，对了！我差点忘了！"谢沐然一手握拳，往掌心猛敲了一下。

"白老师是希清阿姨的好友！到时候我们跟陆哥说一下，让他跟希清阿姨交代几句，带着点你！"

"别！"何子殊和刘夏异口同声喊了一句，把谢沐然吓了一跳。

"怎、怎么了？"谢沐然疑惑道。

何子殊事先做了很多功课，花了不少时间将余铭的经历、节目以及白英的代表作都过了一遍，自然知道这两人的名字意味着什么。

哪怕他是流量圈金字塔塔尖的那一绺，但这资历放在他们跟前，的确还不够看。

只是……

宋希清，陆瑾沉的母亲。

白英，陆瑾沉母亲的好友。

余铭，圈内出了名的好人脉，交友圈自然囊括以上这些人。

用刘夏的话说，就是："什么榕不榕树下的，这哪是活在榕树下，明明是活在陆瑾沉的阴影下，怎么哪儿哪儿都有他？"

见谢沐然明显有追问的架势，何子殊忙不迭转移话题："最后一个常驻嘉宾好像换了好几轮，刚刚才确定。"

谢沐然："节目筹备久了，热度和话题度需要不同的人来带，选定的人换来换去也正常。"

"是吗？"何子殊心不在焉地回道，眼睛还看着手上的台本大纲。

当手指恰好停在封面那个漆黑的"榕"字上的时候，何子殊下意识地摩挲了两下。

不知道为什么，不祥的预感总围绕着他。

"这资源是安姐亲自谈的，"谢沐然往嘴里塞了粒薄荷糖，登时被辣得一激灵，"在周年庆这种节骨眼上，如果有问题的话，肯定不会让你接的。"

"就不能安安静静唱歌跳舞吗，就非要去接综艺？"刘夏直起身子，手搭在椅背上，探过头来靠近何子殊。

刘夏倒不是不相信何子殊和余铭他们处不好，以这人现在的脾性，冒犯不了别人，别人也很难甩脸子给他看。

但毕竟是首次综艺秀，搭档咖位又摆在那里，关注度和话题度不可能会低，也就意味着更容易出错。

谢沐然："不可以，你知道你的粉丝都怎么说的吗？"

何子殊："嗯？"

谢沐然："说乐青是你后爸。"

何子殊："为什么？"

谢沐然："因为资源分配不均。"

从成立个人工作室到现在，何子殊的时尚资源好到令人发指。

手揣数十个奢侈品代言，被粉丝亲切称为常年活跃在海报上的"纸片人"，但在影视、综艺资源方面，成果为零。

这就直接导致了粉丝对乐青的不满，觉得高层在背地里搞小动作。

谢沐然："要是这综艺再被半路截和，先别说违约费和粉丝，就连对家都要觉得，是乐青给你穿小鞋了。多少人想挖你墙脚，你知不知道？"

谢沐然拍了拍何子殊的肩膀："公司的意思很明显，要给你添点'人'气，吃点烟火，所以需要一个合适的平台去转型。"

"我知道。"何子殊回道，林佳安之前也跟他说过。

因为工作圈并不相关，所以他之前没有接触过余铭和白英，不会有"露馅"的危险，所以让他不要担心，而且……

"安姐问过我，有没有什么想法，说人设不是框死了的，但多多少少都要有。"

谢沐然和刘夏停下手头的动作，同时转过头来看他。

"那你怎么想？"

何子殊顿了顿，头靠在护枕上，微微一偏，眼睛一眨。

"你们觉得硬汉行吗？"

刘夏："……"

谢沐然："……"

说话间，车已经到了地下停车场。

谢沐然要去处理个人单曲的事，蹭了一趟车之后，打了招呼从十七楼走了出去。

何子殊则是和刘夏一起，往三十一楼会议室走。

两人一边走一边聊，在即将打开门的瞬间，透过半透明的门板，何子殊忽地听到一句："就非要我接？"

声音不重不响，可何子殊却很快分辨出来，那是陆瑾沉的声音。

何子殊顿时缩回差点儿犯罪的爪子。

无辜，且怂。

他跟罚站似的垂着头，偷听。

"你觉得有更合适的人吗？"林佳安的声音和敲桌子闷重的声响一同响起。

林佳安："沐然和小梵通告排满，调不了档期挤不出时间。子殊又记不得事，万一出了点状况，没人看着，你说怎么办？"

"拿我们炒话题？你觉得我们真的需要？"

哪怕这隔着一道门，何子殊都听出陆瑾沉语气中的冷意。

"不是你们需要，是节目需要。"

"你到底在想什么？"林佳安声音多了些情绪，"我接手 APEX 七年，你几乎没让我操过心，有时候甚至比我更分得清轻重。怎么一遇上子殊的事，就跟变了个人似的。"

林佳安叹了一口气："你究竟是在跟谁较劲？"

门内死寂一片，再无声响。

气氛一时有些僵持。

就在这时，隔壁组组长端着一杯咖啡走过，看见两人站在门口，慢悠悠打了个招呼："子殊，怎么不进去啊？"

何子殊心想，完了。

还没等他想好怎么解释，"咔嗒"一声，门应声而开。

林佳安："怎么在这儿站着，站多久了？"

看着片刻惊讶后瞬间恢复如常的林佳安，刘夏暗自感慨到底是金牌经纪人，场面都窒息到这种程度了，还跟没事人一样。

何子殊答道："刚到，没多久。"

也就从陆队那句"就非要我接"开始吧。

林佳安微一侧身，示意何子殊和刘夏进来。

何子殊挑了个位置坐下，特意和陆瑾沉隔了一张椅子的距离。

陆瑾沉面不改色，自顾自地翻着面前的宣传册。

"更合适的人？"陆瑾沉把宣传册一合，看着何子殊这个方向似笑非笑道，"我觉得刘夏就挺合适的。"

何子殊 & 林佳安 & 刘夏："……"

莫名被 cue（提）到的刘夏："啊？"

"嗡嗡"几声振动，长桌最边缘的手机打着小旋，极其慢速地转动。

林佳安上前接过电话，走过何子殊他们身边的时候，抬手在空中压了两下，示意他们稍等，然后径直打开门走了出去。

刘夏实在受不了陆瑾沉的死亡凝视，紧接着就用"上个厕所"这通用的理由跟着走了出去。

于是，可容纳二十多人的会议室便只剩下何子殊和陆瑾沉。

"安姐的意思是，这次综艺……要我们两个上吗？"何子殊视死如归地开了口。

"都听到了？"陆瑾沉眼皮一撩。

何子殊点了点头。

"也好。"陆瑾沉拧开面前的矿泉水瓶盖，喝了一口，"既然都听到了，那我也不多说什么。"

他紧接着补充："节目组想要捆绑炒作，我不想。"

何子殊连忙开口："我也不想！真的！"看起来反而比陆瑾沉更加迫切，"就像你说的，我们两个没有炒的必要，如果队长觉得麻烦的话，我尽可能不去打扰你！我保证！"

话音刚落，何子殊就听到几声刺啦的声音。

他循着声音望去，就看到被陆瑾沉慢悠悠捏得有些变形的水瓶。

有那么一瞬间，何子殊觉得自己就是那个空水瓶。

总觉得……这人好像更不高兴了。

林佳安回来的时候，还带回了青云台节目中心的副手，也是直接参与《榕树下》节目制作的制片人之一。

几人谈完节目吃过饭，云里雾里地走完流程的时候，已经到下午了。

这种饭局说话不仅要过脑子，还要挑挑拣拣选出最合适的话题。挨到结束，何子殊总算得空长舒一口气，顺便松懈一下绷了一个早上的神经。

何子殊打算出去转转，顺便给谢沐然带一点不怎么长肉的下午茶，走到楼下的时候，才想起这公司里不仅有谢沐然，还有他不久后就要相约农田的陆瑾沉。

挣扎良久，何子殊还是给陆瑾沉发了条消息：

【我给沐然带下午茶，需要给陆队您也带一点吗？】

一个"陆队"不够分量，再加个"您"。

很好。

言简又意赅，不卑又不亢。

何子殊发完消息，就在楼下长廊坐了半天。见那头也没回，何子殊摸不准陆瑾沉的意思，又没有那个打扰他工作的勇气，想来想去还是算了。

因为手头事情多，在给谢沐然送完下午茶之后，又被林佳安拉着开了个小灶，何子殊扭头就把"给陆队送下午茶"这事给忘了。

半夜，何子殊正在刷微博，了解青云台综艺节目的基本节奏和剪辑风格。

看到一半的时候，微信突然弹出一条消息框。

极度干脆利落的三个字"不需要"。

何子殊瞄了眼时间，23:39。

何子殊："……"

我真谢谢你没说需要。

否则我还要在别人吃夜宵的点爬起来去给你买下午茶。

《榕树下》官博和其他综艺秀官博不同，在嘉宾阵容已具雏形的时候便已经开通，时不时放出几个钩子吸一把眼球，吊足大家胃口。

尤其是业内圈外都听到了一点风声，这不仅是何子殊的综艺首秀，更有重量级嘉宾白英、余铭等倾情加盟，话题、流量兼具，所有人就等着正式官宣的那天。

可谁都没料到，官宣来得这么迅猛。

哪怕是事先收到林佳安消息的何子殊都被《榕树下》的节奏惊到了。

他极度怀疑是不是林佳安跟节目组交涉了什么，害怕陆瑾沉这个不稳定因素随时撂挑子，所以打算用官宣堵死后路。

"嗡"的一声振动，何子殊低头一看手机，是林佳安发来的消息：

【公司会转发消息，配合宣传。】

言下之意就是你别轻举妄动。

"子殊，安姐说你的个人微博公司会管理的！"刘夏显然是跑过来的，说话都喘着粗气，"千万……千万别捣乱。"

何子殊打开林佳安的消息界面，伸到刘夏面前晃了晃，有些无奈："知道了，安姐昨天就跟我说过了。"

"就说你还是让人省心的，"刘夏深吸一口气，音调转了个弯，"你猜猜看安姐现在在哪儿？"

何子殊抬起头来："嗯？"

"公司，陆队那里。"刘夏拖来一把椅子，反手一转，把手搭在椅背上边道，"正盯梢呢。"

"盯梢？"何子殊皱了皱眉，"盯着……陆队？"

"不然还能有谁。"刘夏胡乱理了一把头发，眼中爆发出八卦的光芒，"你以为安姐为什么要再'警告'你一次？

"今天陆队助理说陆队破天荒地要了账号，还登了他的个人微博。

"助理差点儿就吓得当场辞职，生怕陆哥放飞自我！"

一时之间，何子殊都不知道是该哭好，还是该笑好，只好干巴巴问了一句："陆队想做什么？"

"谁知道呢，这不是犯罪未遂，被安姐看押住了吗？"刘夏"啧"了一声，"想想也没什么好事。"

"不会。"何子殊摇了摇头。

刘夏下意识开口道："不会什么？"

"他不会做什么的。"何子殊自顾自说着。

何子殊的直觉告诉他，陆瑾沉是绝对不会做让公司难堪的事情，甚至连让他难堪的事也不会做。

起码在镜头前，陆瑾沉会给足他"体面"，哪怕这是违背自己意愿的。

白英、余铭打头转发，何子殊和陆瑾沉紧随其后，话题和流量瞬间呈直线式上涨。

短短几分钟之内，一口气就把＃榕树下＃＃何子殊 综艺首秀＃＃陆瑾沉何子殊＃等系列话题送上实时搜索榜，热度很快就从新转到爆。

【有生之年啊！乐青总算干了一件人事，两人都几年没同时出通告了，一搞就搞个大的！】

【节目组能不能透露一下拍摄地啊，我准备回归乡野生活去子殊他们隔壁养鸡了，隔壁腾不出地我住榕树上也可以！】

【为什么陆大队长常驻的消息这么突然？前期一点消息都没有？】

面对讨论热度，何子殊想做鸵鸟，却没想到他身后还有个乐青。

陆瑾沉的大号，配着一张五毛钱特效的土味表情包，发了一条"这座村，多了两个种田的人"，还圈了他。

又有人拿着何子殊的大号，回了一句"最美的铲土机送给你，我的朋友"。

底下的评论因着两人久违的互动，一发不可收，且势头越来越猛。

十月初，《榕树下》正式开录。

这么多天泡在镜头下，何子殊觉得自己哪怕磨也会磨出一个厚脸皮来，可当门铃伴着早上六点的太阳一起炸开的时候，他觉得自己还是低估了节目组的险恶用心。

他也才明白昨晚林佳安那句意味深长的"随时随地保持状态"是什么意思。

林佳安大概是怕他知晓了"突击拍摄"这一回事，戏演得不好，给出的反应浅了或者过了，所以悄悄提醒一句，点到为止。

节目组一进门，拿着镜头扫了一圈之后，有些失望，因为他们没看见陆大队长的身影。

这失望不是因为节目组偏爱陆瑾沉。

换句话说，把今天在场的人换成陆瑾沉，而何子殊不在，他们一样失望。

因为这两人同框所产生的化学反应，绝对比个人镜头要爆炸得多。

就连导演都没料到这一情况，连忙给林佳安打了个电话，这才知道陆瑾沉昨晚回陆家本家了，不会和何子殊同路。

节目组的士气肉眼可见地低了下来，直到谢沐然的出现。

谢沐然因为休息所以在家待着，听到楼下的动静，随手戴了个黑色帽子，三步并两步毫无偶像包袱地跑了下来。

节目组没逮到陆瑾沉，哪能放过谢沐然，打了个招呼示意之后，镜头直接对了上去。

然后，他们就看着谢沐然盘腿坐在沙发上，手里还端着一杯热好的牛奶，一口接着一口，可是视线一直固定在忙着收拾行李的何子殊身上。

"衣服带好了吗？山里好像温度降得快，你别忘了带几件厚的外套。"谢沐然声音带着明显的惺忪，可能是刚睡醒，所以听着兴致不高。

"嗯，带了。"何子殊从厨房走出来，经过沙发的时候，极其自然地往谢沐然嘴里塞了片全麦面包。

又咸又干又粗糙的口感，谢沐然毫无灵魂地嚼了嚼。

"冰箱上面那个绿色袋子里的零食别忘了，都是好吃的，要是饿了的话，拆了就可以吃。"谢沐然提醒道。

何子殊闻言停下了手头的动作，转过身来看着谢沐然，笑道："什么时候买的？"

言下之意就是，什么时候又偷着出去买零食了。

谢沐然龇了龇牙，超凶："都是给你的，我一包都没留！"

那头谢沐然嘴还在说个不停，让何子殊注意这个又小心那个。

到最后，连节目组都开始陷入自我怀疑，他们拍摄的节目究竟是《榕树下》还是《变形记》。

看话题走势，甚至有往《荒野求生》发展的趋势。

等何子殊坐上节目组安排的车，开出去几公里远的时候，他们才松了一口气。

跟拍的摄影师不知道谢沐然为什么这么担心，可何子殊却知道他的小队友在担心什么。

自己丢了记忆，不认人，又要处于那样一个陌生的环境，除了一个陆瑾沉，几乎没有熟悉的人。

而这唯一熟悉的人显然也不是很牢靠。

他的小队友其实有很多想说的，可在镜头前，又一个字也说不得，只好把它们变成琐碎又直白的闲话，何子殊却听懂了。

手机屏幕忽地亮起，何子殊低头看到纪梵的名字，心里闪过几分诧异。

信息很简洁，只有一句话：

【不要一个人乱跑，别给节目组添麻烦。】

何子殊甚至都能想到纪梵编辑这句话时的表情。

很不耐烦，但是又一个字一个字慢慢敲好。

这几十天，他和纪梵抬头不见低头见的。

何子殊也渐渐发觉，其实纪梵骨子里和谢沐然挺像的。

只是一个深知"会哭的孩子有糖吃"这个道理，一个躲在自己搭建的柱子后面，探出一个脑袋来，暗中观察。

就像现在这样，明明昨天半夜回了别墅，明明早就醒了待在楼上，就是不说话，还以为他不知道，却等着车开走了之后发了一条短信。

【知道了，我多做了一份早餐放在厨房的桌上，早点下楼吃饭，别被沐然偷吃了。】

说完，何子殊关掉了手机，上了飞机。

何子殊闭着眼睛，倒头睡了一觉，后来又坐了一个多小时的车，才到达了《榕树下》的拍摄地点，南安市，塘溪村。

刚一下车，就起了一阵风，扫过长野和树梢，混合着泥土的气息轻轻掠过。

何子殊深吸了一口气。

这乡野的秋意似乎来得更早一些，风微凉，却随性又温柔，恰到好处。

何子殊踩着不高的石阶往上走，直到来到一个满是划痕的木门前，才放下行李，走了进去。

最先入眼的，便是一片偌大的庭院。

因为已经被提前布置过一番，所以充满生活气息，也不显得空旷。

何子殊停下步子，透过半合的玻璃窗往里面瞄了一眼。

走动的人影，还有说话声，有人已经来了。

何子殊正打算往前几步敲门，就听到一句带着笑意的"子殊啊，快进来快进来"。

何子殊循声望去，来人正是白英。

不仅是前辈，还是个大前辈，何子殊连忙摆正身子，深深鞠了个躬喊了声"白老师"。

林佳安说节目组能请动白英，是因为影后欠了导演一个重分量的人情。

娱乐圈中的人情往来，大多带着商业利益，哪怕是再纯粹的朋友关系，斟酌着总能琢磨出点别的意思来。

作为一个能载入电影史的人物，白英在圈中的地位可想而知，再加上和陆瑾沉母亲那层关系，无论哪个，都很难让何子殊保持平常心。

可白英和自己想象中的，似乎又不大一样。

传言中白影后少了"圈中人"该有的圆滑，看得上、看不上都直接写在了脸上。

所以何子殊一直觉得，自己和陆瑾沉不和，白英多多少少也会有所耳闻，他甚至做好了被忽视到底的准备。

"余老师，手头的东西可以放一放了，子殊到了。"白英一边说着，一边把何子殊往屋里带，"刚还在说你和瑾沉呢，说着说着就到了。"

"陆……哥他还没来吗？"何子殊差点儿想脱口而出一句"陆队"，话到嘴边才想起林佳安警告过他不下三次，上节目千万不能喊"陆队"。

观众的发散思维有多厉害，今天一句"陆队"，明天"APEX团内不和"的通稿就可以满天飞。

"刚打了电话，还在路上。"白英说着顿了一下，状似无意地笑道，"他那边离得远，要不是有事回家一趟，就跟你一起来了。"

何子殊有些诧异地抬了抬眼，他听出了白英的意思。

乐青周年庆，APEX合体消息的热度一直居高不下，各大娱记都盯得紧。

四人住在一起的消息虽没有公开，但还是有很多人心里清楚。

所以白英这话其实不是在跟何子殊解释，而是跟"别人"解释，为什么两人住这么近还要分个前后。

何子殊顺着白英的话说了下去，两人交谈间，余铭撸着袖子走了出来。

几人又寒暄了好一会儿，何子殊本来都已经脱了外套，打算先帮忙做些杂活，却被余铭推到了楼上，说等陆瑾沉来了再说，只好先收拾行李。

当看到房间里两张床的时候，何子殊拿行李的手都有点抖。

他甚至不敢开口，问另一张床是谁的。

如果余铭开口一句"当然是你们陆队"，他该用什么表情委婉表达自己想死的心情。

　　"瑾沉暂时先住隔壁，因为房间比较少，等嘉宾来了，可能还要一起挤一挤。"余铭笑着推开窗，指了指窗外，"这地方挺好的，等瑾沉到了，你们可以先去附近逛逛，跟周围的乡亲们打个招呼，熟悉一下。"

　　何子殊深吸一口气："好，麻烦余老师了。"

　　余铭放心不下厨房里的炉灶，只叮嘱了几句，就径直下了楼。

　　何子殊带的行李其实只有最日常的几件衣服，后续有什么需要的，生活助理会看情况给他配。

　　他把衣服简单收拾了一下，正打算下楼，窗外就传来了一阵声响。

　　他隐约听见庭院木门的声音，来的时候他便注意到了，那木门经年已久，所以只是轻轻一碰，吱呀声便能飘得悠远。

　　与那吱呀声一起响起的，还有人群窸窣的响闹。

　　何子殊有些好奇，走到窗边，往外看去，立刻怔住了神。

　　因为他看见了陆瑾沉，那人正穿着一件黑色的风衣站在楼下。

　　因着新造型的需要，陆瑾沉的头发被蓄得微长，两边头发虚虚拢到耳后，用一个黑色皮绳松垮束着。

　　脚上是一双半高筒的纯黑军靴，衬得整个人格外利落，也带着些生人勿近的气息。

　　屋檐下本就挤着满满当当的工作人员，因为陆瑾沉的出现，全都骚动起来。

　　尤其是边缘拿着台册的几个女孩子，互相拉着手，紧紧攘着，脸被兴奋劲蒸得通红。

　　木窗有些低，为了安全起见，节目组特意在外围加了一组木质的护栏。

　　何子殊双手就搭在围栏上，一时不知作何反应。

　　还是先下楼吧，何子殊这么想着，放下搭在围栏上的手，一侧步，一偏头。

　　却不料这微一偏头，恰好撞上陆瑾沉往上一眺的视线。

　　何子殊："……"

　　死亡对视片刻，何子殊先虚伪地笑了。

然而，他更没想到，陆瑾沉也被迫营业，勾了勾嘴角。

何子殊："……"

白英在里屋看见了陆瑾沉，但半天也不见他进门，于是一边朝着陆瑾沉走去，一边跟着抬起头来："看谁呢？"

见到是何子殊之后，白英眉梢一扬，笑着伸手，礼节性抱了抱陆瑾沉，说道："我说呢，这半天不进门在干吗，原来是和子殊打招呼。"

陆瑾沉笑着摇了摇头，没反驳，回抱了一下白英："姐，好久不见。"

余铭从门里走了出来，手上还带着些湿漉，往腰间草草拭了一把，戏谑道："这辈分可被你给喊乱了。"

白英和陆瑾沉母亲宋希清是好友，照理来说，陆瑾沉该喊一声阿姨才是。

"那自然是各论各的。"白英回道，"我得为自己正名一下。

"瑾沉在家其实也不喊妈，都喊希清老师或者宋老师，所以这一声姐也不算差辈。"

余铭还真没听过这一茬，不过公众对于宋希清和陆瑾沉的事向来好奇，于是也跟着求证："是吗？"

陆瑾沉转过身来："算是吧。

"不过姐把这先后位置弄错了。"

白英："？"

"是因为先喊了姐，所以在家里也只能喊希清老师了。"陆瑾沉笑着打趣。

"臭小子！"白英回过神来，笑着拍了拍陆瑾沉的肩膀。

在两人谈话的过程中，何子殊已经跑了下来，正安安静静地站在一边。

他看得出来，白英和陆瑾沉的互动绝不是装出来的，就像白英对自己，很客气，那种客气就只是前辈和晚辈的，彼此知道那条线在哪里，不会轻易去碰。

但往往是越"不客气"，才证明关系越好。

所以刘夏说得很对，这《榕树下》其实不是他的主场，而是陆瑾沉的主场。

人员齐了，导演那边设备却出了点问题，说摄像头都要关闭，进行调试一下，叫大家都歇一歇。

何子殊起先是为了避开陆瑾沉，跟在余铭身后给自己找了个差事——生火，和农村老式的灶台搏斗。

可做着做着，真就来劲了。

"子殊，先带瑾沉上楼看看房间。"余铭一边把围裙挂在脖子上，一边说道。

没人应声，余铭有些奇怪地一回头，看见何子殊保持一个姿势蹲在灶台边，一动不动，袖子高高挽起，露出一截雪白的手腕，手里还抓着一把枯草，抿着嘴，有些茫然地眨了眨眼睛，那如临大敌的小模样让余铭瞬间笑出声来。

其实他和何子殊没有事先接触过，仅有的几面之缘也是在一些大型晚会上。何子殊作为演出嘉宾，他作为主持人。

何子殊这孩子给他的印象，就是两个字：规矩。

不提要求、不作妖、不抢镜头，台本给几个字就答几个字，哪怕以他的咖位，是有"任性"的权利的。

乖得有些过分，乖得让人根本猜不到"酗酒""泡吧"这些谣言是从何而起，但同时，也乖得……少了点灵气。

那时候安排何子殊接《榕树下》的时候，乐青那头的人就说，要给他添点"人"气，余铭还觉得乐青操之过急了。

可现在看来，也许是他想多了，这孩子，灵得很。

"也不差这一时半会儿，靠太近了，别熏着眼睛。"余铭拉起何子殊，轻轻一带。

因为一门心思搭在那团枯草上，何子殊原先并不觉得哪里不适，可当被余铭拉起来的瞬间，那从脚一点一点传来的刺痛……

不好，脚麻了！

"哎！小心！"

四周惊呼声响起。

何子殊往前一倾，即将和地面零距离接触的时候，被人拉了起来。

他一站定，才发现是陆瑾沉。

所有人松了一口气，只有何子殊有些紧张地看着陆瑾沉。

半晌，他开了口："谢谢哥，脚麻了，不是故意的。"

陆瑾沉不轻不重地"嗯"了一声，看出了这人有些拘谨，周围又视线环绕，随口起了个话题："把行李箱搬上去。"

陆瑾沉只是随口一说，自然没让何子殊帮他拎行李。

何子殊倒是想，奈何陆队实在高贵。

节目录制已经开始，陆瑾沉自然要换下身上的风衣，可眼下，他看着陆队手上的运动服——和他身上的运动服一模一样……

摄影师眼睛都绿了。

何子殊觉得陆瑾沉脸也要绿了。

他都能想象到时候弹幕会有多凶残。

据说不久前两人用着乐青周年庆、公司统一发放的、带着巨大 logo 的水杯都能飘上热搜。

还是公司保洁阿姨都人手一只的那种。

而现在这明晃晃的运动衫……哪怕谁都知道这只是赞助的，同款。

何子殊能肯定，陆瑾沉就是被林佳安坑了。

他知道陆瑾沉这几个月行程多到不行，根本没时间过手自己的行李，全部交给生活助理，所以助理究竟带了什么衣服，他可能还真没了解过。

何子殊："……"

第三章 /
小麻烦精

JINZHIDANFEI

　　陆瑾沉最后还是换上了那套同款运动衫，也正因为这样，何子殊安安静静地跟在余铭身后打下手，尽可能避免两人同框。

　　按理来说，安静的人在镜头前总是落了一头的，可偏偏，何子殊又生了一副明眸皓齿的少年模样，尤其是那一双骗不了人的眼睛。

　　哪怕是余铭这种"阅尽千帆"的圈内人都觉得难得。

　　合不合眼缘这事，总是带着点玄，可何子殊就极其合余铭的眼缘，所以两人很快亲近起来。

　　何子殊本来以为和陆瑾沉低头不见抬头见的，会很难熬，可第一天却过得很平静。

　　除了最开始碰面时有些拘谨，后来各忙各的，倒也相安无事。

　　直到第二天晚上，突如其来的暴雨，打乱了所有人的计划。

　　晚风带着凉薄寒意旋满整间屋子，起风的瞬间，院里落了一地还未染黄的叶子。

　　时间已经不早，乡野的夜来得又沉，在众人还来不及反应的时候，滂沱的雨倾泻而下。

摄制组登时乱成一团，庭院里很多还来不及收拾的器材，被雨一冲绝对要报销，于是连忙中断摄制，齐齐扎进了雨幕里。

何子殊在楼上根本坐不住，连雨衣都来不及披就跑了出去，将将走到门口，便撞上从院外进来的陆瑾沉，那人怀里还抱了一只柴犬。

何子殊连忙接过，安抚性地摸了一把，把它放到屋内后，就小跑一步跟在陆瑾沉身后。

陆瑾沉顿住步子："要去哪里？"

"帮忙。"何子殊偏过头去看了一眼外面的场景，心不在焉地回道，"不能让女孩子在外面跑，雨太大了。"

话音刚落，何子殊就被雨衣盖了一脸。

"穿好。"陆瑾沉声音有些低。

这时，外面有人惊叫了一声，惊得何子殊一把扯下雨衣，随便往身上一套，提步就走。

还没等他跑出门，又被陆瑾沉拉住。

要干吗！

我看你陆瑾沉就是在为难我何子殊！

"穿好。"陆瑾沉皱着眉，又说了一遍，手上的力道松了，可脸色依旧有些冷，"我先去看看。"

何子殊有点摸不着头脑，可还是很听话地把帽子盖好，一拉抽绳，裹得严严实实，只露出一双黑闪闪的眼睛，眨了眨："哦。"

外面的情况比他们想象的更糟。

节目组还收到了村长打来的预警电话，叫他们关好门窗，安全第一。

把能收的都收了，也安置好工作人员之后，雨不见小，甚至有越来越大的趋势，所有人都淋了个彻底。

导演这才注意到满身狼藉的何子殊和陆瑾沉，连忙把他们往房间赶。

"你们两个怎么下来了？淋成这样，感冒了怎么办！"李旭又急又心疼，刚刚全忙着收拾东西，根本来不及顾及他们。

谁知道拦住了余铭和白英，落了两个小的。

"没事没事，"何子殊强忍着寒意，也不敢打寒战，怕别人瞧出什么来，"还有人没地方睡吗？可以睡楼上，我们挤一挤。"

"没了没了，都回去睡觉了，你快回去洗个热水澡。"

陆瑾沉点了点头，转头看着何子殊，眉头一皱。

嘴唇都冻白了，还在逞强说没事。

"李导你也早点睡，明天再收拾吧。"陆瑾沉说完，去沙发上拿了条薄毯，披在何子殊身上，然后直接把何子殊往楼上带。

李旭："赶紧去，别耽误了。"

何子殊根本不敢再开口了。

不是怕，而是冷，冷得牙齿都在抖。

不能露怯，要有骨气，要顶天立地，要站似一棵松。

陆瑾沉感觉到何子殊藏在袖子下的手止不住地战栗，没来由地烦躁："很冷？"

"不不不……不冷。"

看着还在逞强的何子殊，陆瑾沉语气微凛："是吗。"

何子殊裹紧他的小被子，极其轻微地说了一句："就……一点点。"

"抽屉里有节目组备的感冒药，如果觉得难受了，就吃了再睡。"陆瑾沉不欲多言，到了二楼直接开门，"明天没什么事，吃了药多睡一会儿。"

"不是要帮忙吗？"何子殊想起外面一大堆东西，"院子里还有很多设备没有收拾。"

陆瑾沉眉头一皱，语气沉了下去："不用，睡觉。"

陆队脸色不好，何子殊决定安分一点，很识时务地说："那哥你也早点睡。"

"嗯。"

洗漱之后，何子殊躺在床上，零碎的困倦之意凝成尖锐的疲累一路下坠。

雨势仍不见小，砸在窗上，很吵。

何子殊揉了揉酸胀的手臂，人也有点昏沉，正打算听陆瑾沉的话，起来泡包感冒灵。

可还不等站起身来，就听到"啪——"的一声响。

紧接着，四周陷入黑暗。

楼下很快响起声响，脚步声、说话声、雨声交杂成一团，也分不清到底哪边清晰些。

隐约间，何子殊听见导演的声音，好像是说停电了，让他们不要走动。

何子殊重新躺回床上，忽地没了力气。

他讨厌这样的黑夜。

小时候一个人挨过的，无数个同样的黑夜。

就跟渊壑一样黑，泥泞、嘈杂、模糊，没有一点光亮。

睡吧，睡着就好了。

何子殊深吸一口气，闭上了眼睛。

雨声很重，又缠着风，睡意浅浅深深辗转，最终融进了窗外的山风里，散得一干二净。

门外忽地传来一阵轻微的敲门声。

何子殊看不见门的影子，只大概有个方向，清了清嗓子开口："谁？"

"我，小周。哥，你睡了吗？"

何子殊听到熟悉的声音，坐起身来。

小周和汪文是林佳安给他和陆瑾沉配的生活助理，平日里跟节目组工作人员一起，住在不远处的一栋民宿里，距离虽不远，却也要走一段路。

"进来，门没锁。"

小周应了声，推门进来。他手上举着手机，聊胜于无的亮光，隐约能照个轮廓。

"这么大雨，你怎么过来了？"何子殊忙给他找了条毛巾，"淋着了没？"

"没事没事，哥我不用。"小周连忙摇了摇头，"雨下太大了，我和文哥怕这边人手不够，就过来帮忙。安姐留了一辆保姆车给我们，没淋雨，顺便帮导演把遮雨棚给带了过来。"

"不过现在情况有点复杂，"小周挠了挠头，"好像说电线被刮倒了，正在抢修，附近一片都停电了。"

何子殊："没有备用的发电机什么的吗？"

小周："还没来得及带过来，搁在镇上呢。"

小周怕光刺到何子殊的眼睛，关掉了自带的电筒，浓重的黑又一下子盖下来。

乡间的黑夜与城市不同，没了街边的路灯，没了明朗的星月，很要命。

小周忽然想起安姐曾跟他说过，何子殊怕黑，睡觉都会亮着一盏小灯，可现在的情况，又不能靠手机的照明灯撑一个晚上。

小周想了想，开口道："哥，我去要个应急灯来吧。"

他说着就要往外走，却被何子殊叫住。

"不用，"何子殊闭上眼睛，"天这么黑，别再摔了，摄影组他们够忙了，我们就别再添乱了。"

"可是……哥，你不是怕黑吗？"小周说得小心翼翼。他心里也没底，也不知道这么直接点破，何子殊会不会生气。

何子殊很久没有回话，小周后悔自己说错话了，就在他打算开口道歉的时候，听到很轻的声音道："不是怕，就是……不喜欢。"

那声音很平静，可或许正是因为太过平静，反而滋生出了一些无措，与平日的何子殊不怎么像。

何子殊笑了一下："雨这么大，就在这里睡吧，我给你找件衣服。"

"不用，等哥你睡着了我就回去。"小周把何子殊递给他的毛巾叠得整整齐齐，严肃道。

何子殊有些想笑，一个比他还要小上几岁的男生，说要留在这里陪他。

他有些无奈："我不怕黑，不骗你，真的，不用等……"

何子殊的话被一圈暗黄色的光晕打断。

那光从窗外投进来，并不炽烈，和往日如昼的灯火相比，甚至有些单薄，却轻巧地将黑夜穿破。

两人均是一愣。

小周怔了怔神，随即先何子殊一步跑到窗边。

他循着光线看下去，入眼的，便是他们开过来的那辆保姆车。

两盏照明灯打着，两柱光柱间，细密的雨仍以滂沱之势落下。

"是文哥！"小周大喊了一声，语气中满是惊喜，"哇，文哥好聪明啊，这照明灯一照，就跟开了个小发电机似的。"

"哥，你听，李导他们也在说这车派上大用场了，我们没白来！"

何子殊笑着点了点头："嗯，你们帮了大忙。"

小周仍沉浸在和汪文救场的兴奋中，还特意掏出手机发了一条朋友圈。

可他却没注意到，在他看不见的地方，何子殊深深地松了一口气。

何子殊没说谎，他不怕黑，但真的不喜欢，却还要在旁人面前，装作无所谓的样子。

明天一定要好好谢谢文哥，睡意惺忪间，何子殊如是想。

可他不知道的是，被他和小周夸赞的汪文，现在正躺在陆瑾沉房间里，翻过来翻过去。

汪文怎么也想不明白，为什么陆哥在这刮风下雨的鬼天气里，放着好好的床不睡，非要下去睡什么保姆车。

还点着两盏晃眼的大灯！

这是要照亮谁的美？

第二天，风雨已过，晨光正盛。

所有人心里都挂着事，起了个大早，忙活了一天，才将该换的换了、该扔的扔了。

实打实的忙碌让彼此很快熟络起来，尤其是白英。

她和陆瑾沉关系亲近，对 APEX 的几个孩子也都熟悉，除了何子殊。

因为陆瑾沉几乎从来没有在她面前主动提起过何子殊。

那些不和的言论，她是信了七八分的。

可就这两天的接触来看，白英觉得一定是哪里出了问题，子殊明明贴心得很。

话少、做事勤快、不邀功、对所有人都很细心，简直乖到心坎上。

什么不和，根本没道理。

白英看着正低头洗菜的何子殊，轻声开口："子殊啊，过来。"

"姐，怎么了？"何子殊手还湿漉着，在围裙上随便擦了两下，小跑了两步，"要帮忙吗？"

"瑾沉呢？"白英随手拿了张纸巾递给何子殊。

何子殊扭头往窗外看了一眼："在院里吧。"

两天前，节目组不知道从哪里带了一只村霸大鹅和一只小柴犬过来，所以热闹得很。

"到这边来也两天了，忙着打扫布置，都没有去附近走走。"白英转身拿了两个大桶，里面满满当当都是赞助商爸爸的营养燕麦。

"把这些给附近的邻居送过去，老人小孩都能吃的。"

"好。"何子殊点了点头，扯下围裙就打算出发，结果被白英一句"叫上瑾沉一起，这么多你拿不动"弄得顿住了脚步。

何子殊有些僵硬地停下动作，扭头，坚定道："我觉得我可以。"

"不，你不可以。"白英冷酷无情。

于是，就演变成眼下这个场景。

陆瑾沉拎着节目组配的喜庆大红桶走在前面，何子殊跟只小鹌鹑似的跟在后头。

何子殊小心翼翼地把控着距离，不至于太近，也不会显得太疏远。

好似一派轻松模样，看不出什么猫腻来。

"白英姐说这些都要送给谁？"陆瑾沉停下步子，转过身来看着何子殊。

"就附近的邻居，都可以，没说要特地给谁。"何子殊开口道，看着不远处第一幢老屋，随手一指，"哥，我们先去那里吧。"

"嗯。"陆瑾沉点了点头。

割稻时节，埂下响着机器的轰鸣，还掺着乡音浓厚的人声。

出门前导演说，因着前天那场大雨，稻田都还有些积水，所以这两天村里都在忙着割稻子。

何子殊觉着新奇，一边走一边往两边看。

一转眼桶里的东西也见了底，他们和村民们道了别往前继续走。

走着走着，何子殊忽然想到了昨晚的事。

他起来的时候，小周和汪文都已经回去了，再加上他和汪文并不熟悉，所以没有联系方式。

他看着陆瑾沉，想了想，还是开了口："哥，昨天文哥就在车上睡了一个晚上吗？"

陆瑾沉停下步子，有些不明白何子殊话中的意思。

他转过身来，微一皱眉："谁？"

"文哥。"何子殊回道，"昨晚不是停电了嘛，小周说文哥开了保姆车上的灯应急，直到天半亮才熄了。"

虽说不是特意为了他，受益的人也不止他一个，但那簇微薄的灯火，却支撑着他挨过了一个黑夜。

所以何子殊觉得，多少还是要道个谢，说声辛苦了。

陆瑾沉微一怔神，明白了何子殊话中的意思。

他觉得有些好笑，却也不想澄清什么，说是汪文也好，是他也好，其实也没差。

陆瑾沉随意开口："后来睡着了吗？"

何子殊笑得眉眼弯弯："嗯，睡得很好，所以想跟他说句谢谢。"

陆瑾沉："不用。"

何子殊："嗯？"

在何子殊的疑惑中，陆瑾沉微微侧过身来，眸色在微凉的天光中，浸得格外沉。

只听他很轻很慢地说了一句："他知道了。"

四周有些静，只剩下风过稻田的簌簌声，绕着山丘逗乡音。

在一片软风中，何子殊愣愣地点了点头。

"那就好。"

知道了，那就好。

结束话题后，两人准备打道回府。

刚下了石阶，忽地听到身后有人喊："等等！"

何子殊回过头来，只见一个大爷怀里抱着一个红色的塑料纸箱，急匆匆往他们这边跑。

"爷爷您慢点！就站在那边就好，我们过来！"何子殊看着三步并作两步飞奔的大爷，心都悬了起来。

这石阶高低不平，坑洼不少，再加上未干的水迹，脚下一打滑可不得出事。

"小何啊，这个能送给你们吗？"老大爷有些不好意思地笑了一下。

看着面前印着"红富士"几个大字的果箱，何子殊摆了摆手："爷爷，这个我们不能要。"

他们的宗旨就是不多收村民一针一线。

一针一线都不收了，怎么还能收红富士？

何子殊义正词严拒绝道："爷爷，这个我们有。"

"这样啊……"老大爷声音明显低了下去，"也是也是，听说家里已经养了好些了。

"那你们忙，下次再来玩啊。"

老大爷说完就要走，何子殊还有些纳闷，"养了好些了"是什么意思？

还不等何子殊琢磨完，站在一旁的陆瑾沉却忽地出声："爷爷等等。"

紧接着，陆瑾沉两步上前接过箱子，停了片刻后，对着何子殊一挑眉："不来看看？"

"嗯？"何子殊上前一看。

借着半合半关的顶盖，何子殊看到碎花的垫子上，躺着一团小小的黄色毛团。

很小，小尾巴颤颤巍巍摇着，耳朵还没立起来，大抵是见了光，很轻地喵喵了两声。

何子殊又惊又喜，从陆瑾沉手里接过，放在一块平稳干燥的石阶上，小心地打开了盖子。

看了好一会儿，何子殊才抬头看着老大爷："您是说要把这个送给我们吗？"

"哎哎，我也是在后面草丛里捡的，丢着不管造孽，小东西又娇气，怕给养死了。"

陆瑾沉却觉得没这么凑巧，后退一步，朝着摄像头的方向低声问了一句："你们安排的？"

摄影师摇了摇头，还真不是。

要是他们想再添只猫，就直接跟柴犬、村霸鹅哥一起带过去了。

"我们可以养吗？"何子殊半蹲着歪了歪头，眼睛看了看小猫咪，又看了看老大爷，最终定格在陆瑾沉身上。

可爱，想要带回家。

从陆瑾沉那个角度看过去，何子殊仰着脖子看着他，盒子里的猫咪也湿漉着眼睛看着他。

陆瑾沉心一下子就软了。

"想要？"陆瑾沉不自觉放轻了声音。

"嗯。"

"那跟爷爷说谢谢。"

"那要是导演他们不同意怎么办，到时候我们不会要含泪再送走它？"

"不会。"陆瑾沉弯腰抱起箱子，"如果导演不同意，我们就含泪送走导演。"

何子殊："……"

跟拍摄影师："……"

何子殊一进屋就和余铭一起忙着照料小猫，陆瑾沉坐在隔间被白英拉着搭猫舍。

"听导演说，子殊起初不知道那箱子里是猫。"

陆瑾沉随手也摘了收音话筒："听见里面的动静了。"

"他喜欢猫？"白英笑道。

"嗯。"

"你怎么知道？"

陆瑾沉很久都没有回话，颇有些无奈，隔了好一会儿才答道："刘夏说的。"

"刘夏？"白英皱了皱眉，"谁？"

"暮色的老板。"

在何子殊还在酒吧驻唱的时候，刘夏的酒吧赶时髦，就养了几只猫，白天不唱歌的时候，跟个猫咖似的。

那时候陆瑾沉就知道何子殊喜欢猫了。

"不是不待见他吗？"白英视线就没有从陆瑾沉身上离开过，意味深长道，"也不知道是谁之前说，就是一次性工作关系。"

白英说完，起身就往外走。

陆瑾沉："……"

没一会儿，陆瑾沉朝着导演走了过来。

两人走出一段距离，离了镜头外。

陆瑾沉开门见山："李导，捡猫这段最好删掉吧。"

"嗯？"李旭有些不解地皱眉，"这素材很好啊。"

陆瑾沉："就是太好了，反而显得刻意。"

就连他都怀疑是不是摄制组安排的，观众就更不用说了。

陆瑾沉往屋子里扫了一眼，太像剧本的东西，肯定少不了舆论。

毕竟是综艺首秀，这对于何子殊来说，有些危险了。

李旭难以取舍，他承认陆瑾沉的顾虑是对的。

何子殊是真的想要养才带回来的，可别人不一定这么想。

立人设、炒作、剧本，不好收场。

可是……

"猫已经在这里了，可以等节目播出定型之后，再以别的形式播给观众看。"

陆瑾沉知道李旭在想什么，无非就是收视率、关注度，这样一来，当个彩蛋说不定还有意外之喜。

李旭眼睛一亮，陆瑾沉这法子的确更妥当，于是连忙应下："成！"

何子殊完全不知道陆瑾沉暗地里已经和李导达成了"交易"，正专心养崽养猫。

摄制组怕小猫身上带着病，还特意叫人把它送到镇上的宠物医院看了看，顺便添置了好些东西。

吃完饭，洗完碗，几人围坐在一起犯困。

余铭瘫在藤椅上，拿着大蒲扇摇着："小殊啊，还没给你猫女儿起名呢。"

"还没想好。"提到小奶猫，何子殊眼睛都亮了一下，"要不老师您起一个？"

陆瑾沉有些好笑，看向何子殊："你确定？"

"嗯？"何子殊不解。

陆瑾沉："你问问余老师，给院子里那两只都起了个什么名字。"

"柴犬叫汪汪，大鹅叫嘎哥。"白英喝了口茶，"后爸取的名字就是这么无所谓。"

"我以为那只是小名，"何子殊往院子里扔了一个网球，小柴犬飞奔过去一口叼住，跑回来钻进何子殊怀里，小尾巴甩得很欢乐。

可是网球却骨碌碌滚到了陆瑾沉脚下。

陆瑾沉俯身捡起来，语气带了几分笑意："今天这小东西去咬设备线，气得李导满院子喊汪汪，这名字不改也得改。"

余铭他们闻言全都笑出声。

叫了一早上"汪汪"的李导："……"

于是，何子殊把柴犬抱到怀里，摸了摸头："那就重新起个名字吧。"

狗狗的视线还定在陆瑾沉手里转着的那个网球上，可身体却舒舒服服地窝在何子殊怀里，丝毫没有动弹的念头。

陆瑾沉觉得这一定是个没良心的，明明前天晚上把它从雨里抱进去的是自己，可最黏的还是何子殊。

网球"咚"地落地，发出一声闷响。

何子殊也被动静吸引过来，一大一小都睁着眼睛看着自己。

陆瑾沉出声打破沉默："不是起名字吗？"

何子殊："我起？"

"如果不想叫喵喵的话，最好你起。"陆瑾沉回道。

何子殊回头看白英和余铭，见他们都点了点头，沉思了一会儿："那就叫柴米油盐吧，各取一个字。"

白英率先鼓起了掌："这个好。"

余铭摇了摇扇子："挺好，等生了崽，再把酱醋茶添上。"

"老师，我女儿还是只小猫咪。"何子殊出声提醒。

自己还是崽，不生崽。

余铭从善如流："等长大了就会被男朋友拐走，然后生下属于自己的迷你小猫咪。"

何子殊摇了摇头："不可以，我女儿五十岁之前都不可以交男朋友。"

所有人："……"

一个闲聊的工夫，三只小猫的名字尘埃落定。

柴犬阿柴，村霸大米，奶猫盐盐。

几人收拾好后，起身去洗漱。

这几天的分量只是先导片，为了让他们适应镜头和环境用的，重头戏还在后面。

白英做完一套瑜伽，长舒了一口气，说道："明天就正式来客人了，今天好好休息，都别睡太晚。"

几人应下。

"记得多盖床被子知道吗，淋了点雨，说话都瓮声瓮气的。"白英叫住正往楼上走的何子殊，看着他清瘦的脸，有些心疼，"给你垫了床新毯子，就铺在下面。"

"嗯，谢谢姐。"何子殊手搭在扶手上，半倾出身子。

明明是从高处跟白英说话，可因着这姿势，没有一点居高临下的感觉，反而显得很乖。他低着头，楼梯口的灯光把他的轮廓模糊得格外柔和，眼睛越发清亮。

白英看着心软得一塌糊涂。

顿了一会儿，何子殊忽然想起来一件事，于是嘴角微微一抿，冲着白英眨了眨眼睛："姐，明天我做饭吧。"

这两天因为琐事比较杂，所以厨房大多都是白英在忙活，何子殊觉得有些不好意思。

白英也没多想，只是点了点头："好，还没吃过子殊做的饭呢。"

何子殊："那姐晚安哦。"

白英："晚安。"

何子殊上楼后，陆瑾沉才擦着头发，从拐角的洗漱室走了出来。

"明天子殊做饭，你记得去帮忙。"白英说。

仗着还没戴上收音话筒，他把湿了一半的毛巾往脖子上一挂，直接回道："我不会。"

"行，那就这么说定了。"白英微笑。

既然陆瑾沉没戴话筒，收不到音，那还不是她说什么就是什么。

陆瑾沉："……"

"明天嘉宾的事，你有消息吗？"白英随口问了一句。

陆瑾沉摇了摇头，节目组保密工作做得很好，却还是开口道："第一期，请来谁都不意外。"

白英往脸上敷了片面膜，慢悠悠地往楼上走去："也是，早点睡吧。"

陆瑾沉原本觉得毕竟是第一期，请来谁都在情理之中。

可当第二天，看着飞奔着从他身侧擦过，跑过去抱住何子殊的谢沐然，以及身后的纪梵，他往摄制组的方向看了一眼，笑容加载失败。

李旭这个主意打得的确好，"APEX 合体"这个重磅炸弹的粉丝效应，连前期预测都不用，绝对的收视保障。

陆瑾沉觉得头疼。

何子殊接了个满怀，又惊又喜，最后却只凝成一句："吃早饭了没？"

话音刚落，不远处摄制二组就爆出一阵窸窣的声音，全都是年纪小一点的实习女制作。

陆瑾沉："……"

"随便吃了一点。"谢沐然心情大好，"不是说前两天很忙吗，就和梵梵早点过来。你不知道我这几天是怎么过来的，暴瘦，所以要来这里补一补。"

何子殊完全没看出来谢沐然哪里掉肉了，在他脸上捏了捏："瘦了？"

纪梵拖着两个行李箱在后头慢悠悠走，接嘴道："瘦了 317 克。"

何子殊："……"

陆瑾沉从纪梵手里顺手接过一个行李箱，看着谢沐然凉凉道："瘦了这么多，还真是辛苦你了。"

谢沐然："也就一般般辛苦。"

陆瑾沉："要过来怎么不提前说。"

谢沐然没挡住陆瑾沉的眼神攻击，连忙甩锅："是导演组要求的。"

几人还欲说些什么，屋里的白英和余铭听到动静走了出来。

两人见到嘉宾是谢沐然和纪梵，登时喜上眉梢。

尤其是白英，原本想着第一期嘉宾总会有招待不周的地方，可现在看着面前一排站开的四个男孩子，怎么看怎么舒服。

何子殊原本也以为今天的画风跟前两日一样，谁知道，在放好行李后，导演却拿着大喇叭喊了集合。

喇叭的声音并不好听，尖锐、刺耳，极具穿透力，李旭的声音被喇叭一压缩，还有些失真，可每一个字都砸得他们满头雾水。

李旭咳了一声，道："我们是地道的农田综艺，想要培养的，是农业巨头。"

众人："……"

农田综艺?

李导继续清嗓子："很遗憾地通知你们，由于经费不足，接下来两天想要吃上饭，必须要自己赚取劳动报酬。"

"怎么我们一来就经费不足了?"谢沐然笑容逐渐消失，"明明是通知我们来度假的。为了吃顿好的，我和梵梵连早餐都没吃。"

纪梵瞥了谢沐然一眼："不要说谎。"

不仅吃了，还吃得不少。

余铭和白英早料到节日组不会这么简单就放过他们，两人义着手，面上一副"原来在这里等着呢"的模样。

还不等导演继续说，白英就走到大门边，随手扯了把辣椒下来："其实家里存粮还是挺多的。"

导演满头黑线："白老师，那是道具。"

白英："都要饿死了还道具不道具的，能吃就行。"

余铭的视线已经跟着村霸大米游走。

铁锅炖大鹅。

在温饱面前，亲情，不值一提。

摄制组："……"

"今天的主要任务，就是挖地瓜，你们可以按照市场价跟我们等价交换物资，比如米、蔬菜、水果以及其他必需物品。"

导演看着想要往厨房里走的白英，开口道："白老师留步。"

白英回过头来。

李旭在后头开口："厨房里的米缸、菜缸已经被我们提前掏空了。

"真的，一粒都不会有。"

陆瑾沉怔了怔："所以，这就是把我们的东西没收，然后换种方式，再卖给我们？"

何子殊："做不好的话，连原先属于我们自己的也拿不回来？"

导演："话怎么能这么说呢。"

何子殊扭头看着在庭院撒欢的两小只："那大米、阿柴它们吃什么？"

导演不为所动："所以要努力赚钱，再苦不能苦孩子。"

何子殊："……"

商讨到最后，何子殊已经放弃了在流氓摄制组那里讨便宜。

可看着面前一辆小拖拉机和四个大背篓，何子殊觉得，他还是低估了流氓摄制组的流氓程度。

何子殊上前，拍了拍车身上的铁皮，疑惑道："这是什么车？"

余铭在一旁笑呵呵地搭腔："不认识的车，一律按劳斯莱斯处理。"

倒是一向跳脱的谢沐然，沉默，紧接着嘴角一抽，不太情愿地科普："老头乐。"

何子殊有些震惊地回头看了谢沐然一眼。这都知道？

"因为我以前开过。"谢沐然实话实说。

何子殊："？？？"

谢沐然扭过头去，神情愤慨。

他之所以开过，是因为以前参加过青云台别的综艺。

那天，#谢沐然为老头乐代言#这丧心病狂的话题在热搜挂了一天。

"李导这是有备而来啊。"陆瑾沉眉梢一扬。

李旭笑得双下巴一颤一颤，也没反驳："你们可以选择这辆老头乐运地瓜，或者这四个背篓。"

他就是笃定了谢沐然会被赶鸭子上架。

果然，陆瑾沉第一时间做出了选择："那今天就辛苦沐然了。"

纪梵："老头乐挺好的。"

何子殊什么也没说，只安抚性地拍了拍谢沐然的肩膀。

谢沐然："……"

老头乐一路扬尘而去，坐在驾驶座上的谢沐然生无可恋，而坐在后边敞篷车厢的三人，也没好到哪里去。

这车，太抖了。

就好像下一秒就要卸掉个车轱辘的那种抖。

他们甚至分不清是谢沐然方向盘没握稳，还是老头乐年龄大了，不快乐了。

摄制组的车慢悠悠在前面带路，跟拍摄像师笑得镜头都在打战。

这四个人，圈内顶流，乐青第一男团。

长着这样的脸，挤在一辆小破拖拉机上。

导演真的是个狠人。

一路颠簸着，终于快要到目的地，谢沐然突然拉长调子，捏着嗓子自带配音效果："倒车请注意，倒车请注意。"

把刚要起身的何子殊吓得一趔趄，幸好被陆瑾沉一把扶住。

陆瑾沉皱了皱眉："小心。"

谢沐然从驾驶座爬了下来，颤颤巍巍地说："疲劳驾驶要不得。"

纪梵："醒醒，这才开了十分钟。"

"我现在想和白英姐他们换个任务，去给鸡选美。"谢沐然有些虚脱地靠在车上。

摄制组给白英他们的任务，就是去镇上的鸡场，挑一只鸡王回来。

不是午餐，只为了把柴、米、油、盐四个字补全。

明面上是如此，其实大家心里都清楚，"劳动换报酬"的这个环节，其实就是为 APEX 专门设置的，好让他们四人一起行动。

节目定位再佛系，也需要收视率，观众想要看什么，节目组就得给他们看什么。

以白英和余铭的资历和咖位，节目组动不了真格，但总要有人挨刀子。

这刀子自然而然，落在了何子殊他们头上。

何子殊站定后，上前给谢沐然捏了捏手臂。

"子殊。"谢沐然闷闷喊了一声，把头移到何子殊肩上，"我这样的脸，为什么要靠卖地瓜起家。"

何子殊被逗笑，摸了摸谢沐然的头："嗯，为这个家，你付出了太多。"

陆瑾沉单手撑着车壁跳了下来："走了，时间不早了。"

陆瑾沉和纪梵走在前头，谢沐然和何子殊跟在后头。

四周都是辟好的埂道，前几天落了雨，还带出一股子泥土的气息。

才走了四五分钟，几人便看见一面绿色旗帜状的标牌。

标牌不是很大，上面明晃晃写着"榕树下"三个大字。

旗帜下，就是一片瓜田，而且是好大一片瓜田。

四人面面相觑，最终认命，各自扎好裤脚，戴好手套，下了地。

忙活了半天，直到塑料薄膜全部被地瓜覆盖，才艰难起身。

"子殊，你知道挖地瓜的时候，我在想什么吗？"谢沐然伸了个懒腰，苦笑。

何子殊："嗯？"

"我感觉我就像只偷瓜的猹。"谢沐然一把抄起那写着"榕树下"的旗帜，"这就是那柄钢叉。"

配上谢沐然那生无可恋的表情，格外生动。

一向没什么情绪的纪梵都被逗得捂脸笑，更别说何子殊了。

陆瑾沉在一旁看着他们三人闹。

一阵风吹过，沙沙响着，不知道从何而来，却将那些笑意浸得很清晰，漫过胸膛。

白英跟他说，何子殊其实很乖。

他看见了，也信了，其实一直都信着。

何子殊低头给谢沐然揉肩膀、替纪梵挽衣袖、提醒摄影师注意脚下。

做事的时候，眼眸低垂着，很少说话，不像谢沐然对镜头有着天生的敏感度。

对于一个艺人来说，这其实算不得好事。

越安静的人，越容易被忽略，像一部平涩的黑白默片，一个不察，便落了细节。

尤其是身边还有其他人。星光太盛的话，别人就看不见萤火了。

可何子殊又很神奇地，轻易赢了别人的偏爱。

陆瑾沉正想得出神，何子殊忽地抬头，两人就这样四目相对。

陆瑾沉清晰地看见，那人朝着自己笑了一下。

没有戒备、没有害怕、没有闪躲，猝不及防撞上来。

"回去吧。"陆瑾沉轻声说。

忙活了半天挖好的地瓜，换了一些米、肉之后，还赚了二十三块的巨款回来。

突然的暴富，让谢沐然被金钱糊了眼，甚至一路上都在何子殊耳边叽叽，要他去偷陆瑾沉的钱，然后去喝奶茶。

有钱，又有老头乐，只要握好方向盘，一脚油门就可以进城。

几人回到小屋，被白英他们带回来的鸡王已经满院子跑了。

何子殊去简单洗了一把，还没出浴室，就听到外面谢沐然的尖叫声。

"啊啊啊，梵梵，哥，你们快拦住它！"谢沐然惊叫着跑了进来，纪梵和陆瑾沉则是靠在一旁的门上笑。

何子殊这才看清被半高的门槛拦在外面，嘎嘎大叫的大米。

谢沐然躲在何子殊身后，瞬间有了底气，对着大鹅喊道："你等着，我找人打你！"

"它也太厉害了吧，翅膀一张八米八，还会飞！"

何子殊哭笑不得："你怎么惹着它了？"

"跟它抢吃的了。"纪梵把一块炒米饼塞回谢沐然嘴里，"当着它的面抢它的粮，不飞起来咬你咬谁。"

"我怎么知道这米饼是给它吃的？"谢沐然显然也有些崩溃，"这东西不会不能吃吧？"

"是隔壁爷爷送的，给我们吃的，只不过大米也很喜欢，就拿了一点出来，当零食喂它。"何子殊笑道，"可以吃，别怕。"

谢沐然顿时觉得很委屈："那就不是我抢它吃的了，是它抢我吃的啊！"

陆瑾沉看了谢沐然一眼："记吃不记打。"

纪梵："说不定等会儿还要跟余老师带回来的鸡打架。"

"那我就抓它去做宫保鸡丁。"谢沐然龇了龇牙。

村霸大鹅还在门槛边晃荡着，谢沐然不敢出门，只好对何子殊投去求助的眼神。

接收到信号的何子殊走到桌旁，掀开一块墨蓝的碎花布，熟门熟路地拿出一块米饼，走到门槛边，蹲下身来。

何子殊低着头，一点一点把米饼掰成碎末，对着嘎嘎叫的大米轻声哄："小朋友要乖乖在位置上等着，老师叫到名字的时候才可以来领小饼干，知道吗？"说完，就抬手往远处一撒。

村霸大米扭头就跑，连带着从角落里冲出来的鸡王一起，势均力敌，激烈碰头。

何子殊久违的孩子气，让陆瑾沉的心都跟着塌了一小块，他已经很久没见过这样的何子殊了。

也许纪梵说的是对的，这样就很好。

何子殊安顿好几只小的，便进了厨房。

在白英的示意下，纪梵和谢沐然在一旁给何子殊打下手。

换话筒的间隙，趁着白英和余铭在外头，谢沐然一边洗番茄，一边靠近何子殊，问道："姐跟我说，今天是你自己要求下厨的？"

"嗯。"何子殊点了点头，"怎么了？"

谢沐然神情有些纠结，一副欲言又止的模样。

"白痴。"纪梵塞了个还带土的地瓜在谢沐然手里，"吃都堵不住你的嘴。"

谢沐然狠狠地扬了纪梵一脸水。

谢沐然向来藏不住话，何子殊只稍作一顿，就笑着问道："想说什么就说。"

谢沐然抬眸看了纪梵一眼。

"好了，话筒在调试，收不到音，现在不问的话，就不知道要等到什么时候了。"

何子殊说话的时候，还顺带着敲了一个鸡蛋，脆薄的蛋壳敲在玻璃碗上，瞬间碎成两半。

他停下动作，看着谢沐然，轻笑道："还不说啊？"

谢沐然往四周扫了一眼，见也没摄像头跟着，才压着嗓子道："要是不想做的话，我们就不做，没关系的。就算是安姐要求的，只要你不愿意，就可以不做的。"

何子殊手上动作一顿，有些怔神。

谢沐然和纪梵喜欢何子殊做的菜，但前提是，何子殊愿意做。

之前在家的时候，谢沐然曾无意问起何子殊怎么会做饭。

那时何子殊的回答是，他做饭不是因为喜欢。

那时年纪小，寄人篱下，偶尔吃不上饭，或者全是些冷菜剩饭，为了让自己吃得稍微舒服一点，就摸索着学了。

何子殊说得云淡风轻，可纪梵和谢沐然却觉得不是滋味，尤其在充分发挥想象力之后。

在他们的想象中，六七岁的小子殊，小小的个子，因为够不到灶台，只能搬个小板凳踩着，费劲地炒着菜。

说不定还摔过好几次，一边哭一边抢大勺。

自那以后，他们就基本不叫何子殊下厨了。

"是公司那边要求的？"纪梵皱了皱眉，"还是安姐？"

对于这种生活类综艺来说，"厨艺"的确是个很大的卖点，公司抓着这点下功夫，倒也在常理之中。

"没有。"何子殊擦了擦手，语气轻快，"做个饭而已，只是麻烦一点，也说不上讨厌。"

他完全没想到，在纪梵和谢沐然心里，自己已经被盖上了"生活在做饭阴影下，童年悲惨的留守儿童"的印记。

"一顿两顿的确不是很累。"纪梵接过何子殊手里的碗筷，放在砧板上，正视道，"可在镜头前，你就不可能只做几顿饭。"

谢沐然在一旁搭腔："对啊，要是之后，节目组又折腾你做游戏，又要让你做菜，那真的会很辛苦。"

"其实让白英姐做也可以啊，节目组不会为难她和余铭老师。"

"你就在旁边切切菜好了。"

两人还在说着，何子殊却停下了动作，问道："你们吃过白英姐做的饭吗？"

纪梵想了想，摇头："没有。"

"其实白姐不喜欢下厨。"何子殊回道。

"前几天每次吃饭，她都只草草扒了几口。"何子殊俯下身子，往灶台里添了点柴，"这老式灶台烧的是木头，烟气重，嗓子一熏、脸一蒸，就没有什么食欲了，也挺伤皮肤的。"

一旁的谢沐然闷闷补了一句："那你呢？也会伤你的嗓子啊。"

"我不会啊。"何子殊游刃有余道，"从小就和这些东西打交道。而且给你们做饭我很开心。"

从来没劈过柴、生过火的纪梵和谢沐然更加心塞了。

"那为什么不和白姐说实话，"纪梵放下手上的东西，"说你是为了帮她，才说要自己做饭。"

纪梵不知道何子殊是真的不知道，还是觉得没必要。

但看样子，大概率是后者。

何子殊开口："有什么区别吗？"

"有，你不说，别人就不会知道，"纪梵皱了皱眉，"被放到节目里一放大，想找麻烦的人就会觉得你想抢镜头，所以在第一期来嘉宾的时候，抢了白姐的工作。"

何子殊只是笑了一下："那我说了就能不被骂吗？"

纪梵："……"

纪梵找不到话来反驳何子殊，又觉得闷着不说话不好，气得直剁猪肉。

烦死了。

然后，他就把猪肉条剁成了猪米花。

在猪米花差点儿变成泥的时候，话筒总算调试完毕，几人不着痕迹地把这个话题盖了下去。

纪梵和谢沐然出去摘葱，刚好陆瑾沉拎着一桶鱼走进来，而白英跟在他身侧，手里还有几颗绿油油的蔬菜。

白英："隔壁那家大爷送来的，说刚摘的，新鲜着呢。"

何子殊："是捡到盐盐的那位爷爷吗？"

"是啊，"白英洗了洗手，开始帮着打下手，"说什么都要塞过来。"说完朝陆瑾沉喊了一声，"等下记得送些吃的还过去啊，记得。"

陆瑾沉："嗯。"

陆瑾沉正打算出门，却被白英叫住："去那边把火生起来。"说完看了他一眼，"会生火吗？"

受到了质疑的陆瑾沉："……"

看着陆瑾沉罕见的迟疑，何子殊立刻开口挽回陆大队长的尊严："姐，我来吧。"

看陆瑾沉的样子，也不像是个会生火的。

可是何子殊脚步刚迈出去，那边的白英便头也不抬地说了一句："那你们俩一起生吧。"

陆瑾沉："……"

何子殊："……"

陆瑾沉深知白英的性子，又看着飞快切菜的何子殊，开口截住话头："不用，我去就好。"

白英扬了扬眉，颇为得意。

她一边给陆瑾沉让位，一边悠悠然继续开口："子殊啊，沐然有没有什么特别想吃的？"

"没有。"何子殊想都没想，直接开口，"沐然不挑食，但不吃香菜。"

"那纪梵呢，有什么忌口的吗？"

"忌口倒没有，不过他比较偏甜口，"何子殊低头往鱼片上裹面粉，"喜欢西红柿炒蛋，但不吃西红柿。"

"哦，是吗？"白英手上的动作渐渐慢了下来，她不着痕迹地扫了一旁的陆瑾沉一眼。

陆瑾沉心里一沉。

果然，只听白英轻声开口："那瑾沉呢？"

何子殊一时之间没反应过来，有些局促地抬起头来，眨了眨眼睛。

一下，两下。

这是道送命题！

他不会做！

鬼知道高贵的陆队喜欢吃什么！

要知道，他连给陆队买下午茶，都没机会！

何子殊大脑急速飞转，就在他差点儿破罐子破摔的时候，猛地想起刘夏之前给自己做过的功课。

他背过陆瑾沉的个人百科！

还是一条条背过来的！

于是，莫名有些紧张的陆瑾沉，就听到一句诗歌朗诵似的话："哥喜欢吃海鲜，但不吃虾，也不太能吃辣。"

陆瑾沉："……"

他太熟悉这话了，那是刚出道的时候，助理当着他的面，帮他一字一字编上去的。

背得真好，一字不差——其实不太能吃海鲜的陆瑾沉心想。

他抬头看了何子殊一眼，许是因为逃过一劫，那人嘴角微微抿着，眼尾向下一垂，贴在身侧的一只手，跟给自己打气似的，揪了揪围裙。

陆瑾沉早就发现了何子殊有些格外柔软的小动作，可眼下却觉得心烦。

沐然和纪梵的口味都知道得这么清楚，对他却一无所知？

这待遇还真是一目了然。

陆瑾沉有些烦躁地抽了抽灶台里的柴火，火光盛了一下，扬起的草木灰气息扑了一脸。

此时，白英恰好把青菜下到锅里，水珠碰到热油的瞬间，不断响起呲呲声。

在这油烟声里，陆瑾沉又听到白英慢悠悠地开口："瑾沉其实挺喜欢吃酸的。"

现在，就酸得不行。

陆瑾沉："……"

更烦了。

厨房的动静渐渐小了下去，几人里里外外走了三四趟，才将今天的晚餐端了出来。

没放过多调料，清甜脆口的清炒蔬菜，色泽鲜艳的西红柿炒鸡蛋，汤味醇厚、肉烂骨酥的筒骨汤，再加上一盆细嫩滑软、肉薄无刺的酸菜鱼。

几人吃得头也抬不起来。

白英破天荒地吃了一碗饭，余铭更是一口气喝了好几碗汤。

两人都没料到何子殊口中的"会做饭，但做得不是很好"是这样的不好法。

尤其是白英。

下午，纪梵瞒着何子殊来找过她，说如果有时候节目组给的任务重了，就麻烦她帮着做下饭。

纪梵说得隐晦，可白英在圈子里泡了大半辈子，一下子就明白了纪梵的来意。

他们心疼了。

同样，她也心疼了。

白英舀了一碗汤，一口一口地喝着。

借着汤碗的遮挡，她的视线落在何子殊身上。

其实好几次，她都想让何子殊“任性”一点，不用那么乖。

想要什么就开口，讨厌什么也可以毫无负担地拒绝。

可后来，她慢慢发觉，这孩子的细致温柔是骨子里出来的。

怕饭菜不合她和余铭的口味，等她和余铭动了筷子之后，才笑着低头吃饭。

多夹了几筷子的菜，被不着痕迹地推到她面前，然后何子殊眉眼弯弯，对她说：“姐，你前几天都没吃饭，要多吃点。”

明明不怎么说话，可整个节目组单人镜头最多的就是他。

那种淌在骨子里的舒服，比所有闹腾的综艺感更抓人。

“好了，去休息吧。”白英放下碗，起身。

一旁的何子殊他们也要起身，被余铭抬手压了下去：“一个个都累了一天了，去玩，子殊带盐盐吃饭。这里就交给我们了，年纪大了，吃了饭总要做些运动，消消食。”

大堂斜屏的光影被灯色拉长，风打边一吹，吹在被赶离了饭桌的四人身上。

风中还带着不知名野花的香气，吹得这些“闲人”一身倦懒。

何子殊泡完奶粉出来的时候，陆瑾沉正抱着盐盐。

谢沐然蹲在一旁，嘴上还在轻轻吹气。

“怎么了？”何子殊晃了晃手上的奶瓶。

谢沐然连忙告状：“这席子不好，夹了盐盐屁股上的肉和毛。”

陆瑾沉听到“屁股”两个字，捂住女儿粉嫩嫩的小耳朵。

小淑女不能听这些词。

等小奶猫的耳朵动了动，陆瑾沉才放开手，开口道：“跌进沙发缝，奓毛了。”

何子殊看着奓成一朵蒲公英的小奶猫，笑了下。

他小心捧过奶猫，放在自己的膝盖上，然后举着奶瓶喂奶：“没事，我们盐盐不疼。”

在纪梵怀中待着的阿柴见状，疯狂扭着身子挣脱纪梵的“桎梏”，又疯狂地扭着身子往何子殊怀里钻。

那个奶！给爷也整一个！

阿柴还发出了想喝的噜噜声！

"不可以和妹妹抢奶喝！"谢沐然厉声禁止。

陆瑾沉往前靠了一点，隔开阿柴和何子殊，皱眉道："李导真的没买错品种吗？"

怎么这么能吃？

纪梵接腔："可能之前本来想买柴犬的，不小心买成柴猪了吧。"

李旭："……"

受到老父亲精准人身打击的阿柴，感觉有被冒犯到。

憨憨心碎，呜呜叫了两声。

何子殊照顾女儿的间隙，还不忘保护一下小儿子。

他空出一只手摸了摸阿柴的狗头："不要听他乱说，阿柴不胖，我们只是毛茸茸的。"

阿柴"嗷"了一声，跟听懂了似的跑了出去。

何子殊开始专心喂女儿吃饭，直到盐盐小尾巴不摇了，他才慢慢停了手。

然后，在移开奶嘴的瞬间，何子殊突然听到一声奶到肝颤的"咪"。

咪？

何子殊顿时睁大眼睛！

这咪言喵语！女儿会说话了！

他顾不上空了的奶瓶，直接扯了扯身旁陆瑾沉的衣袖，满眼惊喜："哥！盐盐会说话了！"

要知道这小奶猫除了被捡到的那天，短促地喵了两下，几乎就没有叫过了。

何子殊每次给它喂奶粉，它也会扒着奶瓶，颤巍着小脚，踩在何子殊手上，但就是一"喵"不发。

若不是宠物医院的人说没生病，只是虚弱了些，何子殊甚至以为它就是因为不会叫才被猫妈妈丢下的。

何子殊沉浸在女儿牙牙学语的喜悦中，自顾自喊着盐盐。

何子殊下意识地亲近，让陆瑾沉心情大好。

虽然他必须承认，何子殊之所以这样，很大程度上是因为盐盐。

但这小奶猫是他带来的，四舍五入，就是因为他。

"哥，你说刚刚盐盐在说什么？"何子殊双手握着奶猫的小脚，偏过头去看陆瑾沉。

陆瑾沉笑了一下："在叫你。"

这一瞬间，何子殊有些走神。

陆瑾沉对着自己笑了，而且不是被迫营业装出来的那种笑！

这个念头跟女儿会说话了的爆炸程度，几乎不相上下，炸得何子殊一时间不知道说什么好。

"想要什么礼物？"陆瑾沉捏了捏盐盐的小肉垫。

"嗯……嗯？"何子殊抬起头来，"什么？"

陆瑾沉扬了一下嘴角，笑意更深："我在问它。"

"刚学会说话，想要什么小礼物做奖励。"

何子殊连忙低下头去。问盐盐就问盐盐，那为什么要看他！

何子殊垂着眸子，把奶猫递到陆瑾沉手上："那你自己问它。"

陆瑾沉总算知道为什么白英总是喜欢逗何子殊了。

陆瑾沉故意沉下声来："可盐盐看起来，并不想跟我说话。"

何子殊只好再度抱走小奶猫，半晌，才装作轻松地说了一句："盐盐说要小裙子。"

陆瑾沉轻笑出声。

何子殊："不行吗？"

"行啊。"陆瑾沉低低笑了一声。

想要什么都行。

第四章 /
热搜预警

JINZHIDANFEI

　　《榕树下》最受宠的小女儿盐盐，在刚学会喵喵叫这天，因为老父亲一句"行啊"，不仅赚到了一条小裙子，还有人生第一桶金。

　　那是兜里只有二十三块钱的老父亲陆瑾沉，从全场唯一有钱的李旭那里搜刮来的大红包。

　　谢沐然对陆瑾沉借女儿敛财的行为非常不齿。

　　直到第二天，他们靠着盐盐发了财，可以和导演对着干，甚至不用下地之后，谢沐然才知道了陆瑾沉的"良苦用心"。

　　这下更不耻了！

　　拿着女儿拼命喵喵叫才赚来的血汗钱，竟然拿来买肉给自己吃！

　　这不就是"压岁钱妈妈给你存着，长大了就还你"这样的童年阴影吗？

　　可众人嘴上虽不齿，身体却极为心安理得地……懒了一天。

　　直到晚上，夜幕降临。

　　看着被搬到楼下大堂的被褥、枕头，四人面面相觑。

　　在极度惊愕中，何子殊先开了口："这是……什么意思？"

就因为今天没挖地瓜，连觉都不能睡了吗？

这还真冤枉李旭了，今天真不是故意为难他们。

昨天忙活一天的素材早就够了，李旭打算点到为止，让谢沐然和纪梵三天两夜的行程不至于那么辛苦。

可或许是因为前两天下了大雨，二楼左侧靠着山林的两间房，也就是陆瑾沉和何子殊的房间，出现了些不知名的虫子，只要一见光，就爬得密密麻麻。

节目组连忙找了村里的老人来看，说是没大碍，用特质的药草熏一个晚上就好。

这也就意味着，房间住不得人了。

李导一通解释，在谢沐然"你继续狡辩，我继续听"的眼神中，带着他往楼上走了一圈。

仿佛见证了动物世界大迁徙的谢沐然：我为我的口出狂言道歉。

他立刻接受了打地铺的事实。

纪梵怕何子殊挨着陆瑾沉睡不好，一心想要隔开他们两个，于是盘腿坐在最里侧的位置，准备纵观全局，盯紧队长。

可谁知，防住了陆队，没防住谢沐然。

当谢沐然在自己身侧躺下的时候，纪梵默默背过身去，生闷气。

罪魁祸首还在身后伸出手指，戳了戳纪梵："梵梵！你有没有哪里不舒服啊？"

纪梵：我浑身上下都不舒服！

陆瑾沉从一开始就接收到了纪梵警告的眼神。

陆瑾沉觉得好笑，于是耐着性子，恰好在厨房晃悠了一下，恰好遇上了正喝水的谢沐然，又恰好说了句："去看看小梵，一晚上都没怎么说话，是不是哪里不舒服。"

谢沐然向来听陆瑾沉的话，立刻跑了出去，然后顺势在纪梵身边躺了下来。

陆瑾沉这才从厨房晃悠了出来。

"想睡里面，还是外面？"陆瑾沉倚靠在门侧，看着抱着枕头、赤脚站在地毯上的何子殊，皱眉道，"快躺好，别着凉了。"

抱紧小枕头的何子殊很想说一句：我想睡墙上。

经过这几天的磨合，在面对陆瑾沉的时候，他已经没有原先那么拘谨了，但这并不代表他不怕了。

可饶是何子殊心中天人交战得再厉害，到头来，只是抿着嘴，低声回了一句："睡里面吧。"

陆瑾沉留了一盏灯，关掉镜头后，在何子殊身侧躺了下来。

陆瑾沉有些怔神。

这些年来，粉丝形容他和何子殊之间的关系，总爱用四个字来表示：至亲至疏。

她们站在不远的地方，看着那些逆着岁月而上，席卷一切的风，吹得猝不及防。

似一切如常，又觉乏善可陈。

陆瑾沉微微偏过头去。

灯光落在那人的睫羽，投下一小片圆弧的轮廓，一下两下微颤着。

陆瑾沉想，丢了这横冲直撞的几年也好，趁着还没走远，趁着余温尚存。

以前的，以后的，该善后的，没善后的，都会有个答案。

哪怕等不来答案，也会等来一个开始。

四个人都没睡着，可偏偏又谁都不说话。

直到谢沐然幽幽出声："上一次我们四个躺在一起，是什么时候啊？"

过了很久，谢沐然又轻声道："好像……很久了。"

在谢沐然的记忆里，只有他们刚出道、什么都拼命学的时候，几个人练舞累趴了，才会毫无形象、横七竖八地倒在练舞室。

睡一会儿，醒来继续练，反反复复，却从来不喊累。

一晃眼，都过去六七年了。

"子殊。"谢沐然极轻极缓地喊了一声。

何子殊呼吸一顿，慢慢睁开眼睛来："嗯？"

"如果现在再给你一次选择的机会，你还会进娱乐圈吗？"

谢沐然问得很认真，认真到几乎不像他，可纪梵却因为这个问题转过身来，陆瑾沉也慢慢睁开眼睛。

何子殊被问得一怔。

从医院醒来，他就已经是 APEX 的主唱了。

刘夏反复告诫他、林佳安也反复提醒。

所以他都快忘了，在自己还不是现在这个何子殊的时候，是什么样子的了。

沉默，像是兜头一盆冷水，将那些费了些气力才问出口的单薄字句，浇得冰凉。

谢沐然有些后悔，怎么就直接问了。

"沐然，你为什么会进娱乐圈啊？"何子殊慢慢开口。

谢沐然拉了拉身上的被子："因为喜欢唱歌啊。你……不是吗？"

何子殊却轻轻笑了："可能吧。"

其实要说多喜欢，应该也不见得。对于他来说，好像从来没有什么特别喜欢的，特别想要的。

从小到大，一直如此。

可现在，他好像忽然抓到了点什么。

于是，在这样捉摸不透的情绪里，何子殊说道："你说如果再给我一次机会，我会不会选择进娱乐圈？"

之前的沉默让谢沐然心有余悸，连忙开口打断："没事，你就当我没……"

"如果没有你们的话，可能不会吧。"何子殊把自己埋进被子里，瓮声瓮气开口，"但现在，我会选 APEX，会选你们。"

因为 APEX 在，他愿意和他们在一起，无所谓在哪儿，无所谓是不是娱乐圈。

三人一下子被这个意料之外的回答震住了。

尤其是陆瑾沉。

他曾不止一次地自我怀疑，把这人带进娱乐圈，究竟是对还是错。

尤其是在何子殊疏远他们的那三年间，那些念头肆意滋长，几乎压得他喘不过气来。

可今天他却听到了这样的话，听到了何子殊的答案。

一旁的谢沐然已经猛地坐起身来："子殊，你这话什么意思？"他疯狂拍着何子殊的被子，"你喜欢我们对不对！"

何子殊原本不觉得不好意思，可被谢沐然这么直白地一戳破，才后知后觉地反应过来，自己刚刚那番话有多羞耻。

他死死攥紧被子，装死，耳根子都跟着发烫。

可没多久，被子就被谢沐然一把掀了。

两人先是大眼瞪小眼，随即何子殊嘴角一抿，发出战斗信号。

然后，谢沐然就扑了过来，两人瞬间扭成一根麻花。

"不行！痒死了！哈哈哈哈！"

"你这两天是不是又长肉了！怎么这么重！"

"我要让你为自己说过的话！付出血的代价！"

陆瑾沉和纪梵就在旁边护着，看着两人菜鸡互啄，不打岔也不帮忙。

闹得狠了，就各自抱一个拉一把，免得两人撞到头。

十几分钟后，两只自认为牛惨了的小菜鸡，才累蔫了，蔫哒哒熄火停战。

谢沐然衣服已经被扯得乱七八糟，露出一截肚子，随着呼吸一起一伏。

何子殊眨着眼睛，往旁边滚，直到感觉自己滚了十万八千里，滚进了陆瑾沉的领地，才停了下来。

陆瑾沉趁着何子殊还没反应过来，直接拿着被子把人一裹："好了，该睡了。"

纪梵也有样学样，一把拉住再欲展翅的谢沐然："明天还要赶飞机！"

"我不！"谢沐然一把掀开被子，"我还想……"

谢沐然话说到一半，就被纪梵捂住了嘴巴："你不想。"

谢沐然：我这无处安放的战斗力。

第二天一大早，谢沐然和纪梵就赶了最早一班飞机回程，《榕树下》第一期也正式结束。

《榕树下》录制时间为一个半月。

但无论是陆瑾沉、何子殊，还是白英和余铭，都不可能完整地匀出一个半月的时间，因此节目组采用边录边播、灵活调整的形式。

谢沐然他们前脚刚走，何子殊和陆瑾沉后脚也上了飞机。

顶尖时尚杂志《潮汐》借着《榕树下》的火，特邀两人拍摄一期以"烟火"为主题的双人封面。

李旭听闻两人要营业，而且还是替节目组营业，乐呵呵把人送进了城。

林佳安派了人来接，为了不引人注目，甚至没敢开公司的车。

可她还是低估了两人同框带来的"震撼我全家"的杀伤力。

没过多久，一段配字"震惊，我在机场看到两个移动荷尔蒙"的小视频，成功登上了热搜。

视频里两个男人，穿着一身黑，戴着帽子和口罩，低头快步走着。

明明是毫无侵略性的一身运动服，明明是人声嘈杂的机场，却因着两人同频、同调的步子，硬生生走出了时装周 T 台既视感。

半分多钟的视频里，传来录制者兴奋到模糊的声音："气场简直飙了百米，你们看看！看看！所有人都在往这边看！但就是没一个人敢靠近！啊啊啊！我真的死了死了！这是谁家哥哥啊啊啊！我不管，今天就是我家哥哥了！"

S 市的机场，众所周知，绝对是粉丝蹲人的首选，甚至有人做过统计，最多的一天，刷到了四十六个明星的脸卡，从偶像、演员到歌星，简直就是纵横影、视、歌。

类似的视频几乎每天都有，看多了也就眼乏了，除了能在自己粉圈地震一下，几乎不能出圈。

然而，眼下是例外。

起因是陆瑾沉大粉"心间有陆"和何子殊大粉"紫薯于你"同时转发了视频，并配字道："认亲了，我异父异母的亲姐妹！"

这连标点符号都如出一辙，瞬间引爆微博。

【我种田爱豆扔下锄头就是顶级男模啊！这腿！这手！这被口罩挡住的脸！我不允许这两位超模没有翅膀！】

【啊啊啊，我死了真的死了！我'大陈述'从头到脚都散发着默契的气息！】

【别误会别误会，我们大A团的主业是新一代种植户，副业才是偶像，别被外表骗了！】

……

网上沸扬一片，何子殊还一无所知，整个人陷入新的崩溃中，尤其在知道了今天的任务要下水的时候。

"啊？"何子殊拿着服装师塞到他怀里的、薄到不行的白衬衫，"换上这个，下水吗？"

摄影师看着一头雾水的何子殊，觉得有些好笑："对啊，哪里有问题吗？"

问题大了去了！

这衬衫沾水贴在身上，不就跟没穿一样吗？！

主题是"烟火人间"，难道不是应该接地气地拍些砍柴什么的吗！

何子殊眨了眨眼睛："老师，这个跟主题有什么关联吗？"

摄影师笑着调试镜头："有啊，大方向是'烟火人间'，小方向是四季更迭。

"寒来暑往，秋收冬藏，刚刚拍完了春和秋，夏的主题词就是水。

"而且这衬衫是特意设计的，下水之后半浮半沉，漂起来和烟火的形态很像。"

何子殊：还……还会漂起来？！是衣服漂起来还是我漂起来？！

摄影师又补充一句："意境需要。"

何子殊："……"

何子殊看着一旁好整以暇看他的陆瑾沉："那陆队不用下水吗？"

"嗯。也是因为意境需要。"

何子殊："……"

摄影师继续意识流："你们俩以水为界，但要尽可能呈现出一种倒影的 feel（感觉）。"

"就好像瑾沉在岸上，透过一层水，看到了另外一个自己的那种感觉，可明白？"

何子殊很想摇摇头，他不是很明白。

陆瑾沉总算看够了戏，轻笑出声，对着摄影师点了点头："我带他去适应一下水下的环境。"

陆瑾沉拉着何子殊就往外走去，还不忘拿上那件衣服。

何子殊默了片刻："哥，我觉得我不太会。"

陆瑾沉脱了外套，搭在手上："不会什么？"

何子殊："我不懂老师说的那种感觉。"

陆瑾沉："嗯？"

何子殊摇了摇头："就……说我是另外一个你的那种感觉，我想不到。"

与其说他抓不住这意识流拍照的高端手法，更不如说，他抓不住陆瑾沉的感觉。

如果今日跟他一起拍摄的人不是陆瑾沉，何子殊说下水就下水了。

摄影老师怎么说，他便怎么做，就像第一次拍摄杂志封面那样。

哪怕什么都不懂，也这么过来了，可偏偏眼前的人是陆瑾沉，所以他怕自己做不好，怕耽误大家时间。

"你不用想。"陆瑾沉顿住脚步，慢慢转过身来，一字一字道，"看着我就好。"

看着我就好。

何子殊把这五个字翻过来覆过去，深深浅浅走了好多层，最后停在了字面意思上。

"要换衣服吗？"何子殊捏了捏那薄薄的衬衫。

陆瑾沉抬起视线："想换吗？"

"不想，"何子殊闷闷道，"现在不想，人太多了。"

陆瑾沉："好，那就不换。"

楼下外景处挤了一堆人，调灯光的调灯光，拉镜头的拉镜头，陆瑾沉拉着何子殊径直往旁边走去。

何子殊感觉到两人越走越远，忍不住开口："不是要下水吗？"

陆瑾沉"嗯"了一声，又道："不在这里。"

外景拍摄地借了一个酒店的景，穿过一条人造的廊桥，何子殊便看到了一方圆石砌成的泳池。

与外头相比，小了不少，也静了不少。

再走近一点，等风停了，缭绕盘旋的热气才有了存在感。

这是……温泉？

何子殊偏过头来看陆瑾沉："哥，我们不在这里拍摄吧？"

陆瑾沉坐在一旁的茶亭下："外面温度太低了。"

"可最终还得在外头拍，"何子殊进也不是，退也不是，茫然道，"还是去外头吧。我怕适应了这个温度，等会儿出去就拍不了了。"

可陆瑾沉只一抬眸："那就不拍。"

紧接着，他下巴微扬，轻声说了一句："去玩吧。"

去玩吧？何子殊总觉得陆瑾沉在耍他。

但还是乖乖脱了鞋子，踩着石头，一步一步下了水。

四周很安静，山青色与雾气连成一片，影影绰绰。

何子殊在水下，陆瑾沉在岸上，两人就隔了一道极清极浅的水面。

何子殊的眉眼泅在水下，有些模糊不清。

明明是连风都能吹皱的一面水墙，却轻易地将他们割成了两个世界。

不同的温度、不同的视线、不同的呼吸。

除了时间，无一相同。

陆瑾沉忽地懂了为什么摄影师会说这是"水中的烟火"。

水和烟火，本就是不容的。

那种共存很奇妙，也很……慑人。

这是三年来，陆瑾沉和何子殊第一次合作拍封面。

他都快忘了，何子殊一直是镜头的宠儿。

可陆瑾沉忽地有些后悔，他觉得自己低估了何子殊。

哪怕嘴上说着"找不到感觉"，可真的到了水下，何子殊睁开眼睛看向他的一瞬间，依旧好看得不像话。

"啪——"

何子殊抬手，仰面出了水。

被带起的水珠溅在陆瑾沉眼睫，打得他一恍惚。

那一瞬间，水上的世界、水下的世界就像疾驰着追尾。

除了撞出一地水花，仿佛还有什么东西，也跟着破水而出。

当陆瑾沉换上那件传说中能漂起来的衬衫下了水的时候，何子殊才知道，那句"那就不拍"不是随口骗他的。

摄影老师框好的场景，他在水里，陆瑾沉在岸上。

而现实是，陆瑾沉在水里，他在岸上。

天光很亮，可顶头是布好的黑色幕布，将光线不规则地割得零碎。

洒在水面上，煞是好看。

他和陆瑾沉就这样，隔着一层水面四目相对。

快门声连续不断响着，除此之外，再没有一点声音。

"子殊，把手贴在水面上！"

"对，再靠近一点！"

摄影师开始指导。

何子殊按着他的要求，俯下身去，慢慢伸出手指点了点水面，然后贴着水面摊开掌心。

水透着寒气，指尖所及之处，漾开一圈小细纹。

直到幕布撤去，阳光劈头盖了一脸。

何子殊下意识地闭了闭眼睛，再度睁开，陆瑾沉已经踩着左侧的梯子走了上来，一旁的高杰迎了上去。

这还是何子殊第一次看见高杰——陆瑾沉个人的经纪人，据说也是陆瑾沉团队，唯一能勉强镇得住他的人。

"可以了？"陆瑾沉接过高杰递来的浴巾，一边抬手擦头，一边问摄影师，"要不要再来一遍？"

"陆队，请注意影响。"高杰有点想把陆瑾沉重新踹回水里。

身上这衬衫被水一沾，紧贴在身上，把腰线轮廓勾勒得淋漓，可陆瑾沉就跟不知道似的，不管身上的衣服，倒先擦起头来了。

陆瑾沉视线扫了扫盯着他看的人，鬼使神差地扭头看着高杰，开口："还可以吗？"

"什么可不可以？！"高杰嘴角抽搐，"我不可以。"

陆瑾沉眼皮一撩，披上外套，不疾不徐道："离粉丝生活远一点。"

高杰："我……"

"啧！"摄影师把镜头拉远又靠近，靠近又拉远，来来回回摆弄了好几次，才抬头看向陆瑾沉。

"怎么，"陆瑾沉理了理腕间的扣子，"效果不好？"

"不是，这怎么说呢，"摄影师笑了一下，"就觉得今天主导拍摄的不是我，而是你。"

他从业多年，能让他觉得意外的人不算少，但陆瑾沉和何子殊绝对首屈一指。

"本来让子殊在水下，是因为他身上有股少年气，拍出来会很漂亮。"摄影师越过陆瑾沉肩头，看着站在对面的何子殊，轻轻笑了一下。

"然后你在岸上看着他，就像看着以前的自己，其实也意喻着时间。"

摄影师合掌一拍："你看，多纯粹，多深刻。"

陆瑾沉抬手随意拢了拢发尾："看不了。"

摄影师疑惑："嗯？"

陆瑾沉是真看不了。

就像何子殊说的，他做不到把自己想象成"小陆瑾沉"。

他也做不到把何子殊当成年少的自己。

高杰："摄影老师说，本来安排是子殊下水，后来是你说子殊不会水，才换了位置？"

"嗯，"陆瑾沉随口一应，"怎么了？"

高杰直接气笑了："我看你就没想让他下水！"

什么叫子殊不会水？

当初 APEX 有一支 MV 就是水下拍的！虽然后来因为一点原因没录入

专辑，可别人不知道，不代表他不知道。

陆瑾沉头发半干未干，松松垮垮用个小皮圈拢着："知道还问。"

他的确从一开始就没想过让何子殊下水。

本就是怕冷的性子，这个时节在水里泡半个小时，受不住。

可如果一开始就驳了摄影师的意，人多口杂，很容易横生枝节。

于是，陆瑾沉带着何子殊下水玩了一圈。

努力过了没效果，跟不尝试就拒绝，那是两码事。

三天后，《榕树下》先导片播出，《潮汐》电子刊发布。

《榕树下》先导片播出的当晚，微博就被"陈述"霸屏。

评论和弹幕基本处于爆炸的状态。

随后，《潮汐》电子期刊发布预告。

并配字道：春江水，旧时月，凡间客。

九个字，两个人，一张照片，"陈述"这把火瞬间烧得连天。

【神仙！！！神仙！！！对不起我没文化！除了啊啊啊啊就是神仙！】

【说好的大魔王呢！我崽这玻璃珠似的眼睛！纯到爆炸的眼神！这手！这腰线！我死了！啊啊啊啊啊！！！】

【啊啊啊啊陆队那个笑！姐妹我好快乐！】

其他粉圈的人甚至不敢相信"啊啊"叫得疯狂的人，会是陆瑾沉家的粉丝。

要知道当年一个新出道的小生，经纪公司弄了个通告捆绑营销，硬生生被陆家粉丝一板一眼、缜密到极致的逻辑链、时间链扇到脸肿，吓得她们一度以为陆瑾沉绝不炒作，谁知道……

原来还有两副面孔？

先导片播放完毕，结尾是一个极具意境的长镜头。

小屋新造好的门牌上，多了一串红色的小梅花印记。

那是被何子殊抱着的小女儿盐盐，一脚一脚，小心翼翼地踩出来的。

一轮圆月从东方升起，月光依稀，穿过林间、山野，温柔地照在那串小梅花印上。

悬于檐角的铃铛，被风吹得丁零作响。

长镜头最终定格，旁边配了一串暖黄色的小字：柴米油盐，明月清风，这就是生活。

就在所有人感叹这组镜头绝了的时候，画风却忽地一转。

"沐然不挑食，但不吃香菜。"

"老头乐挺好的。"

"因为我以前开过。"

"地道的农田综艺。"

所有人均是一怔。

自我怀疑、不可置信、惊讶，最后变成激动、欣喜若狂。

所有情绪糅杂成一个事实：这是谢沐然和纪梵的声音！

陆瑾沉、何子殊、谢沐然、纪梵！

这四个人一起出现意味着什么？

意味着乐青王牌、诸神团再度登临！

三年！

足足三年！

大 A 团三年来首度合体！

原本以为要等到演唱会，要等到周年庆！结果新的风暴突然就出现了！

这一段连预告都不算的、只有短短十秒钟的短视频，在一分钟内被截了出来。

尤其是谢、纪两家，她们怎么都没想到，吃瓜吃着吃着，还能吃到自己头上来！

超话？走！

视频？轮！

热搜？顶！

慢慢地，四家逐渐统一风向。

如果放在平日里，她们是绝对不想在任何人气评判标准中落对家一头的。

可今天不一样。

对于陪了自家七年的她们来说，APEX 才是所有故事的开始。

今天没有唯粉，全是团粉。

甚至有吃瓜群众预料微博等会儿就瘫痪，就跟当年 APEX 成立个人工作室，隐晦宣布"半解散"的时候一模一样。

后台程序员哥哥：呵，你以为现在的微博还是以前的微博吗！现在的微博，是钮祜禄博，是你想弄瘫就弄瘫的吗？

四家粉用强大的粉丝力量证明：是的。

没过多久，微博在周六这个晚上，成功瘫痪。

程序员："……"

求求你们了！就做一个没有感情的冲浪选手吧！

第二期嘉宾是《风月》电影剧组。

虽说话题度和第一期没法比，但因着导演的资历，关注度也不算低，而且时间缩减成一天一夜，整体节奏都快了很多。

李旭为了不着痕迹地减少"陈述"同框的画面，跟策划一合计，利用准备晚饭的理由把何子殊留了下来，让陆瑾沉带着一众青年演员出去抓鱼。

何子殊乐呵呵接受了要和陆瑾沉"分道扬镳"的事实，顺便给了一旁的陆瑾沉一个眼神：哥！你看！不用被迫营业了！

陆瑾沉差点被气笑了。

天光渐渐暗下来，几个女演员先陆瑾沉他们一步回来。

白英和余铭正在厨房里做收尾工作，何子殊换了身衣服，在院子里准备碗筷。

就在他想去门口看看陆瑾沉他们回来了没有的时候，在《风月》中饰演女三号的许慕却朝着他小跑了过来。

何子殊微微有些诧异，因为陆瑾沉跟他提前打过招呼，这期的嘉宾和他并没有过交集，所以不用怕被发现什么，这"没有交集"的人自然也包括许慕。

院子里灯不算亮，何子殊留了点意，隔开了点位置。

倒不是他多心，只是这个时间点，依照惯例，节目组都要撤下设备做日常检查。

所以除了固定镜头，没有 VJ（影像骑师）跟着。为了不给双方添麻烦，总归还是保持距离的好。

许慕跑到何子殊跟前，先喊了句"老师"，还不等何子殊回答，紧接着继续开口："阿柴好像跑到屋子后面那块大石头上下不来了，一直呜呜叫，我在楼上的时候听到了。"

她有些着急地往后院的方向指了指："我本来想去的，可是石头有点高，我可能抱不太到。"

何子殊闻言，心下一沉。

小屋后面是一条老式的小渠，沿边摆了很多大瓦罐，还有一块从墙中央斜着横出来的大石头，阿柴平日就很喜欢在那边到处跑，可临近天黑跑出去，还是头一遭。

何子殊怕阿柴被吓坏，又怕它从那个石头上掉下来，点了点头，提步就要走，可忽然想起来身后还有个许慕。

后院没有摄像头，收音也差，他不可能带着许慕往那边去，于是转过身来："我去就好，后院那边路不好走，灯也不亮，你不熟悉路，容易摔。"

灯光昏暗，何子殊看不太清许慕的表情，隐隐觉得有些奇怪。

他想了想，把一个女孩子晾在这里也的确不太好，斟酌道："这边风口，也挺冷的，进屋子里去吧。"

许慕闷着声音回了一句："好，那老师你小心。"

何子殊打开手机照明灯，往后院的方向走。

这里鲜有人来往，石缝间长满青苔，夹着一股子湿润泥土的气息，稍不留神就能踏空。

何子殊越往里走，越打算做一个剥夺儿子乐趣的狠心老父亲，因为他打算封了小儿子的秘密花园，在入口那边围个小栅栏。

快靠近那块石头的时候，何子殊总算听到一阵细微的呜呜声。

声音很轻，还打着战，跟平日里的活力小憨完全不一样。

何子殊有些着急，加快了脚步，可就在这时，他却听到身后传来一阵脚步声。

地表潮湿，轻轻踩一脚，都会带起一点泥，那种泥泞的声音不算重，可因为四周寂静，所以格外清晰。

何子殊被吓了一跳，转过身去，等到看清来人的脸，惊讶更甚："许慕？"

"嗯。"许慕低着头，"老师，我、我不放心，所以跟来看看。"

一时之间，何子殊竟不知道说什么好。

从早到现在，这几个女孩子都中规中矩得很，话不多，也刻意保持距离，临了来这一出，打得何子殊一头雾水。

说实话，眼下这个时间、这个地点，很难不让人多想。

何子殊叹了一口气，无奈道："那你去找导演要个照明灯过来吧，这里太黑了。"

话都说到这份上了，梯子都搬到她脚边，就差说一句"你别过来"。

可许慕愣是没说话，对峙似的僵持着，半晌，才"嗯"了一声。

何子殊松了一口气。

他打算速战速决，趁着许慕走开的时间赶紧把阿柴抱回来。

许慕来的时候是摸黑来的，没打灯，也没带手机。

何子殊怕她摔，所以站在原地打着手机的灯，替她照一下路。

可许慕刚转过身，就一阵惊呼着往后倒，她下意识想找个支撑物，于是一把拉住身后的何子殊，猛地往旁边一转向，两人齐齐往里侧的墙上栽去。

"啪"的一声，手机重重坠在地上。

唯一的光亮被盖在地上，晕开一小圈可怜的光。

何子殊勉强稳住身体，扶着墙站了起来。

出于最后的礼貌，也为了不让许慕摔下去，何子殊堪堪扶了一把，等许慕晃悠着扶住墙的时候，何子殊松了手。

何子殊没说话，就静静站在越来越深的天光里，一层又一层的黑色罩下来，只留下晦暗的轮廓，不躲也不避让，却让许慕整个人紧绷起来。

"许慕。"何子殊极轻极浅地喊了一句她的名字，没有一点多余的情绪，可许慕却无端生畏。

许慕狠狠攥了攥手心，回道："不好意思啊老师！一脚踩空了！"

语气、动作都拿捏得刚刚好，就好像几分钟前的事情，真的只是一个意外。

何子殊俯身捡起手机，语气淡然："是吗？"

明明该是问句的两个字，却因着过于平静的神色，变得很冷漠。

所有人都说，APEX最难接近的人是陆瑾沉。

可在这一刻，她却觉得，何子殊与陆瑾沉相差无二。

许慕逼着自己稳住心神："嗯，是我太不小心了。"

何子殊没有回答，只是擦了擦袖口沾上的水迹，然后慢慢转过身去。

偏头的瞬间，他极缓地抬起眸子来，一字一字道："还跟吗？"

这三个字就像一记耳光，狠狠扇在许慕脸上。

许慕这才完全意识到，何子殊什么都知道。

许慕没有说话，转身就往回走。

而何子殊则是叹了一口气，走过去把阿柴抱在了怀里。

阿柴感受到熟悉的气息，撒着娇蹭了蹭何子殊的下巴，呜呜开始叫。

"还叫。"何子殊看着蹬着脚、全身洋溢着喜悦、浑然不知自己惹了多大麻烦的阿柴，没忍住，点了点它来回晃动的小耳朵，"罚你今天晚上不许吃饭！"

可惹了事的小儿子，最终不仅吃上了饭，还多吃了一碗。

反而是说着不给饭吃的阿爸，愁到没胃口。

当晚，何子殊便给林佳安、陆瑾沉打了预防针，联合节目组和乐青手上的资源全面摸排。

就在所有人以为这事悄无声息结束后，事情不仅被爆了出来，还从一个可控的"绯闻"变成完全不可控的"恶劣事件"。

连带着整个乐青，陷入极度混乱。

李旭怎么也没想到，#何子殊私会许慕#这个热搜的"证据"，是从节目组流出的。

那是一张明显俯视视角拍下的照片。

因着角度问题，两人靠得很近，何子殊的手还搭在许慕腕间。

暧昧昏暗的光线、贴身的距离、亲密的动作，欺骗性十足。

本就是买上去的热搜，加上后台资本不断运作，在短短几秒之内，从底层一路爬到顶。

紧接着，#陆瑾沉何子殊不和##何子殊 酒吧# 两个热搜又横空出世。

微博一片腥风血雨。

所有人都在观望的时候，一个名为"今日说料"，粉丝近百万的娱乐圈博主率先升了堂。

今日说料：【某何姓明星在圈内风评并不好，和队友私下不和是真的，表面和睦都是节目组和公司营业出来的，为了公司周年庆和团队回归演唱会造势。陆私底下看不惯何，基本无交流，尤其是这次私会事件之后，陆直接黑脸，爆出的私会事件也是真的，两人处于暧昧阶段。】

网上越闹越凶，许慕坐立不安。她不知道为什么事情走向会如此诡异，形势也越来越不可控。

明明……明明她只是想炒个绯闻而已。

许慕这下害怕了，一把推开经纪人的门，气急败坏："姐，这些热搜都是你买的吗？"

经纪人黄丹只瞟了她一眼："我们哪有那么多钱。"

许慕心里一惊："那这些……"

"我也不知道是谁做的手脚。"黄丹气定神闲，心情大好，"我们只想要借APEX的势炒一炒，可这些人，明显是想借我们这把火，把何子殊彻底拉下台。"

黄丹手指点在面前的桌子上，叩了叩："也不稀奇，陆瑾沉他们四个人只是合体拍了一期综艺，就轻轻松松拿下所有流量和话题度。

"APEX之后，多少新男团成立，可哪个有他们的影响力？

"只要有他们在一天，后人就会被拿过来比较，有比较，就会有拉踩，这挡了多少人的道？"

黄丹顿了顿，继续道："陆瑾沉、纪梵、谢沐然，都是动不了的人，只能拿何子殊开刀了。"

许慕："可再怎么说，他也是乐青的一线啊，闹成这样，乐青上层真的会不管不问吗？"

黄丹："何子殊和陆瑾沉他们不和，这消息应该不假，否则这两年也不至于一点水花都没有。

"乐清总裁沈誉，和陆瑾沉又关系匪浅，上层就算要有动作，也要看陆瑾沉想不想保。

"如果那些爆料都是真的，那乐青肯定弃卒保车。"

黄丹自顾自说着，可许慕却听不进去几个字。

不知怎的，她脑海中一直闪过那天的画面。

被遮挡的暮色中，何子殊那一句轻描淡写到了极致的"还跟吗"。

最轻巧的质问，却沥透寒气。

"如果……如果那些爆料都是假的呢。"许慕指尖冰凉。

她自己就是假的，那些爆料为什么就不能是假的？

"何子殊他……什么都知道啊。"

黄丹抬起手，覆在许慕冰凉的手背上，野心灼灼："想红吗？"

许慕下意识地回答："想。"

"那就不要瞻前顾后。何子殊和陆瑾沉他们比起来，没后台，没支撑，哪怕乐青快速公关、澄清，哪怕这些都是假的，你的名字也和何子殊绑在一起了，那我们的目的也就达到了。"

许慕低头，咬牙，都到这份上了，除了硬着头皮往前走，也没有什么后路了。

营销号一个接着一个下场，再加上水军混入其中，不停地带节奏，何子殊家粉丝被打得措手不及，又顾此失彼，渐渐后力不足，回到群里一阵沉默。

童浅，也就是"紫薯于你"，看着半天无人说话的粉丝群，心里不是滋味。

这里面的粉丝都是从最开始就入坑，一躺就躺了七年的，也是战斗力最强的。

新旧交替来来回回百趟，最后都没有离开，童浅就拉了个小群。

可现在却安静成这样。

童浅深吸一口气，打字道："都先稳住，等乐青公关文函下来再进一步打算，不要跟那些营销号撕，营销号下无路人，我们不用浪费力气给他们贡献 KPI，这次闹得这么大，肯定背后有资本在运作，安利的姐妹也先歇一下，不要美图控评。"

直到这消息发出来五分钟，群里才开始冒出第一句话。

"为什么这么久，乐青还没消息？"

童浅已经打了三行字的手，就这么忽地顿住了。

因为长时间按在一个键上，屏幕上被打出一串难看的乱码。

事情发酵到现在，无论是乐青，还是何子殊自己的工作室，都没有回应。

别说正式的公关文函，就连最基本的否认都没有。

这种沉默，对于别人来说，是心虚也是默认，是他们可以随意讥讽的佐证。

可对于粉丝来说，却是一种最诛心的信号。

就好像她们在一地硝烟中，拼着全力把血都烧沸了，可周围除了嘘声，什么都没有，时间久了，她们甚至都快忘了，自己究竟是为谁在拼命。

有人打了头，三两语言跟着都冒了出来。

"我觉得很累，这三年来，每次都是这样，每次都要等。"

"三年了，他不接戏，不接综艺，也从来没有人拍到过他们同框的画面，扣心自问一下，你们真的觉得这正常吗？"

"还有那些酒吧的传言，到底是不是真的？说实话，就算真的去个酒吧，又能证明什么？可所有人如果都要拿这个来踩一脚，就不是小事了啊。"

最后发言的，是和童浅一起建群、管理群的元老级粉丝。

"我总觉得，这几年，他过得并不开心。"

所有烂于腹中的委屈，在这几个字里，在这一瞬间，隔着屏幕，露出最原本的模样。

童浅看着看着，就哭了。

最后，她红着眼睛，把这些消息截图，发给了林佳安。

她不知道林佳安会不会看见，会不会回应。

可除了这个，她也不知道她们能再做什么了，只是想告诉乐青，告诉何子殊，她们其实并不需要何子殊多么地所向披靡，多么地瞩目。

只是希望她们现在做的事，能靠近他一点，哪怕只有一点点。

那头的林佳安正在紧急会议中，包中的手机，因着消息提示，闪了闪，便沉寂下去，没了声响。

而何子殊现在，则是坐在录音棚里。

谢沐然和刘夏陪着他，但所有人都没敢让他看手机。

"安姐说了，这次是她疏忽了。"谢沐然起身，半蹲在何子殊身边，"但问题也不大，这圈子就这样，听风就是雨的，只要别听别看就好。"

何子殊怔了怔，随即摇了摇头："不是，不是安姐疏忽了，是我不小心。"

是他把事情想得太简单了，也是他一而再、再而三地给了许慕钻空子的机会。

"许慕那事谁都没料到，"谢沐然给何子殊倒了一杯热水，"李导查出来了，节目组一个工作人员和许慕的经纪人黄丹有关系，在二楼拍的照片。李导那边已经在找完整视频了，我们再等等。"

何子殊指尖点着杯壁，没说话。

微明的灯，打在他侧脸上，像是覆上了一层釉色的霜。

"阿夏，"何子殊扭过头，"我以前演出的资料你还有吗？"

刘夏正在切小号，和网上骂得很凶的一个水军飙脏话，闻言愣愣地抬起头来："什么资料？"

何子殊仰头喝了一口水："就在暮色唱歌时候的资料。"

"啊？"刘夏反应过来，何子殊这是要把暮色的事摊开来讲。

刘夏默了默，开口："不否认吗？"

何子殊笑着摇了摇头："本身就是存在的事。"

何子殊做驻唱的时候，年纪小，并不算什么好事，一旦真的曝在公众视野下，势必会引起很多争议。

而神通的网友顺着一条线查下去，牵扯出来的人和事，只多不少。

所以以前不说，很大概率上是嫌麻烦，可现在这一地喧沸，似乎麻烦也已经不小了。

他们越是遮掩，旁人越是上纲上线，还不如铺开来。

刘夏想了又想，最终还是咽不下这口气，开口道："都怪我爸！没事开什么酒吧，就应该开个网吧！"

给何子殊立个网瘾少年的人设都比现在来得强。

何子殊失笑。

这时，谢沐然的手机忽然振动起来。

他低头看了看来电显示，又抬头看了看何子殊，从侧边门走了出去。

几分钟后，谢沐然从门后探出脑袋："子殊，我们回去吧，很迟了。"

何子殊摇了摇头："我还不困，先让阿夏陪你回去吧，我再等等。"

何子殊话音刚落，就看见谢沐然抿着嘴，狠狠戳了戳手机屏幕。

何子殊顺着他的动作看过去，只一眼，就看见"通话中"的字眼。

而电话那头，显然是陆瑾沉。

何子殊长叹一口气，所有的理由和借口，就这么轻易地被"陆瑾沉"三个字，打了回去。

陆瑾沉就是怕他待在公司胡思乱想，又不肯走，所以才给沐然打了电话。

也好，顺便去刘夏那里把资料拿一下。

何子殊动了动僵住的手指，起身。

"叮——"

电梯开门的一瞬，带起一阵凉风。

地下停车场光线浅，满目晦暗的色调，看起来格外阴冷。

"何子殊。"

几人刚走出没几步，就听到一声含混不清却格外刺耳的喊声。

何子殊循声回过头去，突然灌进来一阵冷风，刺得他打了个小寒战。

然后，他就看着一个戴着帽子、看不清脸、手里拿着一根钢色棒球棍的男子，朝着他们冲了过来。

电话那头的陆瑾沉和纪梵立刻察觉到了不对劲。

陆瑾沉刚想开口，就听到谢沐然大喊："哥，叫保卫科到地下停车场来！快！这儿有个疯子！

"子殊小心！"

电话毫无征兆地挂断。

纪梵还来不及反应的时候，陆瑾沉已经冲了出去。

木门随着他的动作，撞在一侧的玻璃墙上，边角立着的花瓶也啷当倒地。

会议室里的人被这动静吓了一跳，全部跑了出来。

沈誉看着这满地狼藉，又看着从一侧安全通道跑出去的陆瑾沉，根本来不及思考什么，立刻追了出去。

"陆瑾沉你疯了吗？从7楼往下跑！"

沈誉一连喊了五六声陆瑾沉的名字，可对方速度实在太快，他只追了一楼，就堪堪停下。

"小梵！究竟发生什么事了！"林佳安拉住跟在陆瑾沉身后，冲出门的纪梵，"你冷静点！"

"打电话通知保卫科，去地下停车场！"纪梵几乎是吼了出来。

所有人被吓了一跳，全都下意识地拿出手机来。

林佳安也被震住了。她从来没见过这样的纪梵，浑身绷得像是一柄拉满的弓，连她都觉得害怕。

她心里的不安不断扩大，能让陆瑾沉和纪梵急成这样的，怕是只有……

林佳安开口："是不是子殊和沐然？"

"地下停车场，有个疯子，"纪梵把电梯按钮拍得簌响，看着一层一层、缓慢上升的数字，指尖猛地拢紧，勉强挤出几个字来，"是冲着子殊来的。"

此时，地下停车场。

灼热的呼吸，烫得喉间隐隐泛着腥气。

何子殊后背挨了一下，贴着肌肤一路疼进去，可身后那个浑身酒气的疯子，丝毫没有退缩的意思。

何子殊咬了咬牙，避无可避间，眼前视线却忽地转了个向。

耳边的风声被眼前人急速的心跳声盖过，他不自觉怔了怔。

何子殊一抬眸，看到了陆瑾沉的脸。

陆瑾沉把人护住，从头到脚看了一遍，最后伸出手，指腹轻轻碰了碰何子殊侧脸上沾着碎灰的擦痕，眼中阴鸷越来越重。

他转过身来，猛地一横手，压在那人的颈间，扣住肩膀狠狠往后一推。

那人撞在停车场控位的石柱上，一下没起来。

陆瑾沉周身凛冽的气息并未散去半分，他看着谢沐然和刘夏，哑着声音开口："去后面把安姐他们拦住，别让人到这里来。让保卫科把停车场封起来，再看看周围有没有记者。"

纪梵从后侧跑了过来，气都还未喘匀，看着何子殊："哪里受伤了？"

何子殊没回答，半晌，摇了摇头。

陆瑾沉狠狠皱了皱眉，看着脸色苍白的何子殊，他慢慢俯下身子，捡起棍子，一边往前走，一边脱下衣服盖在何子殊身上，头也没回："小梵，带子殊上去。"

不知怎的，纪梵总觉得陆瑾沉这状态不对，他担心地喊了一声："哥。"

"带子殊上去。"陆瑾沉冷着声音重复了一遍。

纪梵心里一惊："哥，交给警察就好，你别动手。"

一旦陆瑾沉动了手，被反咬一口，事情就越来越难收拾了。

"我知道。楼上有药，带他去擦一下。"

何子殊就这样，糊里糊涂地被纪梵拉着往前走。

没走出去两步，何子殊就拉着纪梵的手停了下来。

何子殊回头看了一眼陆瑾沉，摇了摇头："不能走，我怕他出事。"

纪梵挣扎了片刻，也停下脚步，只是还有些后怕地把何子殊护在身后。

那人撞得跟散架了似的疼，倒在地上，半天都起不来。

听到脚步声，他才费劲地扭着脖子抬起头来，就看到陆瑾沉逆着光，朝他走来。

影子覆在地上，凝成浓重的铅黑轮廓。

陆瑾沉微微屈膝，半蹲下来，棒球棍立在左边，看着他。

他咽了口口水，借着上涌的酒劲，梗着脖子说道："是他先动了老子的女人。"

他以为陆瑾沉起码会问个前因后果，可没想到，陆瑾沉却只是轻描淡写地开了口："碰到他了没？"

牛头不对马嘴的一句，那人微微一愣又被陆瑾沉周身的气势压着，扯着嗓子说道："什么？"

陆瑾沉竭力控制住自己，情绪浓到顶，反而变得越发平静："你拿这东西，伤到他了没？"

棒球棍一点一点靠近，贴在那人的颈侧。

陆瑾沉压得很重，几乎贴着那人的脉搏，冰冷的触感让酒瞬间醒了大半。

他这才意识到陆瑾沉是来真的，往后缩了缩脖子："我、我不知道！"

陆瑾沉没回答，只是手上的力道又重了几分，半晌，冷冷地笑了，一字一字重复道："不知道？"

那人直觉不对，连忙开口："我就想吓唬吓唬他，没想真动手。真的！"

陆瑾沉站起身来，棒球棍随着他的动作，滑过地面，擦出粗砺的摩擦声。

紧接着，就是一阵猛烈的风声，呼啸而过。

那人惊恐地看着朝他挥来的棒球棍，浑身都在颤抖。

"哥！"

"别！"

"瑾沉！"

好几道不同的声音从不远处同时响起。

"砰——"

棒球棍砸在不远处的墙角间，发出剧烈的闷响。

跟它一起掉在地上的，还有一顶灰色的帽子。

地上的人捡回了一条命，像是被潮水拍上岸后濒死的鱼，眼睛睁得浑圆，呼吸剧烈颤抖。

明明那一棍只是打在他的帽子上，却像是砸在头上一样。他甚至觉得，那一瞬间，陆瑾沉是真的想动手了结自己。

"好玩吗？"陆瑾沉居高临下，神色冰冷。

在明晦交织的光影间，那人忽地懂了陆瑾沉这句"好玩吗"是什么意思。

因为他那句"我就想吓唬吓唬他，没想真动手"，陆瑾沉原封不动还了回来。

何子殊站在一旁，心脏都快被吓停了，直到陆瑾沉停了手，走过来，在他跟前站定，意识才渐渐苏醒回笼。

他一把拉住陆瑾沉的手腕，一字一字道："没有下次了。"他都不敢想，陆瑾沉那一下如果真的没收住手，怎么办。

娱乐圈本就是个毫无秘密可言的地方，一点小错被无限放大，能将一个人毁了。

陆瑾沉避而未答："除了后背，还有哪里伤着了？"

"你先答应我！"何子殊毫不闪躲。

陆瑾沉知道何子殊在某些事情上，有着近乎执拗的坚持，只好退让道："好。"

何子殊一看就知道，陆瑾沉是在敷衍他，原本气不打一处来，可到最后，却只是抿了抿嘴。

何子殊垂着眸子，说："陆瑾沉，你究竟知不知道自己在做什么？"

"我知道。"陆瑾沉轻笑了一声。再没什么时候比现在更清楚了。

陆瑾沉把何子殊身上的衣服拢了拢："没有下次了，我跟你保证。"

不会再让他受伤了，没有下次了。

楼梯间满满当当站了一排人。

何子殊站直身子，为了不让他们担心，努力稳住呼吸："我没事。"

纪梵咬了咬牙，回头看了一眼。

那人被保卫科团团围住，还躺在那里，他又看了一眼疼到嘴唇发白的何子殊，慢慢停下步子。

忍不了，是真的忍不了。

纪梵快步走到楼梯间，在所有人的视线下，把外套随手一脱，扔在一旁楼梯的扶手上，拿过助理头上的帽子，又从衣兜里拿出一个口罩，盖上了半张脸，和陆瑾沉打了个眼神招呼，就走了出去。

一套动作行云流水，没给何子殊什么反应的时间。

何子殊转过身去："去哪儿？"

陆瑾沉挡住他的视线："没事。"

这下何子殊哪里还不知道，这一个两个的，怎么都不省心。

何子殊："你看他，像是没事的样子吗？"

陆瑾沉："今天他要是不去，很长一段时间内，那人都别想安生，你也别想。"

陆瑾沉看着仍旧皱着眉的何子殊，笑了笑："他在国外学过怎么和人打架。"

何子殊震惊："这还能学？"

陆瑾沉笑了一下："嗯，打得狠，又不会留痕迹。"

陆瑾沉扶着何子殊走过来，众人瞬间围了上去。

何子殊视线扫了一圈，从小周开始，到林佳安结束，一头雾水。

这一群人怎么看着比他更像打了一架回来的。

刘夏亦步亦趋走到何子殊身旁，半遮半掩地捂住嘴，低声解释："在乐青的地盘上，在他们眼皮子底下把你给打了，谁能忍得住？你是没看到，刚刚安姐高跟鞋都脱了，要冲出去拼命，我和沐然两个人都拉不住。"

刘夏话音刚落，凄厉的惨叫声就在背后传来，引得所有人看过去。

然后，他们就看见全副武装的纪梵正按着人，一连揍了好几下。

两个保卫科的人甚至帮着按住了手和脚。

沈誉咳了一声。

就在何子殊以为沈誉是在提醒纪梵他们差不多得了的时候，一个站着的保卫员，领会完"圣意"，点了点头，蹲了下来，伸手一把捂住了那人的嘴巴。

惨叫声来得突兀，消失得更加突兀。

何子殊就眼睁睁看着那人从响铃模式变成震动模式。

"……"

几人先行一步，进了电梯。

直到电梯门紧紧闭合，挡住所有人视线的瞬间，何子殊才松了神，脱力似的，往侧边一倒，还好陆瑾沉及时接住。

紧绷的神经一下子舒缓下来，连带着意识都有些混沌，何子殊只觉得耳边有点闹，有人在碰脊背上的伤。

再然后，自己就已经换了一身病号服，坐在病床上。

林佳安推门走了进来："还疼吗？"

"不疼了。"何子殊笑了笑，"只是看起来有点惨，其实还好。"

林佳安看着那越发清亮的眸子，心疼到眼眶都有些红。

"这个你看看，"林佳安把手机递给何子殊，上面正是"紫薯于你"那个粉丝群的聊天记录。

何子殊一条一条、一个字一个字看下来，抬起眸子："都是我的粉丝吗？"

"嗯，小群，人不多，都是老粉丝了，六七年了吧，从你出道到现在，都还在。"

何子殊说不上心里是个什么滋味，甚至找不到一个贴切的词语去形容。

从醒来到现在，他其实一直在努力适应全新的身份，练歌、练舞、拍摄、习惯镜头，几乎忙到脚不沾地。

不发微博，也没有和粉丝互动，不是他不喜欢，而是因为那七千万粉丝，对现在的他来说，不是一个具象的概念。

就好像凭空得来的喜欢，本就不是属于自己的。

可今天，林佳安却说这些人喜欢了他六七年，陪了他六七年。

何子殊鼻子一酸，慢慢抬起头来："姐，有纸和笔吗？"

童浅是被疯狂的提示声叫醒的，她还没来得及打开微博，就看到不断刷过的界面。

"紫薯你做了什么啊！为什么安姐会空降我们粉丝群啊！而且还给我们发了一封子殊写的亲笔信！我原地一个爆哭！那是宝贝一个字一个字手写的！"

"安姐还偷偷录了一段视频，崽崽穿着病号服！安姐说因为出了点意外，撞到后背了！抬手都疼！为了我们忍着痛写的！还叫我们不要传出去！"

"崽崽把我们每个人的名字都抄了一遍！我粉了一个什么神仙啊！"

童浅花了足足五分钟的时间，来调整呼吸，才勉强让自己冷静下来，可所有好不容易稳下来的情绪，在看到何子殊带着笑，给她们写信的时候，瞬间瓦解。

背后的伤多疼啊，可是他还在笑。

值了！真的值了！

什么委屈！她们哪有什么委屈！

粉了这样一个宝贝她们哪里还会有什么委屈！

"不要传出去，我们自己心里知道就好，免得再被别人说炒作，"童浅一边抽鼻子，一边继续打字，"乐青马上就会有动作了，等官博声明一出，所有人都跟上，尤其是反黑组，别给水军和营销号留下空子！"

何子殊写完信，吃了片止痛药后，疲累席卷全身，最终没撑住，睡了过去。

陆瑾沉就坐在病房门口的长椅上。

他刚抽了几根烟回来，身上烟草气正浓，所以没进门。

沈誉拿着一个文件夹，从长廊那头走来，随手一扬，扔给陆瑾沉。

陆瑾沉接在手里："查到了？"

沈誉一挑眉："嗯，李逸，李博松家的小儿子。"

陆瑾沉："哪个李博松？"

沈誉："就连峰建设那个李家。"

"那个小演员，就那个许慕，跟过他一段时间。"沈誉在陆瑾沉身边坐下，"看样子也是个有手段的，反过来踹了他，闹了几个月。"

沈誉指尖有一下没一下点着，继续说："然后你也知道了。那小演员自导自演，策划了一出'私会事件'。"

"这没脑的就以为是何子殊给他戴了绿帽子，喝了酒，然后别人又在他耳边吹吹风，就来找死了。"

陆瑾沉合上夹子，神色更冷："现在人呢？"

"还在里面。"沈誉回道，"他爸想保他，招呼早就打到我这里了。"说完，他意味深长地看着陆瑾沉，"你知道李博松说了什么吗？"

陆瑾沉偏过头去。

沈誉笑了笑："说：'一个小明星而已，打了也就打了，那个小明星不是和陆家少爷不和吗，就当帮着出了口气了。'"

沈誉都快忘了当时他听到这番话的时候，是个什么表情，只觉得这老爷子又可怜又可笑。

沈誉看热闹不嫌事大，笑道："陆家少爷，你的意思呢？"

陆瑾沉："李博松要保他？"

沈誉："嗯，虽然不是什么好东西，但再怎么说，也是儿子。"

陆瑾沉敛了敛目光，往长椅上一靠，闭着眼睛："那你去问他，是想保他儿子，还是保他连峰董事长的位置。"

沈誉愣了愣，随即又笑开来。

这一个两个的，都觉得 APEX 里最好拿捏的是何子殊，无权无势，只是借了陆瑾沉他们的光挤进了 APEX。

殊不知，何子殊才是那个最不能碰的，还非要上赶着触霉头。

"律师声明好了没？"陆瑾沉低头看了眼时间。

"好了，酒吧驻唱的资料给了，李旭那边也从一个备用镜头里找到了视频。"沈誉松了松脖子。

陆瑾沉："差不多了。"

沈誉下意识地反问："什么差不多了？"

"时间差不多了。"陆瑾沉慢慢站起身来，隔着门中央嵌着的玻璃，看了何子殊一眼。

"在他睡醒之前，把所有事情处理干净。"

何子殊不知道，在他睡着的这段时间，网上已经炸开了锅。

所有人都没想到，在这种忙着避祸脱身、生怕自己被黑料波及到的时候，第一个公开表态的，不是乐青，不是何子殊个人工作室，而是传言中公开黑脸的陆瑾沉。

他只发了两张照片。

第一张照片，是 APEX 首场演唱会前一天，后台排练照。

四个人躺在地上，何子殊和谢沐然在抢枕头，陆瑾沉和纪梵笑着坐在两侧，看两人闹。

第二张照片，是《榕树下》第一期录制的最后一个晚上，小屋内堂。

也是四个人躺在地铺上，何子殊和谢沐然闹成一团，陆瑾沉和纪梵一人护着一个。

同样的人，几乎一样的场景，但已经过去了七年。

可是，照片上的四个人，除了褪去一些少年稚气，好像什么都不曾改变过。

陆瑾沉微博发出去几秒，谢沐然和纪梵就跟着转发了。

这下不仅是何子殊家粉丝，就连保持观望状态不敢轻易发表言论的陆家、谢家、纪家的粉丝也全部疯了！

与此同时，《榕树下》官博也发出了两段视频和录音。

视频里，许慕跟着何子殊走进了后院，一脚踩空，拉着何子殊往墙边摔。

"阿柴好像跑到屋子后面那块大石头上下不来了。"

"我去就好，后院那边路不好走，灯也不亮。"

"我不放心，所以跟来看看。"

"是吗？"

"还跟吗？"

……

另一段，一个戴着帽子的工作人员抱着阿柴，把它放到了那块石头上。

所有人都不知道这第二个视频是什么意思，就在这时，李旭在他个人微博上，公开谴责一位"没有职业操守和道德，利用职务便利，联合他人自炒"的工作人员。

前因后果一搭，真相瞬间一目了然。

网上一片哗然。

【真的疯了！真的疯了！你们快去吃新瓜！白影后、余老师、乐青的后辈，甚至是隔壁黎星都发微博给我崽崽说话啦！白影后还直接说子殊是她在圈中最喜欢的小辈！】

【我快要呼吸不上来了！真的！乐青官博也疯了！发了律师声明后，把《榕树下》、李导和白影后他们的微博都转了一遍，跟不要钱似的发！】

【不用数了，我刚从乐青官博回来，我已经数过了，一连发了十三条，

之前的最高纪录保持者是陆瑾沉，六条，现在翻了两倍，还赠送一条。】

……

网上热度只增不减，当所有人震惊到麻木，吃瓜吃到撑的时候。

谁知道，瓜田竟然还有一片！

而看着事情持续发酵的许慕，脑子里就只有一个念头——

完了。

第五章 /
Blood

JINZHIDANFEI

　　许慕下定决心炒绯闻的时候，曾想过如果被曝出来，那该如何收场。

　　无非是澄清、贴声明、道歉，摆出一副受害者的模样博同情和可怜，再以"不知情"为由，将自己摘干净。

　　就像黄丹以前告诉过自己，只要咬死没做过，哪怕大家再心知肚明，明面上也不会有多难看，顶多被何子殊的粉丝骂上几句。

　　而娱乐圈中谁又没被骂过，对于她们来说，只是几个不痛不痒的肮脏字眼而已，无关钱，无关名，无关利。

　　等这阵风过了，等她和何子殊的名字绑在一起了，后续哪怕只是同个框，都能买通告编纂出无数可能性。

　　可在她的设想里，哪怕是最坏的情况，都不像现在这样，几乎让她绝望。

　　一夜之间，和她名字绑在一起的，从"何子殊"变成了"包养""倒贴"。

　　"姐，事情到底怎么会变成这样？"许慕披散着头发，整个人近乎崩溃，"不是说事情做得很干净，没有留下证据吗？那后院那段视频哪里找出来的？

"不是说何子殊和陆瑾沉不和吗?

"为什么所有人都在帮何子殊说话!!!"

她声音越来越轻,可整个人却越发歇斯底里。

她花了将近两年的时间,才将"不争不抢,安静拍戏"的小演员人设立满,本以为只剩下最后一脚了,只要踩着何子殊走向公众视野,就会被大家看到。

可谁知,"何子殊"这个名字不是天梯,而是让人再也爬不上来的沼泽。

"你问我?"黄丹把李逸的照片狠狠甩在许慕脸上,"我是不是跟你说过,不要自作聪明,不要和李逸这种脑子一抽,就什么都做得出来的二吊子货色在一起?

"你以为那些'包养'的证据是网友找出来的吗?!"

照片甩在脸上,砸得许慕一个恍惚。

她呆愣地捡起一张。

照片上是李逸,他被押着上了一辆警车,而背后的大楼,俨然就是乐青。

她根本不用花心思去想,就懂了黄丹话中的意思。

"姐,我知道错了,我以后保证听你的话,你再帮我一次,再帮我一次,就最后一次!"

许慕跑到门边上,堵住黄丹的去路,嘴唇止不住地颤抖:"现在还有机会的,只要花钱就能把这些东西删干净!

"我可以等!一年不行就两年!两年不行就三年!总有一天大家会把这些东西忘记的!"

黄丹看着精神恍惚的许慕,头一次觉得她可怜。

黄丹一把挥开许慕搭在自己腕间的手:"你以为自己是谁?是陆瑾沉还是何子殊?你用点脑子想想,李逸是李博松的亲儿子,到现在他爸都没把他保出来,是不想吗?"

黄丹拍了拍许慕的脸:"是保不了。花点钱就能删干净?"黄丹气极反笑,"删不干净了,许慕。"

"东西删不干净了,你也不干净。"黄丹推开许慕,手压在门把上的瞬间,从未有过的疲惫席卷而来,压得她喘不过气来。

不干净的哪里只是许慕,被毁了的哪里只是许慕。她在这圈子里二十多年，也一样，毁得干净又彻底。

可是她认命了。

有赌就会有输赢，是她看走了眼，赌错了人。

事情发展到现在，她几乎能肯定，如果当初选的人不是何子殊，而是谢沐然、纪梵，甚至是陆瑾沉，都不会比现在更糟。

关门的一刹，瘫坐在地上的许慕才了解到，弃卒保车这个词，从来就不是给何子殊的，而是给她的。

那种浓重的恨意和不甘瞬间将她吞没。

这几天像梦魇似的那句"还跟吗"不断在脑海里盘旋。

当初她有多狼狈，现在就有多恨。

不就是一个绯闻而已？至于吗？

李逸的事也一样，能怪她吗？

许慕呆愣了很久，看着网上越来越烈的辱骂，抹了一把脸，撑着沙发站起身来。

既然她已经被扔了，那何子殊也别想好过。

许慕拿出手机，拨了一串号码。

十分钟后，当所有人正震惊于"许慕被包养"这种猛料的时候，猛地发现风波女主角不仅上线了，甚至还发了一条微博。

所有人闻讯挤到许慕微博底下。

可谁知，许慕没有回应这满城风雨的"包养事件"，而是发了一则莫名其妙的声明。

那条声明是以粉丝的口吻发的。

明面上是在道歉，说自己因为能亲眼见到偶像太过激动，一时头脑发热做了傻事。

可实际上，当再往下看的时候，却发现字里行间都在坐实"何子殊酒吧酗酒"这个传言。

因为她说自己第一次见到偶像，是某天戏份杀青后，被友人邀请去酒吧。

她就在那里见到了何子殊，并有了短暂的接触，但那时何子殊状态不佳，对她没什么印象。

所以后来在《榕树下》拍摄的时候，她其实是想去问问何子殊，是不是还记得她。

就在许慕发完这条意味深长的微博后不久，一个名叫"侦探镜头"的营销号发了一张照片。

照片背景是一个名为"暮色"的酒吧；何子殊和一群衣着潮流的男生站在一起，有说有笑。

不远处一间小宾馆的 LED 广告牌上，正显示着"02:47"几个数字。

加上无人的街道，昏暗暧昧的灯光，也印证了夜深的事实。

时间、逻辑，就这么凑巧地贴合了。

所有人都看出了这"凑巧"是有意而为之。

但或许是因为许慕那条微博没有官方的措辞，没有惯用的律师函警告，只是以一个"粉丝"的口吻叙事，再加上一些粉丝的控评和水军介入，逐渐被带了节奏。

尤其是许慕这两年的形象都走的"清纯向"，平日也低调，不像个靠潜规则往上爬的，因此粉丝里还有大批人对"包养"持怀疑态度。

这条微博一出，顿时拉了些舆论回来。

【照片上何子殊明显和这几个人很熟的样子，看样子真的是酒吧常客吧。】

【有说许慕被那个拍电影的王扬包养了，可证据也不是很充足吧，就一张搂搂抱抱的照片而已，何子殊和许慕那照片就是假的，那这照片很可能也是假的喽。】

【许慕那句"状态不佳，所以对我没什么印象"，明摆着不就是说喝醉了吗？说实话，现在年轻人去个酒吧也没什么，可何子殊自己是个什么身份，心里应该还是要有数吧。】

【我觉得何子殊也挺有意思的，大概是知道自己的身份，所以特意挑了一个小破烂酒吧。】

……

而此时小破烂酒吧"暮色"的小老板刘夏，正坐在医院外间的休息室里，气得差点儿吸氧。

他从来没想过，有一天，自己家的酒吧不仅会上热搜，还会被群嘲是破烂货！

不仅被群嘲是破烂货，甚至还有人@了公安要他们来查一查，背地里有没有搞什么违法交易？

"夏哥！那天子殊这么晚了还去你酒吧，到底干吗了？"谢沐然推门走进来，身后还跟着脸色阴沉的陆瑾沉和纪梵。

他们没想到，许慕胆子竟然大到这种程度，在这种情况下，还摆了他们一道。

"这几个人都是 Blood 的成员！"刘夏连忙解释。

"子殊去了你们乐青后，Blood 人就聚不齐了。子殊虽然不在了，但乐团还没有完全解散，其他人时不时还会以乐队的名义，在我酒吧唱个歌。

"那天刚好是一个成员的生日，他年纪最大，马上就要回老家结婚了，以后也不玩乐队了，所以成员就想着再给他送个新婚礼物。

"本来没想找子殊，大家也都知道他的身份不合适，可我还是通知了他一下，问他要不要来看个演出。

"谁知道他不仅来了，还换了身衣服，跟着一起上了台。"

陆瑾沉就这么静静听着，在听到这句"跟着上了台"，他才抬起眸来，看了刘夏一眼，开口道："上去唱歌了？"

"没。"刘夏摇了摇头，"怕被别人发现，就坐在一旁打架子鼓。"

刘夏顿了顿，着急道："陆哥，子殊没见过那个许慕，都是她瞎编的！"

陆瑾沉微微点了下头："我知道。"

"子殊也从来不喝酒。"刘夏有些迟疑着低下头去，半晌，抓了抓耳朵，继续道，"他说你不喜欢他喝酒，因为伤嗓子。所以他去我酒吧的时候，从来不喝酒，就点一杯白水，喝完了也就回去了。"

刘夏话音一落，原本还有些声音的房间，忽地死寂。

所有人都停下了动作，然后轻轻转过头去，看向陆瑾沉。

陆瑾沉没说话，他记忆忽然回到那天，何子殊刚从医院出来没多久。

两个人突然在厨房碰上，那人也说了一句"喝酒对嗓子不好"。

连他自己都忘了，可那人还记得。

陆瑾沉的心口，就这么慢慢地疼了起来。

他低头扫了一眼那张照片，照片上何子殊在笑，笑得很好看。

不知怎的，陆瑾沉忽然有些嫉妒。

嫉妒在自己还没有出现的年岁里，陪了何子殊一段路的这些人，陆瑾沉点开屏幕，把那张照片存了下来。

他需要一些东西提醒自己，记住现在的感受。

陆瑾沉敛好情绪，开口："那天演出的视频在吗？"

"在。"刘夏赶忙点头，"因为难得人聚齐了，又想着是最后一场演出，所以从头到尾都录着。"

刘夏有些不好意思地开口："其实我们 Blood 还有官博的。"

谢沐然闻言，立刻开始搜索，待查到之后，兴奋地哇哇叫了两声，有些激动地把手机举起来："哇！夏哥！还有小一万的粉丝哎！

"还都是女粉！

"厉害厉害！"

刘夏怀疑谢沐然在侮辱他，但他没有证据！

被一个七千万粉丝的顶流夸奖一万女粉的刘夏，感觉有被冒犯到！

"要发到我们微博吗？"刘夏看向陆瑾沉。

"先等等。"陆瑾沉说完，俯身拿起手机，点开屏幕不知道做了什么，才点头，"可以了，发吧。"

刘夏完全不知道陆瑾沉这句"先等等"是让他等什么。

可当他拿起手机，打开 Blood 官博的时候，看着置顶的那条微博，那不可思议的点赞数、转发量以及评论数，他直觉有什么不对。

那是那天晚上，最后一场演出结束后，自己发的一句话。

只有四个字"你好，再见"，当作对乐队，也是对粉丝的一种告别。

虽说这个官博有小一万的粉丝，可毕竟已经过了这么多年，几乎所有人都只是把它遗忘在列表里，这么长时间过去，评论者也只有寥寥。

可今天，这疯了似的点赞数是怎么回事？

刘夏满头雾水，点开评论，然后就看到第一条点赞数最高："夏夏你是神仙吗？？？你为什么会有这么牛的朋友圈？？？快看你粉丝列表栏！"

刘夏手有点抖，他好像猜到陆瑾沉为什么让他等一等了。

他咽了口口水，屏住呼吸，最终点开粉丝列表栏。

果然，粉丝列表栏第一位，赫然写着明晃晃的"陆瑾沉"三个字，红底黄 V，如假包换。

几秒后，粉丝列表栏再度扩列。

纪梵、谢沐然的名字躺在了里面。

刘夏："……"

我也不知道说什么了，就给大家表演一个当场去世吧。

许慕这自爆式无差别攻击让人大跌眼镜的同时，也让事情走向更具戏剧性，简直堪称年度大戏。

所有人都在盯着乐青和 APEX，不知道他们接下来会有什么动作。

尤其是 APEX 四家的粉丝。

由大粉牵头，甚至临时成立了一个"反黑组"——四家"有头有脸"的大粉全在里面，堪称史无前例。

所以陆瑾沉一上线，各路粉丝群便第一时间收到了消息。

可让所有人都没有想到的是，在这种节骨眼上，陆瑾沉上线，没有发声明，没有发个人微博，而是点赞了一条不知道哪里来的，十八线开外的野鸡乐队的微博？？？

何家、谢家、纪家粉：陆队在干吗？？？

陆家粉：别慌，肯定是手滑。

然后，"手滑陆瑾沉"躺在了野鸡小乐队的粉丝列表栏里。

群里被陆瑾沉这摸不着头脑的操作炸出一脸血，甚至开始怀疑陆队是不是想跑路，接手这个什么中二又狂野的 Blood。

各路人马都来凑热闹，率先坐不住了的，除了四家粉，还有 Blood 诈尸了的活粉。

【才几年不见，我小 B 团都这么狂妄了吗？狂妄到和大 A 团称兄道弟

了？？？】

【大 A 小 B，也太配了吧！这对给我锁死！】

【我要立刻关注！我要让我的名字和陆瑾沉躺在一起！！！［微笑.jpg］】

【鸡笼警告！姐妹你醒醒！】

【我刚开始以为是陆瑾沉手滑，现在谢沐然和纪梵也关注了！到底怎么回事啊！这不是要换新成员？？？】

【换新成员？不是吧……之前还刚给何子殊说过话，扭头就换新成员，这不是打自己脸吗？】

吃瓜群众又顺着 Blood 官博，找到了其成员的个人微博。

看着看着，大家竟然真的找到了点苗头。

先是一个眼尖的粉丝，在一个成员的微博里翻到了一张照片。

说是 Blood 最后演出舞台的照片。

成员身上穿着的衣服极其眼熟，就跟被"侦探镜头"爆出来的那张照片上的几个人一模一样！

最关键的是，人数也完全对得上！

就在这时，被陆瑾沉一个点赞、一个关注送上热搜的"Blood"官博，在风口浪尖中，把置顶微博给换了，换成了一段演出视频。

地点显然就是那叫"暮色"的小酒吧。

因着逼仄的场地，游离的光线，所以只能看个轮廓。

甚至有很多人开始猜，是不是乐青想推新的乐团，借这波火炒作，然后就看到一条新的微博。

BLOOD：【@许慕 V 这位许小姐，请问您这位大明星是什么时候光临我这小破烂酒吧的？能否给个具体的时间，好让我查个监控，瞻仰一下您高贵的容颜？如果那"美丽的初遇"不是发生在我这个小酒吧里，那大概就是您在做梦了。因为我可以打包票，子殊如果去酒吧，那一定是我的"暮色"，您能找到其他一个，我当场把头割下来给您当椅子坐！至于为什么？那就吃个安利吧，向大家隆重介绍 Blood 原主唱兼门面——何子殊。】

吃瓜群众：？

129

四家粉：？？

Blood 老粉：？？？

【我要窒息了！我回去翻了一下那个视频，姐妹们！那个打架子鼓的神仙是子殊啊！那敲的哪里是鼓！是老子的心啊！】

【有人知道我现在的心情吗？？？当初读书的时候我和小姐妹就去暮色追 Blood，尤其是小主唱，又飒又奶，基本就是我们想听什么，只要他会，就有求必应！底下喊几句"哥哥我爱你"，立刻疯狂眨眼睛，耳朵悄咪咪红起来！然后其他成员就让我们别逗他，年纪小，容易害羞！真的是戴着口罩都挡不住扑面而来的美貌！后来又入股何总！我以为我这辈子就追过两次星，一个是白月光，一个是红玫瑰！可现在你告诉我！我的白月光和红玫瑰是一个人？？？】

【前方核能警告！核爆预警！！！捂住心脏！！！我要上 Blood 演出视频了！！！是老子压箱底的存货！】

【这又纯又欲又奶又 A 的神仙到底是谁啊！】

随后，Blood 原成员也全部现身，不仅大方承认了那张凌晨照片的真实性，还应了广大粉丝的要求，倾情贡献了很多小主唱的照片，并委婉表示，他们的小忙内一直很乖，从来不喝酒。

许慕再一次被推上风口浪尖，而且再翻不起一点水花。

据说是许慕金主的电影导演王扬的夫人，直接承认丈夫婚内出轨许慕的事实，并发出了离婚声明。

不仅如此，之前谈好的代言、剧本，也因为合作期内艺人个人名誉问题，被解约并需要承担巨额赔偿金。

……

何子殊这一觉睡得很沉，醒来的时候，看着横七竖八躺了一屋子的人，花了好些时间，才把睡意完全散干净。

他微微起了起身，病床被带出一点吱呀的声音，床侧靠椅上的陆瑾沉被这声音一扰，睁开了眼睛。

"我是不是吵醒你了？"何子殊声音有些哑。

陆瑾沉俯身，给他腰侧塞了一个软垫，避开他脊背的伤口，低声道："疼不疼？"

何子殊摇了摇头："不疼了。"

外头天色很暗，只有一轮未沉尽的落日，擦亮微弱的光。

房间里一盏暖黄色的灯，也无锋芒，柔软得很。

纪梵、谢沐然、刘夏都在沙发上躺着，闭着眼睛，大抵是睡下了。

何子殊压着声音，开口道："我是不是睡了很久？"

陆瑾沉没正面回答，只说："药里有镇静安神的成分。"

等何子殊慢慢适应了光线，陆瑾沉才把手机递过去。

何子殊不知道自己只是睡了一觉的工夫，竟然发生了这么多事。

"许慕她……"何子殊刚说出许慕的名字，就看到陆瑾沉的眉头皱了一下。

他以为陆瑾沉是被许慕气到了，下意识地抿了抿嘴，不说话。

而陆瑾沉则是幽幽看了何子殊一眼。

"你给过她机会了，"陆瑾沉说道，"而且不止一次。"

第一次告诉她，不要跟，她跟了。

第二次告诉她，自己其实什么都知道，不用装无辜，她继续执迷不悟。

第三次告诉她，及时收手，她也没听。

何子殊总觉得陆瑾沉不太高兴，于是摸了摸鼻子："我没想替她说话。"

他只是惊讶于许慕不要命的做法。

陆瑾沉抬了抬眸子："最好没有。"

"……"

何子殊低头，继续看消息，当翻到自己在酒吧驻唱时期的照片时，惊讶过后，眼中有了笑意。

这笑意很浅，却没遮掩，直直落在陆瑾沉眼中。

陆瑾沉摩挲了一下指尖，平静开口："很喜欢他们吗？"

何子殊抬起头来："嗯？"然后指了指照片上的几个人，"他们吗？"

陆瑾沉低着嗓子："嗯。"

"喜欢啊，"何子殊关掉声音，点开视频，"他们都对我很好，阿夏也是。"

"怎么会想到去做驻唱歌手？"

刘夏说哪怕到现在，他也没弄清，那时候的何子殊，怎么会出现在那条街上，穿着一身乖乖崽的衣服，背个双肩包，显得那样不合时宜。

"其实我也不知道。"何子殊思绪飘得有点远，"那时候想给自己找点事做，然后刚好就看到了那个传单，想着试试看也好。"

陆瑾沉顺着他的话说了下去："后来遇到了他们，就留了下来？"

何子殊先怔了怔，然后极尽诚实，点了点头。

其实陆瑾沉早就猜到了答案。

因为不只是刘夏他们，哪怕是他和APEX，也是如此。

"那现在呢？"

陆瑾沉慢慢抬起眸来，就连他自己都不知道这句"那现在呢"是在问什么。

只是很想知道，何子殊会回答他什么。

何子殊偏了偏头，视线扫过不远处的纪梵和谢沐然，回道："现在有你们啊。"

现在有你们啊。

陆瑾沉所有的挫败，就这样悄无声息地碎在这六个字里。

陆瑾沉听到了想要的答案，整个人的气息都敛了下去，一边给林佳安发短信，一边开口："什么时候学的架子鼓？"

何子殊："就驻唱的时候。"

陆瑾沉："自己学的？"

何子殊："不是，涂哥教的。"

陆瑾沉抬手又开了一盏小灯："就结婚的那个？"

何子殊"嗯"了一声，笑得眉眼弯弯："他架子鼓打得很厉害，其实嗓音也很好。

"当初刚成立乐团的时候，让我做主唱，也有一个原因是我除了唱歌，其他都不会。

"所以后来闲着的时候，他们就会教我。

"不过太久没打了，现在都忘了。"

陆瑾沉闻言："我教你。"

何子殊手一顿，默了默，问道："教什么？"

陆瑾沉轻轻笑了："你想学什么？"

何子殊有些不明白陆瑾沉话中的意思，下意识以为他要帮自己捡回架子鼓的技能，于是回道："学架子鼓吗？"

陆瑾沉眉梢一扬："可以。但以后别人要是问起的时候，要说是我教的。"

何子殊被唬得一愣一愣的，点了点头。

而不远处已经醒过来半天的纪梵、谢沐然和刘夏，睁着眼睛，双目放空，看天花板。

……

何子殊在医院养了三天。

脊背上的伤虽消了肿，仍旧泛开青紫的一片，被周遭肌肤一衬，看着有些瘆人。

这也就直接导致了众人对他口中的"我不疼，我没事，我好了"等话，持高度怀疑并严厉谴责的态度。

何子殊恨不得当场打一套军体拳，来证明自己已经痊愈的事实，直到医院出具了报告，才勉强被批准出院。

可饶是乐青保密工作做得再好，也抵不过前几天暴风雨式的热搜，何子殊在出院当天，就被拍到了从医院离开的照片。

前几天闹得沸扬，乐青、APEX、Blood甚至是余铭他们都亲自下场，可何子殊除了工作室官方的声明，几乎没有其他动静了。

再加上几个圈内有名的娱记发通告，声称在乐青底下蹲了三天都没见到本尊，怀疑乐青上层有什么大动作。

传言越来越多，所有人都在等何子殊露面。

谁知道，等来的却是一张从医院出来的照片。

这下好不容易熄下去的火，被这消息一吹，顷刻又烧成一片。

何子殊连别墅都来不及回，直接去了乐青。

"直播吗？"何子殊看着眼前的临时策划稿，问林佳安。

"嗯，不用紧张，就跟粉丝互动一下，就当聊聊天。"林佳安随意翻了翻册子，继续说："看弹幕刷过什么问题，粉丝说了什么话，挑些不会出错的回答就好了。"

何子殊抬头："今天晚上六点？"

林佳安笑了笑："早点也行，晚点也行，不算什么正式的通告，放轻松点。"

"那八点吧，"何子殊算了算时间，"六点的话……很多人应该还在回家路上，我怕她们为了看直播顾不上吃饭。"

何子殊说完，就握着笔在临时策划稿上做些小笔记。

林佳安闻言，放下手机，看过去。

那人正低头拿着笔，一行字一行字扫过。

明明只有个梗概和大纲，却也看得仔细，改了个时间也只是因为顾虑着粉丝。

那种周到并不刻意，而像是绵长的、温柔的，透过枝丫的月光，不偏不倚落了下来，直到抵着你的额角，落到眼里，才惊觉它的存在。

何子殊没听见林佳安的回答，才抬起头来："姐？怎么了？"

"没，"林佳安站起身来，"你先坐着，我去一趟楼上，还有一些直播前要准备的东西。"

何子殊点了点头。

林佳安前脚刚走，高杰后脚就推门走了进来，一边走，一边拿出一个方形的盒子，说道："子殊啊，忘记跟你说了，今天直播的时候，把这个IF 系列的项链戴着啊。

"刚接的代言，品牌方那边要求一定要有曝光度。

"本身应该当作私服曝光，可最近都在录制《榕树下》，节目定位也不太匹配，所以就没让你们弄，今天趁直播也交个作业。"

何子殊看着高杰手上的项链，眨了眨眼睛。

他不知道如何开口，告诉满脸兴奋的杰哥，他对这项链过敏的事实。

"杰哥，那个……"何子殊抿了抿嘴，话说到一半，听到有人推门的声音。

两人同时望过去，就看着陆瑾沉走了进来。

"晚上八点直播？"陆瑾沉脱下外套，搭在沙发的靠椅上，看着何子殊。

何子殊："嗯，今天不是被拍到医院的照片了吗，怕粉丝担心。"

陆瑾沉点了点头，视线一偏，看着茶几边上的高杰，开口："你怎么在这里？"

高杰把项链往桌面上狠狠一放，皱眉道："你还有脸问我，那我先问问你。现在这个时间点，你不在星川写歌，怎么在这里？"

陆瑾沉靠在沙发上："有事，推了。"

高杰："你有什么事？"

陆瑾沉："直播。"

高杰表情逐渐扭曲，陆瑾沉的所有行程都从自己这里过手，有没有直播他还能不清楚？

高杰脸都气绿了："你放屁!

"什么临时的直播，什么时候？我怎么不知道？

"你还给我接私活了？"

陆瑾沉云淡风轻地开了口："今晚，八点。"

何子殊闻言，直觉不对，抬起头来，看向陆瑾沉。

就见他轻轻笑了笑。

八点，直播。

真巧。

高杰视线从陆瑾沉身上转了一圈，再转到何子殊身上，瞬间明白了这"临时的直播"是怎么回事。

这是嫌"陈述"不够火？

高杰语气森森："陆瑾沉，你再说一遍。"

陆瑾沉见好就收，如实道："星川那边出了点事，改了时间。"

高杰眼睛一眯："那你就给我去楼下待着。"

陆瑾沉却跟没听见似的，俯身向前，拿起桌上的盒子，打开。

陆瑾沉只看了一眼，眉头一皱："要戴这个？"

何子殊还没来得及开口，高杰先说话了："又不是戴个炸药包，你那什么表情？"

"别戴了，"陆瑾沉把盒子随手往旁边一放，"他过敏，戴不了。"

高杰半天没缓过神来，甚至觉得陆瑾沉是在诓他，直到何子殊点了点头。

高杰觉得灵魂受到了洗礼，震惊道："你一个代言人对自己代言的产品过敏？"

何子殊不知道该如何回答，索性沉默。

高杰震惊道："这个市值八十多万，一辆宝马挂你脖子上，你竟然过敏？"

高杰满头黑线："品牌方知道吗？"

"不知道。"何子殊摇了摇头，"设计的时候做过敏试验的，检验都合格，不是产品的问题，是我的体质问题。"

"那就不是今天戴不了了，是以后都戴不了。"高杰觉得问题有些棘手。

这时，陆瑾沉却眼皮一撩，说了一句："那就换一个。"

高杰深吸一口气，揣着沙发上的项链，就冲了出去。

等他跑回来的时候，大气都还没喘匀，就把一条手链塞到了何子殊怀里："戴……戴这个，同系列手链。"

陆瑾沉只瞟了一眼，就知道这是从谢沐然那边拿的。

晚上八点，直播间通道打开的瞬间。

几乎在一秒之内，界面就卡成了PPT。

何子殊粉丝数量本就庞大，再加上这次直播吸引的人绝对不仅仅只是何家粉，所以直播通道很快就陷入瘫痪。

乐青技术部和市场部全面调动，联系平台，将通道从三个变成五个，才勉强保持通道的畅通。

因为卡顿费了些时间，何子殊先道了个歉，然后问她们想要什么补偿。

紧接着就看到整个弹幕刷得整整齐齐：要你陪我们多聊一会儿。

何子殊垂着眼尾，笑了一下，开口："好啊！"

弹幕炸了。

【啊啊啊啊啊啊，你别笑！你别撩我！你这个男人到底有几副面孔！！！到底是何总还是小奶精啊！！！】

【何总下线！小奶精成功登录！】

【姐妹们喊小哥哥！一喊小哥哥就会脸红！】

果然，接下来满屏的小哥哥让何子殊登时红了脸，这下所有人小哥哥喊得更欢了。

何子殊敛了敛情绪，看着弹幕里刷过最多的问题，一一给了解答。

因着口渴，何子殊抬手开了瓶水，卫衣的袖口顺着他的动作滑下，露出一截腕骨，和一条黑色缀红纹的手链。

因为是纪念款加限量款，所以虽然是 IF 系列，但也比较少见，有谢沐然的粉丝立刻指出那手链的出处。

【然然的！这是然然的手链吧！】

【应该是品牌方送的吧，IF 是全团代言，能送然然应该也可以送子殊。】

【不是！百分之百是然然！你看那个银边铭牌上的 X！我截图了！看到了！】

何子殊放下水，看了看弹幕："嗯，沐然的，下次让他戴项链给你们直播。"

被亲口盖了戳，弹幕开始疯狂刷屏。

【啊啊啊啊啊！】

【日常吸氧！疯狂吸氧！】

就在弹幕疯狂叫路人粉入股的时候，所有直播间的人就听到一句"差不多了"。

四个字，声音不重，甚至因着不算好的收音设备显得有点杂，可弹幕却跟忽然关了闸似的停了下来，只虚虚飘过几条。

因为直播间的人都看到何子殊偏过头去，显然在跟谁说话。

那声音又传了过来："很迟了，跟她们说晚安。"

弹幕开始零星地闪过"好像是陆队的声音"。

紧接着，一个身影出现在何子殊旁边，等大家看清那脸，关了闸门的弹幕猛地泄洪，甚至比刚开直播的时候还要汹涌。

【我翻墙了！我又翻回来了！我身轻好似云中燕！】

弹幕里有人见缝插针，问道："陆队，你在这里做什么啊？"

一人起了头，无数人跟上，就想看看陆瑾沉怎么回答的。

然后，在所有人的屏息等待中，陆队忽然笑了一下，说道："等小哥哥下班。"

就因为这一句话，乐青技术部和市场联合开通的五个通道，被碾成了渣。

粉丝都没听见那句晚安，就被过分拥挤的直播间挤到下线。

"等小哥哥下班"，以一种前所未有的速度，冲上了热搜。

乐青会议室。

何子殊正坐在小桌子上看帖子。

谢沐然开门的瞬间就说了一句："又开始了是吗？队长他又开始了是吗？"

何子殊循声抬头："开始什么？"

谢沐然抬头望天："没……没什么。"

纪梵坐在沙发上，抬眸："在刷那个帖子？"

"嗯，"何子殊低下头，"我都不知道闹得这么厉害。"

何子殊是真的不知道，事情走向会这么离奇。

"其实也没什么，"纪梵见低头不知道在想些什么的何子殊，有些担心，"只是这段时间，你们两个人曝在视野中的次数太多，频率太高，所以很多东西都容易被过分解读。"

"对！"谢沐然立刻附和，"不要小瞧了粉丝的魔鬼程度。"

手贴在门把手上，光明正大偷听了一路的林佳安："……"

明明是让这两个人过来，隐晦地提醒一下两人注意言行。

毕竟有些事从她嘴里说出来，就容易变成公司的意思，变成一种"警告"，子殊又心思细，很难不多想。可现在听起来，这两人怎么反过来给找起理由来了？

林佳安听不下去了，推门走了进去，一边把谢沐然和纪梵两个内鬼赶了出去，一边给何子殊上课。

陆瑾沉过来的时候，纪梵正斜靠着墙站着，而谢沐然则是贴在门上偷听。

陆瑾沉上前刚走了一步，就被纪梵伸手拦下。

纪梵摘下挂在脖子上的耳机，开口道："安姐在里面。"

陆瑾沉点头。

"哥，你昨晚太过火了，"纪梵微微仰头，"会有麻烦。"

陆瑾沉顺着纪梵的动作，跟着往墙上一靠，偏过头去看纪梵，然后纪梵就看到他们的队长意味不明地笑了笑，笑得他不自觉往墙上贴。

"嗯，知道。下次会注意。"

纪梵瞟了陆瑾沉一眼，眼里明晃晃的：我信你才有鬼。

何子殊出来的时候，神情很平静，也不见什么异常。

可陆瑾沉还是敏锐地发现，何子殊在躲他。

接下来两天，这种感觉越发清晰。

直到第三天，两人上了同一个访谈节目。

《21》是当下人气最高的线上访谈节目，碎片式的访谈，风格独树一帜，在年轻群体里有很高的知名度。

虽说每期只有短短二十分钟，但因为采用录播制，又要筛选出来最合适的镜头和问题，因此嘉宾录制时间通常在两三个小时不等。

这是跟《榕树下》一起接的通告，那时候谁也没料到节目效应会这么火。

所以导演高兴坏了，可高杰头都愁秃了。

在录制前，高杰把陆瑾沉单独拉到小黑屋里，晾了他足足半个小时，确定陆瑾沉会安安分分做个人的时候，才把他放了出来。

可谁知，这次出问题的，不是陆瑾沉，而是何子殊。

在上节目前，林佳安把大致会问的问题和主持人的风格，都跟何子殊说了一遍，何子殊也做了草稿。

可谁知，等到真正录制的时候，看着主持人临时抛出来的、跟 APEX 相关的一些问题，何子殊有些蒙。

他怕自己说错话，被别人发现什么，又怕自己不说话，也被别人发现什么。

这就导致了主持人问一个问题，他下意识去看陆瑾沉一眼，然后陆瑾沉不着痕迹帮他接了。

主持人再问一个问题，他又下意识去看陆瑾沉一眼。

陆瑾沉又三两句帮他圆了。

就在何子殊觉得自己安全躲过去了的时候，导演却石破天惊说了一句话："子殊，看镜头哦，要专心哦。"

后台的高杰登时两眼发昏，头皮发麻。

眼看着底下几个女策划开始放肆大笑，高杰也顾不得规矩了，连忙开口打断录制："导演！等等！补个妆！"

重新开镜前，高杰又跟何子殊嘱咐了一些注意事项，最终有惊无险顺利完成录制，高杰悬着的心才放了下来。

几天后，陆瑾沉和何子殊启程录制《榕树下》第三期。

而先导片后，仅凭借一个预告片便刷新收视率记录的第一期正片，也正式播出。

弹幕凶残程度甚至到了吓退路人的程度。

【沐然见到子殊就冲过去抱住了！子殊开口第一句话就是吃了没！这是什么感天动地兄弟情？！】

【哈哈哈哈哈哈，不认识的车一律按劳斯莱斯处理！然然怎么和老头乐这么有缘！骑上我心爱的老头乐，它永远不会堵车！】

【节目组是个狼焱，谁能想到这四个应该在巴黎走秀的男人会挤在一辆拉猪车上哈哈哈哈，我纪哥脸都要颠绿了！受不了受不了！】

【开！往奶茶店的方向开！这四个是金句王吧！】

满屏的"哈哈哈"，等到画面播到何子殊、白英、陆瑾沉三人在厨房对话时，风向才 转。

【我小奶精还会做饭？还做得这么好？这是什么神仙？真的！也太温柔了吧！感觉导演的镜头都不自觉跟他走！】

【姐妹们！我好像发现了一个了不得的秘密！我觉得子殊不知道陆队的口味！真的！】

【+1！可能是没怎么给陆队做过饭吧！毕竟那是个到处飞的野男人！】

【陆瑾沉进入直播间，陆瑾沉因为言语过激被踢出直播间。】

……

而此时的何子殊，正坐在车上。

因为已经第三期，不需要车上的素材，因此节目组没有派出 VJ 跟拍，眼下车上只有何子殊、陆瑾沉，以及高杰、汪文他们。

除了开车的汪文，所有人都在拿着手机，跟着一起贡献收视率。

何子殊也是，但他根本没敢开弹幕。可车上还有一个刷弹幕刷到上头，甚至忘记了陆瑾沉存在的小周，他极其没有眼力见地开口，说了一句："哥！你看弹幕上有人说你不知道陆队的口味，哈哈哈，说得跟真的似的。"

气氛突然窒息。

陆瑾沉闻言，默了片刻，手一顿，随即放下手机，缓慢地转过头来，看着何子殊。

坐在驾驶座和副驾驶座上，深知弹幕即真相的汪文、高杰，也跟着抬起头，借着后视镜，看着何子殊。

何子殊一阵心虚，手指在屏幕上随便划了两下，才开口道："哥，你喜欢吃什么啊。"

陆瑾沉极其平静："喜欢吃海鲜，但不吃虾，也不太能吃辣。"

何子殊："……"

半晌，陆瑾沉又说了一句："也挺喜欢吃酸的。"

何子殊浅浅吸了一口气："那等到了小屋，我给你做。"

陆瑾沉眉峰一挑，语气幽幽："做什么？"

何子殊乖巧道："你想吃什么，我就做什么。"

陆瑾沉继续道："知道我喜欢吃什么了？"

何子殊想了想，点头。

这几次下来，他大致能摸清陆瑾沉的口味了。

陆瑾沉笑了笑，说了句"好"，气氛顿时回暖。

视频已经快放到结尾，他们四个人睡在楼下的内堂，导演只放了短短几分钟，便拉了灯。

何子殊突然觉得好奇，于是在弹幕那个按钮上，戳了一下，凶残的弹幕立刻涌了出来。

【是我流量不够还是我没钱？我都进肯德基连好 Wi-Fi 了！你就给我看这个？？？】

【这就是陆队当时微博图的出处吧！为什么不让我们看完整版！这种感觉就好像半夜想找点刺激的看！结果打开是春晚！！！】

【进度条你已经是个成熟的孩子了！要学会自己延长！】

【可能就是被迫开启了青少年模式。】

何子殊脸色平静，关闭弹幕，关掉手机。

他就不该这么挑战自己。

半个小时后，两人到了小屋。

白英和余铭又早到一步，正抱着盐盐和阿柴在院子里玩。

何子殊推开木门的瞬间，阿柴便把尾巴摇成小陀螺，朝着他冲了过来。

何子殊一把抱了起来，他也是后来才知道，那天这小家伙是被人抱到那石头上的。

它那么小，害怕得呜呜直叫，可扑到自己怀里的时候，又跟什么都没发生似的，微颤着脚，蹭他的下巴。

何子殊又心疼，又好笑，趁着还没戴上收音器，捏了捏阿柴晃动的小耳朵，说道："以后遇到坏人的时候，要叫得大声点，让别人都听到，知道了吗？"

何子殊又笑："要心有猛虎。"

猛虎阿柴适时地"嗷呜嗷呜"两声。

白英和余铭被许幕那事气得不轻，打定主意要把何了殊放到眼皮子底下，或者放到陆瑾沉身边，导演说话都不好使。

何子殊陪着"儿子""女儿"玩了会儿，几人又闲聊一阵，李旭一打招呼，屋里屋外都开始忙活起来。

这次嘉宾的信息，在拍摄前就透了出来。

都是电影圈的老前辈，和白英、余铭同辈不说，还都是老友，因此气氛格外融洽。

转眼就到了做饭的时候。

何子殊正在切菜，那头说要亲自下厨、给老友做饭的余铭，一边往锅里下鱼块，一边开口："子殊，你看看里面那个小锅，正焖着笋，我忘记有没有加盐了，你尝尝看。"

何子殊"哦"了一声，取了双干净筷子，打开锅盖夹了一块。

鲜红的色泽，看起来很有食欲，何子殊尝了尝，很鲜，面上微咸。

或许是还没入味，一时之间，何子殊也没分辨出来。

他想了想，换了双筷子，低头又夹了一块，并道："老师，要不你尝尝看，我也摸不准。"

余铭抄着颠勺大喊："成。"

热气不断扑腾着，蒸上来。

身后响起几声脚步声，还有覆在地上，被透窗而入的阳光拉长的身影。

何子殊下意识地以为那是余铭。

可就在他举着筷子，转过来的瞬间，看到的却是陆瑾沉的脸。

举着的手就这么倏地顿在半空，上也不是，下也不是。

何子殊在来之前，被高杰提醒过，镜头开着的地方，要注意。

何子殊打定主意，慢慢放下手，正想随便找个借口囫囵过去，可陆瑾沉却就着何子殊的手，吃了一口，轻轻一笑："淡了。"

何子殊只能偏过头去，回了句："好。"

一顿饭的工夫，宾主尽欢。

本就都是老友，吃完饭，倦着懒在椅子上，谁也没起身。

何子殊本想帮着把碗筷收了，好叫他们坐得更舒服些，却被余铭叫了停："小殊，放着，忙了一个上午了，歇会儿。"

"瑾沉，去，厨房壁橱最上格那层，有我刚带过来的茶叶，泡一壶端过来。"余铭连人带椅往后仰了一下，越过何子殊看向陆瑾沉，"喝惯了春茶，让你们喝喝秋茶，香气高，韵味长。"

陆瑾沉应声，往厨房走。

整个桌上，就剩下何子殊一个小辈，他倒也不紧张，也不多话，就安安静静地坐在最边上，听这些前辈讲些戏，叨些琐事。

白英没吃饭，只吃了一碗南瓜羹。

那是她早上随口提了一嘴，说今天没什么胃口，何子殊怕她不吃饭，单独给她做的。

白英向来性子急，不是个有耐心的人，可今天却一勺一勺吃了个干净。

等小盅见了底，她才抬起头来，看着何子殊，眼中带笑："子殊，有没有兴趣来剧组客串一下？"

突然被点名的何子殊一头雾水："剧组？"

白英："嗯，我这边新接了个电影，有个角色空着，我觉得你可以试试。"

何子殊还来不及做出什么反应，不远处的节目组先惊了。

他们几乎不敢想象，一个三金影后会当着一众电影人的面，云淡风轻地跟一个从未踏进过电影行业的偶像，提起电影邀约。

而且，看样子绝对不是闹着玩的。

节目组所有人，包括何子殊都被吓了一跳，可桌上一众有头有脸的电影人，却跟无事发生一样，依旧说说笑笑。

"我说你半天不给答复，敢情这里等着呢。"

"挺好，这孩子挺稳的。"

"机会不错，子殊可以去试试看。"

白英伸了个懒腰，三两句话把这事盖了过去，就好像她真的只是随口一提。

直到傍晚的时候，何子殊去楼上铺床，白英跟着上了楼。

两人去了一个没有镜头的空房间，白英推开窗户，散了散尘气，开口："怎么样？想不想去试试？"

何子殊没直接回答，想了想，道："姐，您是真的觉得我合适，还是单纯地……想要带带我？"

白英被这一反问，问出了兴趣："为什么这么说？"

何子殊没有闪躲："如果是您觉得我合适，那我或许可以试试，但如果是您想带带我……"何子殊摇了摇头，"风险太大了。"

白英是电影的招牌，那种底气和实力，是多年摸爬滚打出来的。

她向来不是循规蹈矩的人，看进了眼睛里的，就没什么道理地护着。

何子殊知道他是被白英放在了心上的，可也正因为如此，他不能让自己成为别人诟病白英的一个因素。

不是不自信，而是那可能性确实存在。

"那我说两者都有呢。"白英微笑，"这电影圈其实并不复杂，只要作品立得住脚，就有话语权，也不玩踩低捧高那一套，因为最后上了大银幕，是好是坏，观众比我们看得更清楚。"

何子殊犹豫地喊了一声："姐。"

"我知道，"白英点了点头，"子殊啊，不要把自己钉死在流量明星这个框里，流量明星和演员之间，其实并没有什么严格意义上的壁垒。

"评判一个人演技的好坏，也只看作品，不看出身。

"今天中午吃饭那一桌人啊，半路出家的也不是没有。"

白英语气越发温柔："也别怕出错，有我在呢，怕什么。"

何子殊认真听完白英的话，顿了顿，又开口："我没学过表演，我怕……"

"哪怕是再好的牌，也得一张一张往外打，什么都是慢慢来的，不用怕，也不用急。"

白英说完，拍了拍何子殊的肩膀，转身出门："好好考虑一下，考虑好了，告诉我。"

在楼梯转角处，白英停下步子，隔着木栏看了何子殊一眼。

他的眼睛干净、纯粹，像是一捧毫无杂质的清水。

所以她觉得他合适。

同时，她的确想拉他一把。

诋毁之言不见血，却诛心，尤其是经过这次许慕的风波，他现在的身份，几乎就是在悬崖边上走着，立在巅峰，别人都能看见不假，但这也代表着，不能踏错，哪怕一步。

所以白英想拉何子殊一把，把他拉到一个相对安全的地带。

晚上，众人又在厅里玩了一会儿，便各自散去。

余铭在何子殊来的第一天，就跟他说过。

因为房间比较少，等嘉宾来了，可能还要让他和陆瑾沉挤一挤。

所以这是何子殊第二次和陆瑾沉睡在一个房间。

两人睡在各自的床上，中间被一个矮柜挡着，隔出一段不小的距离。

镜头关了，也不收音，何子殊把电影的事跟陆瑾沉说了之后，便再没有下文。

窗外月色很沉，照亮满地银色，或许是太过安静，偶尔风过枝丫，传来的簌簌声也撞不破满室寂静。

何子殊却忽然不知道从哪里生出一股冲动，他偏过头去，看着陆瑾沉。

那人正坐在床沿边，斜着身子，懒懒靠着。

感受到了何子殊的视线，陆瑾沉抬头的一瞬，听到一句："哥，我以前，是不是做了什么事，惹你们生气了？"

声音很轻，被覆在身上的被子微微一掩，还有些瓮声瓮气的，陆瑾沉却一字不落，全听了进去。

避了这么久，以为再也不会有人提起的话题，就这么显露出最原本的模样。

陆瑾沉看向何子殊："怎么突然问这个了？"

何子殊垂下眸子，神色平静："没什么。"

陆瑾沉开始沉默。

很久之后，就在何子殊以为陆瑾沉不会回答的时候，陆瑾沉却开了口："没有。"

何子殊慢慢坐起身来。

陆瑾沉哑着声音，微侧过身："你没有做错事。"

陆瑾沉都已经记不得，那时候他、纪梵和谢沐然，在门外听到何了殊跟林佳安说要"单飞"的时候，自己是什么心情了。

只记得那是他们第一次争吵。

或许也算不上吵，因为何子殊没有说话，没有解释，没有反驳。

纪梵一步步逼问，谢沐然一句又一句"为什么"，可何子殊只是低着头。

后来，他们回到家，原以为彼此都冷静下来，可以谈一谈的时候，何子殊却不在房间里。

陆瑾沉给刘夏打了电话，问何子殊是不是在他的酒吧里。

刘夏支吾着给出零碎几个字，拼不出一句完整的句子。

陆瑾沉直接去了"暮色"，然后意料之中的，在那里看到了何子殊。

那人正跟 Blood 几个成员坐在一起，低头写乐谱。

酒吧昏暗的灯光，他看不清何子殊的神情。

他就静静站在不远处，也不靠近，只觉得那人若是现在抬起头来，看着他，自己又会被骗过去。

那是陆瑾沉人生第一次，知道什么叫挫败。

那也是陆瑾沉第一次失去理智。

在满地红绿的灯光中，他看着何子殊，近乎冷漠地说了一句："你就这么喜欢他们？"

听到这话，那人才给出了点反应。

可仍旧没有抬头看他，只回了句"是"。

纪梵和谢沐然收到刘夏的消息过来的时候，听到的就是这几句话。

——你就这么喜欢他们。

——是。

"那你就在这里待着吧，和你的……队友。"纪梵气得口不择言，说完这句话，扭头就走。

谢沐然怕他出事，也跟着跑了出去。

唯独剩下陆瑾沉，他没有回去，只是在"暮色"外面的巷子里，抽了一晚上的烟。

他和何子殊之间，就隔着一道墙。

他在外面，那人在里面。

再后来，乐青成立了各自的工作室。

通告压得所有人连喘口气的余地都没有，连见面都是一种奢侈，又被刻意避着，等回过神来，已经成了眼下这幅光景。

陆瑾沉没说，何子殊也不知道。

当何子殊躺在医院里的时候，陆瑾沉推了国外的通告，在机场等了几个小时，买最早班的飞机回了国。

这三年来，陆瑾沉和自己作对似的，反复在想，究竟谁错了？

是何子殊吗？

其实没有。

何子殊只是不够信任他，不够信任他们，仅此而已。

他们就没错吗？

也不是，浪费的三年时间就是证据。

没有谁赢了，其实都是输家。

"哥？"何子殊见陆瑾沉久久不说话，轻声喊了一句。

陆瑾沉看着何子殊，慢慢站起身来，一步一步走向他。

陆瑾沉抬手关灯，依照惯例留下一小盏之后，半俯下身，替何子殊披了披被角，轻声道："睡吧。"

何子殊终是点了点头，说了句"晚安"。

第二天早上，陆瑾沉是被各种嘈杂的声音喊醒的。

等他慢腾腾到了楼下，才知道原来是节目组在给四小只录制小视频。

何子殊起得早，正和白英一起给四小只排队。

四小只加上何子殊，排排蹲。

因着清晨熹微的光，眼睛都闪着。

看到陆瑾沉起床了，何子殊转过脸来，笑着打了个招呼。

陆瑾沉也轻轻笑了下。

天气真好。

第六章 /
舞台首秀

JINZHIDANFE

节目组本来打算意思意思，设置些游戏环节为难一下大家。

可当李旭拿着喇叭，一句"由于节目组经费紧张，要砍些预算"刚说出口，就被余铭一句"砍我可以，砍预算，不行"，成功顶了回去。

身后众人跟着附和，有恃无恐，甚至还有人直接把杵在柴墩上的劈柴刀拔了起来，塞到李旭手上，然后在脖子上比画了两下，意思就是尽管砍。

节目策划组看着吃瘪的导演，疯狂大笑。

眼前这些都是圈内有头有脸的大人物，在片场一个个都不苟言笑，在老友跟前却毫无顾忌，甚至还有"别出心裁"的综艺感。

李旭自然拿不动刀了，只好把镜头转向了四小只。

生活不易，幺儿幺女只得卖艺。

忙活了一个多小时，终于剪够了素材，节目组乐乐呵呵地开始做后期，倒把何子殊累了个够呛。

因为四小只并不配合。

大米总想去啄阿柴，阿柴又去挑衅小油，然后阿柴就被一鸡一鹅左右开弓，最小的盐盐待在陆瑾沉怀里，被阿柴的惨叫声吓得炸毛，场面一度失控。

也不知道是不是那天被吓到了，节目组一个工作人员跟何子殊说，阿柴再也没有往后院跑了。

可何子殊不止一次看见它蹲在后院不远处的一条石子路上，偶尔起来摇着尾巴晃晃，不走近，也不走远，就像今天这样。

何子殊走上前去，蹲下身子，把阿柴抱了起来。他笑了笑，问："是不是想去玩？"

阿柴委屈巴巴，趴在他肩膀上呜呜两声。

何子殊试探性地往前走了一步。

阿柴的尾巴便开始疯狂地摇晃。

可当他们马上就要转过檐角，走进去的时候，阿柴却忽然扑腾得厉害。

何子殊叹了一口气，只好哄着回到了前院。

"是吓到了。"白英蹲下身来，摸了摸阿柴的头，"被你抱着还好些，之前三四天都不敢往那边去。"

"本来都打算在那边造个篱笆栅栏，好拦着点，后来看它自己都不往那边跑了，也就没弄了。"

何子殊有些心疼："我还以为蹲在这里，是想往后院那边去。"

白英继续道："可能是看你们来了，又想往那边跑。"

何子殊往后看了一眼。

石子小径一路延伸，缝隙间满是星星点点细碎的青色。

天光大好，所以前后院都缠着柔暖的阳光，是与那天的暮色截然不同的光景。

阳光照在侧脸上，暖洋洋的，何子殊突然回过神来，抬头问："姐，我们第一天来小屋的时候，是不是因为觉得占地方，从厨房里搬了好几个坛子出来啊？"

白英想了想，点了点头："嗯，放到录制棚后面那个仓储室去了，怎么了？"

何子殊笑了一下，垂下眸子看着阿柴："它可能不是想去后院那边玩，只是想去踩那些瓦罐。"

白英瞬间反应过来："想在外面给它再建一个？"

何子殊也不知道自己有没有猜错，只说："试试看。"

"姐，你抱一下，我去搬几个过来。"何子殊说完，把阿柴塞到白英怀里，就朝着仓储室跑去。

白英愣了愣，随即起身，对着那边正晒太阳的一群人喊了一声："去帮子殊把坛子搬出来。"

养老模式的众人总算动了起来。

仓储室在节目组录制棚后面，而录制棚中又满满当当挤了十几个工作人员，闻言纷纷让出条道来。

于是，他们就看着这些声名赫赫的名导，一个接着一个地走进来，又一个接着一个，滚着坛子走出去。

所有人的表情都差点儿没绷住。

一个工作人员私下建的，名为"今天的糖吃了吗"的小群，开始疯狂弹出消息：

【人不如狗系列！阿柴这是什么富家贵公子的剧本啊！在阿爸怀里哼哼唧唧几句，阿爸就给他建小乐园！还是一个个身价过亿的大导演亲自帮着抢的坛子！】

【重点是阿柴吗？你们重点竟然放在富贵小憨憨身上吗？！清醒点！重点是阿柴它爸好嘛！】

【对啊！我觉得子殊其实有些自责，所以这两天只要有空就陪着它玩！生怕崽崽留下什么童年阴影！】

【还把坛子都检查了一遍，怕有什么东西扎到他儿子！】

【这谁顶得住啊！要是真的生了儿子还不得往死里宠？！】

……

小乐园刚刚建完，阿柴就开始撒欢，拦都拦不住。

因着之前许慕的事件，耽搁了一段时间，又为了尽可能地配合所有人的行程，李旭调整了录制时间。

于是，陆瑾沉和何子殊一连录制完两期节目，才打道回家。

陆瑾沉推了一个访谈，谢沐然和纪梵也刚赶完通告。

难得四个人都有空，极为默契地关了工作专用手机，在家里窝着。

"哥，你都不知道我早上起来，在厨房看到你的时候，有多震惊。"谢沐然盘腿坐在沙发下的绒毯上，嘴上叼了片吐司，低头打游戏，"我还以为自己眼花了，你竟然会在家。"

纪梵本来正在和谢沐然双排，闻言，一皱眉，用一把"善良"的98K，一枪狙了敌方的头，然后在谢沐然"等我进圈了，就把你们都杀了"的无能狂怒中，停下动作。

纪梵看了看陆瑾沉，又看了看何子殊。

更糟心了。

陆瑾沉把一杯温好的牛奶递给何子殊，顺势在他旁边坐下，靠在沙发上："玩游戏？"

"没，"何子殊摇了摇头，抿嘴一笑，"我的连连看连不上他们的快乐。"

那头谢沐然已经被毒气撂倒，他放下手机，有气无力，仰头靠在何子殊腿上。

听到何子殊的话，他神情一言难尽："哥，你没看过他玩的那个连连看，那根本不是连连看，不仅拼眼力，还要掐着时间做运算，我根本看不懂。"

何子殊失笑。

纪梵面无表情，用脚踹了踹他："连毒圈都跑不过，一个盒子你还想看懂什么？"

谢沐然表情逐渐扭曲，当即起身冲过去和纪梵打成一团。

陆瑾沉开口："那在看什么？"

"纪录片，"何子殊抿了口牛奶，"白老师当时拍《迷踪》时候的纪录片。"

何子殊把白夹的试镜邀约跟林佳安说了，林佳安几乎是想都没想，就接下了。

用她的话来说，这就是天上掉馅饼的好事，你不兜头赶紧接着，还要躲？

人人都说这机会难得，何子殊自己也知道。

可那毕竟是从未接触过的领域，是馅饼不假，可也要看自己接不接得住，吃不吃得下。

于是这些天，只要有空，他就翻着一些视频看。

何子殊也不挑，纪录片、电影、人物访谈，只要觉得能给自己一点启发的，就都过一遍。

陆瑾沉思绪转了一圈，问道："《迷踪》？和梁导合作的那部？"

"嗯。"何子殊见陆瑾沉知道，抬起头来，眼睛微闪。

那眼神，很明显就是觉得他会知道些什么，陆瑾沉轻笑："看着我做什么？"

"姐拿影后的时候，你几岁，我几岁？"

何子殊微征片刻后，也觉得好笑："差点忘了，姐那时候也才二十五岁。跟我一样大。"

陆瑾沉闻言，轻轻地看了何子殊一眼，笑道："不是。"

"嗯？"何子殊开始低头翻资料。

当年白英能参演《迷踪》，就是被她的老师，也就是首屈一指的名导梁也选中。

不仅选了她，还力排众议，推她独挑大梁。

即便知道梁也眼光的毒辣，但圈内等着看笑话的人仍旧不少，觉得梁也这局赌大了。

可白英硬是在无人看好的条件下，一举拿下当年最佳女主角，从此再无人能把她拉下神坛。

何子殊之所以记得这么清楚，还有一个原因，就是因为那年白英才二十五岁，跟他一样大。

何子殊低头，又确认了一遍："是二十五岁啊。"

"说的不是她，"陆瑾沉伸手覆在手机屏上，"是你。

"小朋友不是才刚成年吗？"

何子殊把陆瑾沉的话，颠来倒去，想了好久，才反应过来陆瑾沉说的是现在的他。

因为少了些记忆，所以还是那个刚成年的小歌手。

这时，谢沐然突然跳起身来，拿着手机往何子殊他们那边跑，一边跑一边喊："哥，你们的粉丝也太厉害了吧，都是什么剪辑大能啊！"

何子殊被扑了个满怀，等扶着谢沐然稳住脚步，他才顺着手机看下去。

不断刷过的弹幕，把视频遮得格外严实，何子殊只看到一个滚动的标题写着：

《天神合作——你是我藏于人间的秘密！》

顶端还跟了一个小一号字体的副标题：都给我进来听隔空对唱！双声道！生灵涂炭！！！

谢沐然关掉了弹幕，何子殊这才看清，视频中的两个人。

一个他，一个陆瑾沉。

视频中的他，还戴着口罩，显然是做驻唱歌手的时候。

这些天，他驻唱时候的视频不断被翻出来，何子殊都见怪不怪了，可让他觉得新奇的是陆瑾沉。

视频中的陆瑾沉，穿着一身长款的风衣，头发比现在短上不少，盖在帽子下，只露出鬓角和发尾。

背后是一个闪着光的喷泉，像是在街头站着。

陆瑾沉身前是一个立着的麦，在他的身后，一个金发的外国人贴着喷泉的外沿，正弹电子琴，还有一个人拿了把吉他，都是二十岁左右的模样。

这时，谢沐然突然把耳机摘了下来，两道声音瞬间传来。

何子殊几乎是下意识地看了陆瑾沉一眼，因为他们的声音重叠着，渐次响起来。

两人……唱的是同一首歌。

陆瑾沉也怔了一下，他拿过谢沐然手中的手机，看了看，挑了挑眉："还真是，什么都能给她们找出来。"

这首歌名字叫《天意》。

因着那年大爆的一个获奖电影，作为主题曲，几乎全国传唱。

何子殊唱它，是因为那时候很多人点了这首歌。

陆瑾沉重新插上耳机，声音瞬间消失。

何子殊这才开口，指了指画面上的陆瑾沉："是在国外吗？"

"嗯。"陆瑾沉语气飘得有些远，"在国外上学的时候，临时组织的街头活动，后台伴奏里没多少歌，这是唯一一首中文歌。"

陆瑾沉自己也没想到，唯一一首中文歌，竟然还能撞上。

就好像他们拨开静默的岁月纹理，穿过时间和空间的距离相遇。

弹幕又"粉"又"炸"：

【左耳是子殊的小奶音！右耳是陆队的低音炮！我真的反复去世！这不是天神合作是什么啊！】

【那年还没有大A团，两人都还在各自的小乐队里唱着歌，这么多首歌却唱了同一首！这对天神搭档就是天意啊！】

纪梵一边和人刚枪，一边磨牙，磨了十几分钟，终于忍不下去了，一把将手机塞到谢沐然手里，说了句"给老子苟住"，就朝着陆瑾沉走过去。

谢沐然吓得吱哇乱叫，手忙脚乱开始痛击自己的队友。

纪梵化身毫无感情的吃饭机器，开口就是一句："我饿了。"

何子殊站起身来，忙道："我去给你做，想吃什么？"

纪梵这才想起，这人刚录制完《榕树下》回来，又要让人下厨房，不太好，可话到嘴边，又不好收回去，只好挑了个省时省力的，回道："西红柿炒蛋。"

何子殊："还有呢？"

纪梵："没了，就这个。"

陆瑾沉懒懒靠在沙发上，看着这两人，等差不多了，才悠悠起身，轻声说了一句："坐着吧，我去。"

纪梵瞬间补充一句："我还想吃糖醋排骨和酸菜鱼。"又踢了踢谢沐然，"想吃什么。"

谢沐然在逃跑过程中丢了自己的枪，正被队友疯狂人身攻击，没什么好气地说："佛跳墙。"

纪梵重复道："他说想吃佛跳墙。"

陆瑾沉："……"

何子殊："……"

陆瑾沉眉梢一挑："还挺会吃。"

"成，还想吃什么，"陆瑾沉摆弄了下手机，"叫个外卖也方便。"

纪梵："……"

失策了！

都怪小菜鸟。

吃什么不好，非要吃佛跳墙。

最后，谢沐然不仅没吃上佛跳墙，甚至连西红柿炒蛋都没吃上。

因为给他们带饭的是林佳安，顺便带来了一个消息，青云台综艺大型选秀节目《偶像请就位》请APEX救个场，充当一期荣誉导师。

而且还要他们做"开场秀"。

也就是说，这是三年来，APEX合体后，在演唱会前，第一个舞台。

《偶像请就位》是青云台联合各大传媒公司举办的大型选秀节目，从近一百号练习生中选出九个人，成立一个为期一年的限定团。

因为签署了合约，只是限定团，并不影响后期各自的发展，再加上顶级传媒公司的资源加持，竞争空前激烈。

林佳安把通告单给每人发了一份，开口道："本来节目最初定档的时候，最合适的导师人选就是你们四个，可行程排不开，就推了。"

陆瑾沉随便扫了几眼，放下通告单，说道："要救谁的场？"

"郑合，国外的一个行程突然改了时间，撞上了。"林佳安拿着手机，低头打字，"要不是同一个公司的，节目组的人也不敢叫你们救场。"

"去看看也好，乐青这次也送了几个新人进去，"林佳安把几个人的资料翻出来，放在桌上，随手点了两下，"喏，这几个，基本也都是冲着你们才去选秀的。"

"挺眼熟。"谢沐然嘴里还塞着西兰花，两颊鼓起小小的两团，"有一次走错了练舞室，见过，挺勤奋的几个小孩子。"

何子殊没忍住，伸手戳了一下："谢老师，减肥餐吃撑的话，也是减不了肥的。"

纪梵拿过谢沐然手上的叉子："你要是不想上镜的时候，脸比这几个勤奋的小孩子大一圈的话，最好尽早收手。"

谢沐然："……"

"我们需要做什么？"何子殊抬起头来，"就一个开场舞？"

"嗯，临时救场，任务不多，就点评一下舞台，给些建议，然后跟着节目组去宿舍走一圈，跟学员聊聊天就好。"

林佳安笑了一下，继续说："本来私底下想在收官总决赛的时候请你们，可又怕粉丝看过你们舞台之后，集体倒戈，热度全被你们抢走，就一直也没敲定。现在节目中段，收视率也隐隐有下滑的疲态，再加上郑合行程冲突，商量过后，公司觉得可以。"

谢沐然正在临时补课，刷《偶像请就位》，闻言，看了看陆瑾沉："到时候要选人的话，就哥你来吧。"

他们几个，基本都是从决定成团开始，就定下的人选，唯一一个何子殊，也是陆瑾沉亲自挑的。

四个人，没一个经历过这样的选秀。

林佳安笑了："四个人每人都有一张直接晋级票，还要做点评，别想着都跟瑾沉走，等会儿又要上热搜说什么黑幕。"

谢沐然闻言，觉得更棘手了，皱了皱鼻子："选人我们也没经验啊。"

他扬了扬下巴，看着陆瑾沉。

"不用看我。"陆瑾沉头都没抬，"我也没经验。"

谢沐然一愣，脱口而出："子殊不就是你亲自选的。"

谢沐然话音将将落下，所有人就跟被按下暂停键似的，停下了动作。

视线不约而同地转到陆瑾沉身上。

何子殊也跟着抬起头来，有点紧张。

"对啊，"陆瑾沉偏过头，明明是谢沐然问的话，却只看着何子殊，半晌，嘴角一扬，声音透着半股子笑意，慢慢道，"因为只选了一个。"

"也没别人了。

"所以没经验。"

接下来几天，几人都泡在练舞房里，直到《偶像请就位》开录。

青云台这几天跟疯了似的发微博，字里行间都在说这期的荣誉导师多炸、多裂、多绝。

有时候半夜都会突然发一长串感叹号，活像个披着官博皮的段子手。

可饶是发博数量再多，导师的确切消息硬是没露出一点苗头来。

这种干打雷不下雨的迷惑行为，被各家粉丝"骂"出了花，可一边骂，一边又实在止不住好奇，关注度一路飙升。

直到各家粉丝在训练营外，蹲到了一辆黑色的保姆车，和四个一身黑、气场飙了八百米的男人。

人群中有人先喊了一句："我是不是瞎了！好像看到了我大A团！"

这声音如同平地一声雷，炸得所有人一激灵。

紧接着，她们就看到从训练营中冲出来二十多个安保人员，迅速站成两排，开出一条路来。

她们等了这么多天，还从没见过这架势。

这下所有人都隐隐觉得事情"大条"了。

四人一路走近，打头的那个男人率先扯了口罩。

"啊啊啊啊啊啊！然然！真的是大A团啊！！！"

"四个人！四个人都在！四个人都在！"

"节目组！节目组是真的！这谁顶得住啊！"

等到四个人总算走到门口，粉丝嗓子都已经喊劈了。

谢沐然被一个闪着光的应援扇吸引，没忍住，往前走了两步，笑了笑："这个做得很好看哎。"

他伸手指了指："是哪家粉丝啊？"

那个近距离接触谢沐然的粉丝，脸红到几乎要开始冒热气。

还不等她回答，身后已经异口同声开始大喊："你家的！你家的！都是你家的！"

谢沐然和站在他身后几步远的三人，都没想到粉丝会这么回答，全都笑出了声。

这下粉丝的喊声更大了，几乎能把屋顶掀了，甚至惊到了楼上正训练的成员，一个个探出头来，往楼下看。

"什么情况！谁来了！"

"不知道啊！瞒得可好了，我上次化妆的时候，随口问了一句，化妆组老师们只说：别问，问就是神。"

"喊成这样，不会是 APEX 吧。"

"你想多了，节目组哪有这么多钱，能请来一个，就顶天了。"

……

四人被粉丝蹲到，路透图瞬间铺满整个广场。

节目组也不打算瞒了，忍了这么多天，总算正式官宣。

而且官宣得简单利落，极其霸气，一反往常官方的说辞。

偶像请就位 V：【话不多说，@陆瑾沉 @何子殊 @纪梵 @谢沐然 欢迎四位荣誉导师，周六晚上八点，锁定青云台。大 A 团合体首秀，红与黑，核能预警，全员集结，你准备好了吗？】

这四个本就是不需要粉丝控评的男人，所以官博底下的评论走向非常狂野。

【我为自己之前的口出狂言道歉！节目组牛！我都不敢想象是什么神人把这四个凑到一起的！】

【真的不是砸场子来了吗？节目组你醒醒！训练营里的崽崽十个里面有九个偶像是 APEX，这前辈教做人系列真的好吗？】

【红与黑？！红与黑？！！！是我脑海里那个红与黑吗！！！节目组你说清楚啊！是出道曲《红与黑》吗！】

【绝对就是要跳《红与黑》的意思！当初 APEX 用这首出道曲刷新了多少榜单记录！至今都没人能打破！一步就跨上了神坛啊！都多少年没跳了！我真的爆哭！】

……

网上一片"腥风血雨"，节目组也全员屏息。

在这种氛围下，《偶像请就位》新一期，正式开录。

在等候区就位的全体练习生，正感到奇怪，因为依照惯例来说，主持人都要先开场，可今天，半天都没见舞台亮起来。

所有人面面相觑，抬头看了看等候区上的时间表。

就在他们以为是什么录制事故的时候，忽地听到舞台起了音乐。

几乎是音乐响起的瞬间，几个乐青的小练习生就喊了出来。

"《红与黑》！是《红与黑》！"

认出这首歌之后，他们第一个念头根本不是 APEX 来了，而是谁玩得这么大，敢跳《红与黑》！

当初 APEX 凭这首歌一曲封神，除了四个人逆天的颜值，还有一个很大的因素。

这歌难度太大了，无论是歌曲还是舞蹈，还有节奏点、气息要求，都不是常人能控住的。

所以这么多年来，哪怕各种选秀节目层出不穷，哪怕所有人都知道 APEX 是初代男团，愣是没一个人敢在舞台上选他们的歌。

可今天……

几个小练习生瞪大了眼睛。

他们倒要看看！是谁敢舞到他们乐青大 A 团前面！

前奏由远及近，由浅入深。

舞台只有顶上几盏直射灯开着，交汇在后方一个半弧形的圈上。

当最后一个前奏鼓点落下的时候，两侧色调微暗的灯，忽然以一种极快的速度闪着，次第打开，连成一片又疾又重的"啪"声。

就在这种游离的光线里，四个轮廓忽然出现。

全场屏息。

当何子殊的声音轻轻浅浅响起的时候，舞台彻底亮起。

等候区全部人都站了起来，甚至有人因为起身的幅度太大，踢倒了凳子。

今天四个人的造型配合了歌曲，何子殊和谢沐然刘海全部梳上去，穿了一身酒红色连帽风衣，里头一件打底白 T 恤，衬得整个人越发唇红齿白。

而纪梵和陆堃沉则是同款黑色风衣，领口微敞，表情淡漠，散发着从骨子里漫出来的禁欲气息。

这几个人哪怕只是往那里一站，什么都不做，都足够慑人。

所以当音乐正式响起的时候，不说等候区的练习生，就连后台节目录制组，都已经陷入尖叫状态。

主创群里已经被这四个男人屠了。

【真的是吹爆我四位 boss！这是什么绝世天团！】

【这就是初代开山男团啊！全员在线索命！还办什么选秀啊！大 A 团一天不死，尔等只能俯首称臣啊啊啊啊！】

【你们去把那个视频调出来！去！放慢速度，甭管几倍速！曾经我也不懂什么叫踩点狂魔，直到手贱调了这四个男人的视频倍速！】

【我子殊真的上台就是何总！一跳舞就是魔王本王了！全程"神爱世人"的怜悯模样！陆队更不用说！】

【我们赚翻了，真的，你知道别人都怎么说的吗？这四个男人的舞台不应该按曲目和时间算钱，应该按步数算钱。】

【是真的绝，这么多轮比赛下来，惊艳到我的，也不是没有，可到了这里，真的才知道什么叫教科书了。那些孩子都会想着表情管理，也一直做得不错，可这几个人那种 SLAY（秒杀）全场的随意感，根本不用表情管理，真的太绝了！】

慢慢地，一曲完毕，音乐跟着灯光渐渐停下来，舞台重新陷入黑暗。

即便是知道流程的节目组都跟着喉咙发紧。

后台等候区静得没有一点声音，五六分钟后，当灯光再度亮起，四个人已经换了一身衣服。

陆瑾沉一身黑色西装，微长的头发被皮筋虚拢着，束在脑后，戴了一副金边眼镜。

何子殊一身及膝的长款休闲西装，脚下一双高筒黑靴，扑面而来一股凌厉的气势，左手食指还戴了一枚戒指。

纪梵白色衬衫的领口处，虚虚开了两个扣，颈间画了一条黑色的装饰线。

谢沐然穿得最规矩，一条红色领带，腰线被勾勒得淋漓尽致。

那一瞬间，全场人脑海里只盘旋着几个字：

完了。

录不下去了。

就在等候区的小练习生们以为"前辈教做人系列"总算到此结束的时候，

舞台背景的灯光又随着音乐的节奏变了，从明晰的暖黄色变成浓晦的暗红。

钢琴声起，带着三两声小提琴的哼鸣，与刚落幕的舞曲完全不同的节奏。

一松一弛，截然不同的风格，叫人呼吸都开始止不住发紧。

几人抬手，漫不经心调了调耳返。

尤其是何子殊，动作间，露出一小截满是线条感的白净腕骨。

那种掌控全场的随意感，在这几个动作间被无限放大，性感到极致。

摄影师立刻跟上镜头，把这一幕实时投到屏幕上。

四人这次唱了一首情歌，请的御用知名演奏团伴奏。

钢琴、提琴、萨克斯的声音把原先的伴奏压了一半，风格顿时一转，调子慵懒性感，再加上导演特地启用了最高频的收音模式，四人一开口，便是直击鼓膜的低音。

字与字之间的慵懒停顿感，严丝合缝地缠绕在所有人耳侧。

偏偏这几个人还毫不自知，仍旧一副"神爱世人"的模样。

一收一放，游刃有余，几乎让人想跪下。

哪怕是刚刚跳完整首曲子，几个人的气息也看不出一丝紊乱的迹象。

后台的工作人员已经放弃了挣扎。

【这是什么"4A级风景区"啊，我都不知道播出的时候，粉丝们怎么顶得住！】

【每一个字都唱到了我的心上，真的，这真声轰炸撩爆了，还全员西装杀，唱的还是一首备胎神曲！我就不信谁还能拒绝这四个音色！】

【要疯了，我头皮发麻，浑身鸡皮疙瘩！我不管！】

【别说了，刚刚摄影团队那边都在说，连他们都不敢盯着放大看，真的扛不住。】

【这穿透力！自带混响效果吗？？？是怎么做到又A又欲又温柔又干净的啊！真的绝了吧！】

现场监制站在导演身边，来回踱步，神情极度复杂，好半天，总算隐晦着开口："你觉得还录得下去吗？"

导演双手抱头，坐在控制室的椅子上。

录得下去吗？

162

他现在关心的根本不是这期录不录得下去，而是接下来全部的赛程还录不录得下去!

这王炸从现在就出场了，后面怎么办。

收官战怎么办?

总决赛怎么办?

到时候还能请谁来压过这四个人的风头?

导演头皮发麻，第一次开始后悔。

原先只是想请APEX救个场，谁知道这四个人一来就开大。

不是来救场的，倒是像来"砸场"的。

他抬头看向监制："你说，总决赛的时候，我们要请谁来，才能镇住这四个人? "

监制头也没抬，神情悲怆："别问，问就是他妈。

"能镇住现在的陆瑾沉他们的，目前就只有陆瑾沉他妈了。

"如果我们能请到的话。"

导演："我原本以为这是天上掉馅饼的好事，谁知道，这馅饼烫嘴。"

监制："还有心思管总决赛? 你先看看等候区的崽子们! "

导演闻声看过去。

等候区的小鸡仔们早就已经缩成一团，抱团取暖。

不用猜都知道，这是生怕被点到名，在这种节骨眼上，做下一个solo（个人展示）。

所有人在这一刻，才真正意识到，也了解到。

在这个圈子里，其实根本没有什么所谓的"薪火传承"。

多少年过去了，"前人"依旧是"前人"。

后来人可以去追，可以去赶。可永远也替代不了他们。

哪怕APEX三年没有同台。

哪怕各自开始转型。

只要灯光一打，这四个人站在一起，仍旧可以不费吹灰之力地掌控整个舞台。

这么多年、这么多人、这么多公司，都在拼了命地打造第二个APEX，包括他们这些选秀节目。

掰开了揉碎了，去掉所有冠冕堂皇的理由，哪个不是以 APEX 为杆子，想趁着他余温渐熄的时候往上爬。

可 APEX 还是那个 APEX，和七年前相比，有过之而无不及。

最后一个钢琴滑音结束，音乐戛然而止。

所有人都还没回过神来，直到舞台上的四人放下话筒，转身，朝着伴奏团老师微微点头致谢，而两侧的伴奏团也起身，工作人员开始收器乐的时候，众人才反应过来，结束了。

迟来的主持人，迟来的开场。

一句"欢迎今日的荣誉导师，APEX"刚说完，好不容易控制下来的气氛又被瞬间点燃。

包括坐在导师席位的四位导师，也全体起立，疯狂鼓掌，吹口哨。

等候区基本已经沸腾了。

何子殊刚想开口做个自我介绍，后台等候区却石破天惊地传来一句："魔王我子殊！"

演唱大厅的布局，基本都是靠着简单的玻璃墙划分区域，隔音并不好，所以那一声尖叫格外清晰。

台上四人下意识转过头去，才反应过来是小练习生们在喊。

何子殊抬手，手指在眉间轻轻扫了一下，用掌心盖住半张脸，抿着嘴，笑了一下，可眼中的笑意却没挡住。

情不自禁喊出声的小练习生本就是何子殊的死忠粉，透过实时屏幕，知道那一声被偶像听到了，还逗笑了他，顿时叫得更大声了。

周遭的小练习生们见状，形象也顾不上了，纷纷开始放飞自我。

偏偏这时底下一个工作人员抬起头来，玩笑着说了一句："导演，你家的鸡仔们都放出来了。"

谢沐然离得近，听了个正着，笑得不行。

他连忙偏过头去，管理表情，然后用手拍了拍何子殊，示意他控一下场。

何子殊浅浅吸了一口气，半侧过脸，嘴角微扬。他再度抬手，贴在喉咙的位置，轻轻点了两下，朝着后台的方向说了一句："保护嗓子。"

何子殊动作很快，但摄影导演几乎是下意识的，追着何子殊的手指把镜头扫过去，所以镜头直接定在了他的颈间。

这位置半遮半藏，反倒牵出一种隐晦的暧昧和性感。

多年掌镜的摄影导演立刻觉得不妙，迅速切掉了镜头，可已经来不及了。

等候区的小练习生们总算不敢喊了，但台下的工作人员，被这镜头一刺激，纷纷朝他投来又兴奋又异样的目光。

拍就算了，你还敢放大？！

放大就算了，你还只拍了几秒？！

陆瑾沉站在何子殊身侧，把他的动作尽收眼底，眸色微微一沉，不着痕迹地移开了眼神。

纪梵面上毫无表情的维持酷 guy 人设，实际在磨牙。

等到四人和导师们简单寒暄完落座，录制正式开始。

第一个出场的，恰好是乐青推出来的新人，名字叫余洛，是这批练习生中人气和实力都在前列的选手。

表演结束，他整个人都绷着，站得笔直。

余洛给人整体的感觉就是中规中矩，可就是因为太过中规中矩了，反倒显得拘谨。

没出大错，也没出彩。

几位正式导师评价完后，就把话题抛给了何子殊他们。

陆瑾沉放下笔，抬头："很紧张？"

余洛小鸡啄米似的点头。他当初去选秀，去乐青做一名练习生，就是因为喜欢 APEX。

而今天，这几个人都来了，就坐在台下看着他。

这让他有一种课将将学到一半，知识一知半解，但是期末考却突然来了的冲击感。

陆瑾沉语调平缓："你觉得自己今天表现得怎么样。"

余洛心一沉。

整个圈子都知道陆队这人"不近人情"，没什么表情就是他最多的表情，哪怕是再漫不经心的几个字，从他嘴里一转，都会带上几分慑人的气势。

余洛咽了口口水："不太好。"

陆瑾沉："哪里不好？"

余洛："就……气息掌控得不太好，最后舞蹈有些衔接不上，落了两个拍子。"

陆瑾沉低头，翻了翻手上的册子，随意道："还有吗？"

余洛挣扎小片刻，摇了摇头。

陆瑾沉："舞蹈落了两个拍子，在陈老师点出来之前，你自己发现了没？"

余洛没答。

陆瑾沉抬眸，淡淡道："你没有。"

气氛一时有些紧张。

尤其是后台等候区的小练习生们。

余洛在他们当中已经是金字塔尖上那一绺，还是陆瑾沉的直系后辈，都能被怼得一句话都说不出来，更何况是他们。

就在大家以为陆大队长要开始批评教育的时候，却听到一句："好了，我要说的就这么多。"

场面开始窒息。

等所有人回过神来，才后知后觉陆队这招"无招胜有招"简直绝了。

这"不教育"比"长篇大论"吓人得多。

简直就是没有感情的魔鬼。

余洛腿有些软。

APEX 的老粉都知道，何子殊是陆瑾沉亲自带进 APEX 的。

余洛作为老粉也很清楚。

所以，在自身难保的情况下，他竟然还壮着胆子，扫了何子殊一眼，心下疑惑，如今的大魔王，在那时候也是被陆队这么选出来的？

真的不会留下什么心理阴影吗？

余洛还沉浸在自己的猜想里，一抬头，就看见不近人情的陆队转过头去，对着大魔王笑了一下。

余洛："……"

何子殊拿起话筒，看着余洛："为什么紧张？之前没出现过落拍的情况，这次舞蹈相较而言，难度差异也不大，是因为练习时间不够？还是因为……我们？"

"之前没出现过""相较而言""难度差异"。

这几个字连在一起，直接点破一个事实——何子殊把他之前的表演都过了一遍。

这个通告满到明年的人竟然有空把他这种小练习生的表演都过一遍？！

余洛完全不知道说什么好了，甚至忘记了自己刚刚才被陆队怼了一遍。

他死死拿着话筒，手心开始出汗，可眼睛闪着光："练习时间够的。可能不小心岔了步子，所以漏了两拍。"

何子殊心下了然，的确是因为他们来了，所以紧张。

他轻声开口："刚刚陆老师说的重点，其实不是落了拍子，而是你自己没有发现这点。"

余洛脑子晕乎乎一片。

近距离接触偶像，他深切体会到，不近人情陆大队长的"不近人情"，绝非浪得虚名，却怎么也没想到，大魔王主唱何子殊却可以耐心到近乎温柔的地步。

这强烈的反差，让他有种化身尖叫鸡的冲动。

幸好他忍住了。

点评结束。余洛回到等候区的瞬间，全部练习生都围了上来，眼中透着浓浓的羡慕。

"哇！直系前辈啊！洛洛！何导师把你之前的演出资料都看了一遍！"

"对啊！快打起精神来！都看了一遍，这意味着什么！意味着老师肯定眼熟你记住你了！"

……

所有人都以为，何子殊是因为余洛直系的身份，所以特意翻了他的牌子。

可谁都没想到，后来一个接着一个，何子殊都能准确地说出他们的特点。

不只是何子殊、纪梵、谢沐然甚至是陆瑾沉，字里行间透露出的信息，也告诉大家，他们真的是以导师的身份来的，而不是嘉宾。

他们对自己说的话负责，也对练习生们负责。

就连节目组也惊了，只是一期的荣誉导师而已，说句难听的，哪怕四人只是坐在那里，随便点评两句，也绝对不会有人去计较什么。

可这四个人，却把这些在他们眼前根本不够看的小练习生，放在了心上。

这个事实把所有练习生的信心全调了起来。

即便之前个人 solo 出了点差池，最后的合作舞台都空前的精彩。

节目录制完毕，整个节目组气氛爆棚。

从四面八方传来"APEX！ APEX！ APEX"的欢呼声，跟收官之夜似的。

所有练习生本来都想不管不顾冲上去要签名，却被节目组一句"回去收拾宿舍，明天导师下宿舍"赶了回去。

莫名地，众人感觉回到了读书时代。

前所未有地，想起了被宿管科支配的恐惧。

夜色正沉，可练习宿舍楼各层的廊道灯却通亮。

墙上的时针不偏不倚，刚好指在正中央的"12"上。

早已过了宵禁的时间，可节目组却反常地没有拉灯，也没有提醒，像是默认了这一明晃晃的"违规行为"。

"哎，你说，明天我要是把被子叠成豆腐块，会不会显得很假很做作？"

"你省省吧，前提不是假不假，做不做作，前提是你会吗？"

"还有哪里没扫干净啊？"

"哦对了，去阳台看看我们的仙人掌，生机还勃不勃，不勃的话浇点水拯救一下，让它尽可能勃一点。"

各种声音层出不穷，沿着通明的走廊，一路扫过梯道，上上下下拣不出一处不闹腾的。

尤其是余洛他们这几个从乐青出来的，宿舍就跟开趴似的，人头攒动。

"洛，你在乐青有见过四位导师吗？"有人靠在爬杆边上，仰头问正在叠衣服的余洛。

"没有。"余洛扒拉着护栏，探出脑袋来，然后瞄了一眼摄像头，确认是关闭状态后，才放开声音说，"我们公司第一摇钱树，小风一吹，都一抖一抖掉金叶子的人，哪里是我们小练习生说见就见的！沈总我倒是撞到过几次，四位导师真一次都没有。"

余洛话说到一半，余光瞄到从大门口拎着个水桶，慢悠悠走过的和他同期进入乐青的乔钧。

余洛脑子突然一闪，连忙开口："小乔见过！快！把他拉进来！"

底下的人扭头就开始行动。

几秒后，一位低调经过的无辜路人就连人带桶被拎进了宿舍。

"快说说，当时是在哪里见到导师的？四个人都在？还是就一个？"

乔钧嘴角一抽，当事人现在就是后悔，非常后悔。

为什么要在他们面前暴露自己见过导师这一事实，以至于今天晚上，从三楼到七楼，开了一个全宿舍楼巡回演讲会。

那一刻，乔钧深刻体会到"人类的本质就是复读机"这句话的真正含义。

他毫无灵魂地开口："凌晨了，在练舞室，只见到了谢老师，说了一句'这么晚还在练舞啊，辛苦了'，不敢上前，没有太多交流。"

"具体点具体点！"

"我要听细节！"

乔钧被闹得不行，深吸了一口气。

那天在乐青见到谢沐然，乔钧自觉是个意外。

早上刚学了一段舞，跳得不流畅，导致进度没赶上，所以只能晚上偷偷补课。

他自己其实也分不大清时间了，只知道隔了一条街的标志性建筑物——平铜报时钟，嗡嗡响了两下。

估摸着过了十二点。

他刚关掉音乐，想坐下喘口气，就透过镜子，看到门口倚了个人。

等他看清来人，吓得登时转过身来，甚至来不及思考这人在门口站了多久，是不是刚来。

他还记得谢沐然穿了一件白色的宽松连帽卫衣，帽子有点大，松垮盖着，遮了头发和小半张脸。

不知道是谢沐然情绪不大好，还是自己偶像滤镜太厚，总感觉谢沐然周身上下，透着一种疏离感。

乔钧现在想想，比起疏离感，说气场或许更贴切些。

用粉丝的话说，就是酷出天际，让人不敢轻易靠近。

他瞬间清醒过来，连忙弯腰，鞠躬，喊了句"老师"。

谢沐然应声，摘掉帽子，笑了一下："这么晚还在练舞啊，辛苦了。"

后来又说了些什么，乔钧其实已经记不大清了，尤其是在谢沐然帮他指出一个错位的步子之后，他只觉得自己炸成了一朵烟花，还能跳他个三天三夜。

乔钧悠悠讲完，底下已经沸腾。

"谢老师这么晚还在公司，应该也在练舞吧。"

"这偶像剧既视感是怎么回事？"

"你竟然没上去要签名？那可是谢沐然！首席男团！一代目！谢boss！小乔你醒醒！"

……

第二天一大早。

在"相亲相爱一家人"的起床铃响起之前，所有人都已经洗漱完毕。

"我怎么有种读书时期学校等级评定，委员会亲临，全校戒严的感觉？为什么这么紧张？又不是决赛，我为什么这么紧张？就好像会因为被子叠不好就被淘汰出局一样！"

"还真有叠豆腐块的，不是吧你们！在评什么生活标兵吗？那我只能捞个进食小能手了。"

"来了来了！别闹了！"

宿舍楼的楼梯并不宽，甚至有些窄，脚步声被仄微的空间一放大，荡着散开来。

所有人屏息，跟拍的摄影师先何子殊他们一步，从楼梯口走了出来，和一众练习生大眼瞪小眼。

随即，何子殊他们才悠悠走了出来。

今天四人穿得随意，都是私服，一水的黑色，也没有化妆，和昨天的西装比起来，多了点烟火气。

"都站在这里干吗？"谢沐然看着眼前的阵仗，两列排开，跟接待迎宾似的，直接笑出了声。

节目组口头传达的意思，是要他们下宿舍，跟学员们聊聊天，兼职做个赛前"心理导师"。

所以他们不是来打分的，更不是来稽查的，可这些练习生显然误解了他们的来意。

谢沐然和何子殊一对视，肯定是节目组在背后玩花样了。

何子殊看向离他最近的一个学员，笑道："节目组怎么跟你们说的？"

那人诚实回道："说导师会下宿舍，检查。"

纪梵皱了皱眉："检查什么？"

学员被问蒙了，下意识地想脱口而出一句"检查卫生"，可稍微掂量了一下，都觉得这句话有病。

让这几个神仙下宿舍检查卫生？

是人干得出来的事情吗？

可转念想想，不是检查卫生的话，昨晚所有人熬到半夜大扫除，是为了什么？

何子殊见人半天没回答，怕吓坏他，开口道："都回宿舍吧，我们就随便转转。"

"那老师，我能先要个签名吗？"队伍中间一个学员突然举起了手。

何子殊点头："可以啊。"

那人小跑上前，捏着领子，随便扯了扯："签这里签这里！签在心上！"

所有人都愣了愣，随即哄笑开来。

一个打了头，男孩们都放开了胆子，闹了好一阵才消停下来。

何子殊他们几人随便进了个宿舍，谢沐然手搭在上下床的栏杆上，拍了拍，随意道："全都是上下铺吗？"

"嗯，就楼层的差别，房间格局都是一样的，上下铺。"小练习生点了点头。

经过刚刚一阵折腾，所有人的紧张感都散了大半，于是开口问道："老师你们还没出道的时候，是不是也像我们这样，住在一起啊？"

公司组合出道的时候，为了方便管理，大多都会分配宿舍。

谢沐然："嗯，住在一起。"

小练习生又问："公司宿舍吗？"

谢沐然也记不大清了，偏头问纪梵："我们最开始就住那边了？"

他印象里好像一开始就住在陆瑾沉的别墅里，也就是现在这个地方。

纪梵点头。

谢沐然继续回道："住在队长家，离公司倒也不远。"

谢沐然说得轻巧，身后的小练习生们表情绷不住了。

住在队长家里。

陆队家是个什么情况大家心里都有数。

他们还没出道的时候，住在宿舍，不仅要熄灯，还有门禁，可四位导师还没出道，住的就是大别墅。

四人从三楼一路往上，直到走到七楼大堂，看见摆在正中央的一圈大物件，才停了下来。

大堂挺宽敞，摆了钢琴、大提琴、吉他，还有两套架子鼓，还余一大片闲置的空间。

陆瑾沉看着那架子鼓，有些兴致，轻声说了句："节目组安排的？"

"嗯，我们进营的时候就一直放着，有时候闲着，大家也会来玩玩。"

"哦，对了，白色那套架子鼓不是，是夏天自己带过来的，黑色那套是节目组的。"

那人话刚说完，右后方就开始骚动起来。

一个男生被众人一个拉一个，从人群最末尾的位置直接推到了何子殊跟前，涨得满脸通红。

底下声音顿时嘈杂起来。

"老师，小天是你的粉丝。"

"对，超喜欢你的，上次 Blood 不是唱了一首《活该》吗？你打架子鼓，他还特意去学了那首歌。"

"他之前玩过街头表演的，架子鼓打得很好，做梦都想跟你同台！"

"老师，你要不要和小天一起来一段啊！"

那个叫"夏天"的男生被起哄，脸红到头也抬不起来。

何子殊对这个男生印象蛮深，声音很干净，也很独特，但最出彩的时候，往往都是和人同台，个人秀总有些放不开，甚至被网友戏称为"最强辅助"。

何子殊没想到，这样的个性，竟然玩过街头表演，而且从来没有在节目里表现过。

如果换个其他学员，何子殊可能就拒绝了。

但这个人是夏天。

何子殊在这人身上，看到一点点自己的影子。

但他和夏天不一样，他身边总有很多人，陆瑾沉朝他伸出了手，白英朝他伸出了手，背后还有乐青、林佳安，可夏天没有。

"好啊。"何子殊稳了稳心神，"就那首可以吗？其他的一下子手生，也忘得差不多了。"

夏天根本没想过何子殊会答应他，闻言猛地抬起头来。

他身后的学员比他更兴奋，用手狠狠晃了晃他，小声嘟囔："小天！你清醒点！"

夏天这才回过神来，小鸡啄米似的疯狂点头。

何子殊在想什么，陆瑾沉心里很清楚，他压着声音，在何子殊耳侧开口："想帮帮他？"

何子殊点了点头。

这人本身就有些放不开，所有人又把"最强辅助"这种标签安在他身上，那种思维不断潜移默化，其实会让他不断自我否定。

何子殊想帮他一把，让他看见自己。

何子殊走到架子鼓前坐定，鼓棒在手里轻轻转了一圈，找了找感觉。

底下小练习生们兴奋到模糊，有人喊："老师，你架子鼓是自己学的吗？"

何子殊闻言，脑海里突然想起那天和陆瑾沉在医院的对话。

"但以后别人要是问起的时候，要说是我教的。"

几乎是下意识地，何子殊抬起眸子，嘴巴微微一抿："不是，别人教的。"

因为这句"别人教的"，陆瑾沉心情大好，勾了勾嘴角。

背景音乐已经响了。

《活该》本就是首节奏感爆棚的快歌，是公认的气氛神曲。

因此前奏一响，所有人都嗨了起来，然后练习生们就看到何子殊的表情变了。

不久前，这人还温温润润跟他们聊天，可音乐一起，鼓棒在鼓上只随便敲了两下，整个人气场全变了。

哪怕没有妆面、没有灯光、没有造型，魔王依旧是魔王，舞台链顶端的男人。

音乐节奏渐强，何子殊余光一直看着右侧的夏天，见那人仍旧有些拘谨，想了想，按照身体记忆，玩了两个花手。

轻松秒杀全场的随意感，底下顿时尖叫声一片。

夏天见状，也连忙跟上何子殊的节奏。

夏天本身玩过街头音乐，打鼓的节奏和力道都很出色，所以很快进入状态。

何子殊轻轻一笑，渐渐放下节奏。

不是不打，而是打得不满。

没落下一个重要节点，却已经是在配合夏天了。

夏天满脑子都是和偶像同台飙音乐的兴奋感，整个人越打越自如，那种状态让底下所有练习生都有些惊讶。

他们也从没想过温温软软的夏天会有这副样子。

等到众人回过神米，才惊觉何子殊不只是圆了夏天一个梦这么简单，而是在帮夏天。

是他主动把舞台主导权给让了出去，让给了一个小练习生。

他们甚至能想到，等节目播出的时候，光这段音乐，能帮夏天吸到多少粉丝。

这个认知让所有人心头都有些发烫。

一长串连音之后，何子殊和夏天一个对视，同时高抛鼓棒，稳稳接住，最后在鼓面重重敲了一下。

"咚"的一声，一曲结束。

底下尖叫声、掌声连成一片，几乎要掀了屋顶。

几个上了头的男生也顾不得眼前站着的，是不是"不近人情"陆大队长，壮着胆子开口。

"陆老师！当初何导师也是您亲自选的对不对啊！"

"那您评价一下老师今天的表现呗！"

陆瑾沉笑了一下："评价？怎么评价？"

"就打个比方，比如……比如何导师现在跟我们一起训练出道，您作为导师，就刚刚那段架子鼓表演，客观评价一下！"

陆瑾沉轻轻摇了摇头，云淡风轻地开了口："客观不了。"

底下几个练习生听了个正着。

不是评价不了，是客观不了。

陆瑾沉慢慢转过身来，看着台上的何子殊。

因为他是他的队友。

所以，客观不了。

何子殊下了台后，全体练习生情绪持续高涨。

他们从节目初创时期，一路走到现在，经历过无数次等级评定，从待定席到晋级，或是直接淘汰，都是无法预料的。

所有人都咬牙走过来了，可比赛还没有落幕。

能一路走到现在，没有一个人是没有天赋的。

但他们要拼的，绝对不只是天赋，还有努力。

夏天很努力。

在很多"镜头"照不到的地方，他其实没日没夜反复琢磨了很多。

可这个地方，镜头需要照顾的人太多了。

他们来之前被反复灌输一个道理：只要足够努力，足够认真，就会被别人看见的。

他们信了，也这么做了。

可当所有人都足够努力，足够认真的时候，他们的努力和认真，似乎变得不值一提了。

这种自我怀疑的状态慢慢影响到了每一个人。

所以，节目组在官宣荣誉导师之前，还特地跟他们说了一句话——"这次请来的人，就是要给你们打一针强心剂。"

他们原先不明白，现在明白了。

就像从来没被"看见过的"夏天，被何子殊看见了。

不仅看见了，还用自己的方式，带着他走到了镜头下。

这里有一个夏天，却也不止一个夏天。

这就是四位导师的意义。

在宿舍转了一圈，被一个没有预告的即兴演出带起了气氛，节目组又提议学员们带着导师去楼下室外活动区走一走。

学员们自然乐意，闹哄哄地拥着四位导师下了楼。

节目组生活区配套的设施、场地，齐全又规范，简直就像一个小型的校区。

本就都是男孩子，又是爱玩的年纪，所以节目组也没打算拘了他们的天性。

何子殊和陆瑾沉沿着红色的操场跑道走了一圈，缓步上阶，坐到了一侧的观众席上。

天光正好，落在身上，晕开薄暖的一层。

小练习生们重新回宿舍楼，换了运动服，才围了过来。

浅蓝色的长袖运动衫，夹着不规则的白色条纹，格外眼熟的配色和风格。

何子殊双手交叉，叠在半人高的护栏上，往下看，笑了笑，说："运动服都长这样吗？还以为看到了我们校服。"

底下小鸡仔们仰头看着何子殊："老师，你们高中校服这么时髦的吗？"

"也不算吧，就运动服，"何子殊回道，"学校要求的，体育课都要换。"

还不等底下的小练习生们继续开口，观众席上的陆瑾沉已经悠悠起身，跟着何子殊，往护栏上一靠，偏头看着他，说："要不要下去玩一下？"

何子殊："玩什么？"

陆瑾沉视线转向底下，问："要玩什么？"

有人迅速反应过来，连忙开口："打篮球！"

陆瑾沉抬眸，看向何子殊："篮球，去不去？"

何子殊还没反应过来，底下先炸翻了天。

陆队这意思是要和他们一起打篮球？！

这些神仙下凡送温暖，竟然还友情附赠一场篮球赛？！

刚刚还在惋惜没有夏天那同台演出的命，转眼陆队竟然说要同场打篮球？！

"老师！快！我们已经为你承包了这片篮球场！"

"我准备好了！"

"对啊！老师干坐着也太无聊了！下来热热身呗！"

何子殊看这些学员都在兴头上，也不想扫兴，点头应下。

他刚想起身，陆瑾沉却看着练习生们，继续开口："有多余的衣服吗？"

一练习生问："老师您要什么衣服？"

陆瑾沉随手一指："就这个。"

"我们这个？有啊！很多备用的！老师您等等，我们去拿！"

人群最后位置几个人，在陆瑾沉开口要同款运动服的瞬间，就已经冲了出去。

男生对球服、队服总有一种别样的执着，就好像与生俱来的情怀。

而今天，不仅能跟这几个人一起打球，还能穿同样的衣服，这念头跟过电似的，在周身走了一遍。

众人生怕这几位神仙嫌麻烦，然后反悔，几乎用了百米冲刺的速度，把衣服拿了过来。

观众席楼下就有一个器材室，被临时拿来做更衣室。

陆瑾沉换好衣服，坐在门口的长椅上等何子殊。

其实他并不想打篮球。

之所以毫无征兆地提起，是因为何子殊说，这衣服像他读书时候穿过的。

陆瑾沉很想看看，在没遇见之前，在没他参与的时间里，那人是个什么模样。

器材室的门有些老旧，被风吹得嗡嗡响。

何子殊满身少年气地走出来。

是与舞台上截然不同的柔软模样。

陆瑾沉甚至都能想象，读书时候的何子殊，是什么样子。

大抵跟现在无二，规矩又斯文，校服拉链安安分分拉到颈间，干净又利落。

哪怕长了一张足够扎眼的脸。

两人还来不及说上话，跑了两圈热完身的练习生们已经把人团团围住，开始 4D 环绕音吹彩虹屁，一路吹到篮球场上。

学员们不甘心把何子殊和陆瑾沉放在同一个队伍，于是按人数分成两队。

起跳拨球这一任务，自然而然落到了两位导师头上。

纪梵充当裁判，垂直中线站在两人之间，手里拿着篮球。

"哔——"的一声，他吹响哨子，把球往上一抛。

篮球不断上升，那一瞬间，镜头不再是镜头，比赛不再是比赛，场上所有人，好像就在这一声哨响中，回到了校园模样。

第七章 /

宋希清

JINZHIDANFE

周六晚八点，高杰跟所有粉丝一样，也拿着手机刷视频。

粉丝原本打算歇口气，先看个主持人开场，刚转过一长串赞助商名单，就听到熟悉得不能再熟悉的前奏。

她们凭着本能打开弹幕。

【节目组你有病啊！谁家起手就王炸的啊？连前方核能预警都不给就把我老公放出来了？？？】

【全体起立！跪好！！！今天都给我把波棱盖给盖碎！！！】

【奶妈！奶妈！奶妈！救驾！救驾！红枣！！！枸杞！！！快快！快给我来三斤！】

【我可以（撕心裂肺——）承包我乐青太子团！承包我乐青四巨头！！！】

舞台灯光亮起，四人开口的瞬间，哪怕隔着屏幕，粉丝都疯了。

七年前，这四个人就是用一首《红与黑》开启A团的时代，七年后，又用一首《红与黑》再度刷新纪录。

在节目开播前，一个圈内颇有名气的营销号发布了一篇文章。

名字标题是《偶位等级评定表，E、D、C、B、A，S、SS、SSS，APEX》

各种数据分析，舞台比对，音频消音模拟，时间贯穿七年，被粉圈评为史诗级论文版彩虹屁。

很多路人原本也只是图个乐呵来看看，结果这一看，上头了。

【神级现场，真神级现场！我大A团就是神仙下凡送温暖来了！】

【这就是男团一代目啊！我反复去世！！！母爱变质！全员索命！啊我死了！！】

【究极上头！！跳起翻腾三周半下跪！！！】

【这才是真正统一饭圈的男人们！管你之前是哪家的！现在都是我A家的！！】

粉丝以为这就是极限了，可谁知，还有更刺激的。

节目组经过剪辑，根本没留下一点空当的时间。

所以当镜头再度一转，《红与黑》戛然而止，而钢琴的声音毫无间隙对接上。

摄影师的各种神仙拉镜、后期，再加上放到极致的音效。

几乎要把粉丝天灵盖都唱开了。

【这西装！这都什么绝世神A！】

【这就是传说中的神装屠新手村吗？？？本来节目组的用意不是要带我们小崽崽上神之领域的吗？！现在在干吗？】

【说实话，我大A团收了，封印了一半水准，选的歌也不是特别难，全程站桩输入。可是！去！你们去插着耳机把声音开到最大！！！四位你们倒是让一让啊！稍微装模作样喘口气给后面的孩子们留一条活路不可以吗？】

很多粉丝就是冲着APEX来的。

所以节目一开始，关于APEX的超话就以狂风暴雨之势席卷了微博，不费吹灰之力登顶榜首。

毋庸置疑，她们也觉得这就是节目组邀请APEX最大的意义。

收视率、关注度、话题度、热度，什么都有了。

可慢慢地，慢慢地，很多粉丝都安静了下来。

因为有人率先反应过来，是她们理解有误。

在她们眼里，这个舞台，先是 APEX 的首秀，然后才是《偶像请就位》。

无可厚非，如果没有 APEX，她们甚至不会去关注节目。

可越到后来，她们越发现，这四个人，不是来走过场的。

他们真的是以导师身份来的。

从精准到位的点评、建议，再到后来那场架子鼓合奏、篮球赛，四个人都有意地让出了镜头和舞台。

比她们感受更深的，是练习生们的粉丝。

尤其是夏天家。

看着骤然上升的粉丝数，一个大粉发了一篇很长的微博文章，说谢谢何导师，让他们看到了一个完全不一样的夏天。

双方粉丝互相躺坑，互相打榜，所有练习生人气飘了一截不说，还刷新了节目组收视纪录。

网上风头正盛，何子殊却在闭关。

电影邀约正式提上日程，何子殊面临的首要难题，就是试镜。

白英放心不下，跟林佳安确定完行程，特地空了一个星期出来，准备收个"关门弟子"。

何子殊就这么被叫了过去。

可当摁响门铃，看到来人的瞬间，何子殊拼了命才勉强管理好自己的表情。

因为给他开门的，是宋希清。

白老师的好友，歌坛天后。

也是……陆瑾沉的母亲。

初冬清晨，露气正浓，薄雾潦草沾身，透得指尖冰凉。

两人面对面站着，谁都没有先开口说话。

何子殊甚至有些分不清，自己是因为宋希清的出现，紧张到周身发冷，还是单纯地被寒气裹了一圈。

"子殊？"宋希清轻声开口。

何子殊想起，宋希清年轻的时候，只要站在舞台上，随便一开口，就是公认的"海妖"。

天生的音色，干净纯粹，再加上老天爷偏爱的脸，从出道就打开了国民度。

何子殊没私底下接触过宋希清，或者是接触过，现在的自己也记不得了，只觉得陆瑾沉的妈妈好温柔。

何子殊转过身来，乖乖巧巧地鞠了一躬："宋老师好。"

"怎么这么生疏啊？"宋希清笑了笑，"跟着然然他们喊阿姨就好。"

何子殊觉得不太好。

因为他喊白英"姐"，喊宋希清"阿姨"的话，两人就差辈分了。

可他要是喊宋希清"姐"，那就和陆瑾沉差辈分了。

思来想去，还是觉得喊"宋老师"最妥帖。

"天这么冷，"宋希清说完，偏过头，往后看了一眼，"怎么一个人来了？"

何子殊回道："安姐送我到门口了，外来车不好进，路也不远，就自己进来了。"

宋希清抬眸，看了何子殊一眼。

昨天她和白英约好爬山，闲聊间，那人随口提了一嘴，说接下来一个星期都没空，要给子殊开小班讲戏。

于是，她今天就来了。

白英的别墅是庭院式，中间一条圆碎石铺出的小径。

两人进门，宋希清走得很慢，何子殊也放缓步子跟着她。

隔了两步的距离，一个很安全的位置。

"子殊。"宋希清脚步一顿，示意何子殊靠近点。

何子殊不着痕迹吸了一口气，走了上来，就听她笑着说："瑾沉他有没有欺负你们呀？"

"没有。"何子殊觉得他需要解释一下，继续道，"陆队对人很好，很照顾我，对沐然和小梵也很好。"

何子殊斟酌了一下，又说："因为前段时间出了点意外，不大记事，所以他们对我比较不放心。"

宋希清："伤好了吗？还有没有哪里疼？"

何子殊没想过宋希清会问他这个，怔了一下，然后摇了摇头："不疼了，好了。"

宋希清轻声说了两句"那就好"，随即想起这人那句"陆队"，没忍住，说："我知道他的脾性，你不用帮他说话，被欺负了就告诉阿姨。"

她的儿子什么样她还不清楚？

以前，宋希清还会想，这孩子幸好生在她陆家，否则这性子早晚得栽跟头。

可越到后来，越发觉，陆瑾沉就是陆瑾沉，哪怕他不姓"陆"。

"没有，陆队真的很好。"何子殊抿了抿嘴。

在一阵恍神中，何子殊感觉到有人轻轻碰了碰他的头发。

何子殊垂下眸子，耳边就传来一句很清浅的："子殊也很好。"

举手投足间的温柔，绵密，厚重，把何子殊抱了个满怀。

何子殊忽然想起了幼年的记忆。他其实已经记不得他妈妈的模样了。那些遥远的记忆，模糊到近乎失真，可在这个瞬间，却和宋希清奇妙地重叠。

何子殊忙把眸子垂得更低。

他不好。

以前是，以后……说不定也是。

"老师，"何子殊深吸一口气，笑得很浅，"是陆队把我带进 APEX 的。"

宋希清点了点头："嗯，我知道。"

何子殊继续道："后来也是他带着我，帮了我很多，我很感激他。"

宋希清一脸温柔，静静地看着何子殊。

他眼睛生得好，玻璃珠子似的亮。

有的人生来就讨人喜欢，宋希清原先是不信的。

可她现在却信了。

有的孩子，天生讨喜，比如何子殊。

有的孩子，天生不讨喜，比如陆瑾沉。

她都有些羡慕何子殊的母亲了。

这孩子小时候肯定是那种亲一下，哄两句，就把小玩具全部推到你面前，奶声奶气"都给你都给你"的那种。

两人进了门，何子殊看了一圈，也没看见白英。

宋希清解释："在楼上，等会儿下来。"

"我做了些点心，过来尝尝合不合你口味。"宋希清带着何子殊往餐桌走，给他夹了个小酥糕，问道，"喜欢吗？"

何子殊点头："好吃。"

宋希清继续喂食："好，那阿姨以后做了，让瑾沉带给你。"

"不用不用。"何子殊连忙摇头。

"那也行，"宋希清低头给他夹了个新的糕点，"来家里，再给你做些别的。"

何子殊："……"

一个专心喂，一个专心吃。

宋希清起身去厨房的间隙，何子殊从兜里拿出手机，调出微信界面，点开那个熟悉的头像。

纯黑色，以及一个仍旧辨不明形状的字。

半晌，他放了下去。

好像也没必要。他也不知道要说什么。

宋希清端着一杯牛奶走出来，放在何子殊面前。

落座的瞬间，她漫不经心似的开口："子殊啊，瑾沉他最近还有没有抽烟？"

抽烟？何子殊闻言，抬起头来。

陆瑾沉会抽烟？

何子殊记忆忽地一闪。

是了，他在医院刚醒过来那天，那人没待多久就走了，的确是说去抽烟。

可他没见过陆瑾沉抽烟，也没闻到过烟味。

何子殊实话实话："没有。"

"那就好。"宋希清给自己倒了杯茶，慢条斯理道，"趁瘾不深，戒了好，毕竟做歌手的。"

"陆队平常会抽烟吗？"

"平常也不大抽，"宋希清抿了口茶，"只有心情不好的时候才会抽。"

宋希清觉得这三年来，她儿子大抵抽了平日十多年的份。

别人抽一两支解解闷，他不碰就不碰，一碰起来就没完。

"你帮阿姨看着点他。"

何子殊点头。

宋希清本身就是歌手，知道嗓子有多重要。

可见陆瑾沉是个不听话的。

何子殊觉得陆瑾沉身上毛病其实挺多的。

他没撞见过他抽烟，喝酒倒是撞见过一回，虽然最后倒掉了。

"老师，我今天是不是打扰您和白老师了？"

何子殊不知道为什么宋希清也会在，猜着可能是谈电影主题曲的事，之前陆瑾沉也提了一嘴。

宋希清摆手："没事，我来找她晨跑。"

何子殊有些惊讶："老师家就在附近吗？"

宋希清："嗯，不远。"

也就四十多公里吧。

何子殊正欲开口，就听到一阵轻微的脚步声。

他偏头，看见白英走了过来，打了个哈欠，幽幽说了句："不远，近着呢。"

何子殊起身，笑了一下："老师。"

"怎么变老师了？"白英随手拿了块糕点，咬了一口，"叫姐，跟瑾沉一样，各论各的。"

宋希清也搭腔："嗯，跟着瑾沉喊。"

几人又闲聊了一阵，白英开始给何子殊讲戏。

何子殊刚上手，连入门都不算，白英也没直接给他对剧本。

带他系统排了遍演戏的要点，归根结底汇到演员的必修课——"解放天性"上。

何子殊学什么都快，常常是白英一点，他稍微一转，就吃了个透。

两人上课，宋希清做了一天的"后勤"。

结束的时候，夜色很重了。

外头飘了点小雨，也不知道什么时候下的，笼得湿气腾腾。

这附近本就空旷，两户人家又间隔得远，没等到入夜便很安静。

门铃一响起，就飘得很远。

何子殊本来想去开门，可白英说他衣服薄，门口风大，准感冒，于是把人往后一揽，径直开了门。

然后，何子殊就看到了陆瑾沉。

那人像是刚下节目，身上还穿着一套裁剪得当的西装。

除了虚虚挂在腕间不大合时宜的薄羽绒服，活像是从什么秀场刚走出来的。

再加上顶头的炽灯一照，照得何子殊都有些恍惚。

"你怎么来了？"白英靠在门上，懒洋洋地说。

陆瑾沉越过她，进门："来接人。"

陆瑾沉走过来，何子殊让了一步，指了指坐在沙发上的宋希清，小声道："宋老师在那里。"

可陆瑾沉就跟没听见似的，把腕间的羽绒服拿下来，直直披在了他身上，并说道："你的衣服。"

一阵过门而入的风打了过来，陆瑾沉侧步，挡掉了一半，可还是从隙间漏了点出来，不偏不倚打在何子殊脸上。

似乎还夹着点水汽，何子殊颤了颤眼睫，打了个小寒战。

陆瑾沉皱眉，顺手帮他把小羽绒衣背后的帽子翻了上来，瞬间遮了何子殊大半张脸。

"安姐给我打了电话，通告在附近，顺道。"

陆瑾沉看向宋希清："妈，你怎么也在这里。"语气平静，愣是把一个问句问成了肯定句。

宋希清："早上顺道来找你白老师跑步，就待着了。"

白英嘴角抽搐。

这母子俩。

"早点回去吧,这雨看样子一时半会儿也停不了。"白英伸了个懒腰。

陆瑾沉对着身后的两人开口:"走了。"

白英:"嗯。"

宋希清:"路上小心。"

何子殊跟块小木头似的站在那里,半晌,挤出一句:"哥,你送宋老师回家吧,我可以自己回去的。"

"她有人接。"陆瑾沉开口。

看着发蒙的何子殊,陆瑾沉一字一字道:"想不想见我爸?"

大帽子下的小脑袋怔了怔,开始疯狂摇晃。

"那走吧。"

陆瑾沉只随手拿了一把伞。

何子殊出了门,才发现雨势不算小,再加上入夜的风一吹,毫无章法地落在伞上。

何子殊看着往他这边偏了大半的伞,抬手,抓着伞柄,往陆瑾沉的方向挪了一点。

没走几步,伞又偏了过来,而且明显偏得更过分了。

陆瑾沉半边肩膀几乎都沾了水。何子殊又抬手,把伞挪了过去。

两人较劲似的,反反复复好几次。

何子殊再次抬手的时候,抬到一半,就被陆瑾沉按住了。

"好了,别闹。"陆瑾沉声音微哑。

何子殊抬起头来。陆瑾沉左肩那块地方,被雨打湿,洇开一片更浓的墨色。

"哥,衣服湿了。"

"没事,走吧。"

两人上了车,开了没多久,一阵急促的手机铃声突然响起,伴着振动的嗡鸣。

纪梵很少给自己打电话,何子殊觉得应该是有什么急事。

接通的瞬间，纪梵便开了口："你现在在哪里？"

"回去的路上，"何子殊抬头，看着不远处的线路指示牌，"应该还有二十多分钟到，怎么了？"

纪梵："今天去英姐那边，碰到希清阿姨了？"

"嗯。"何子殊眉头一皱，"发生什么事情了吗？"

对方顿了一下："看看热搜。"

何子殊现在听到"热搜"两个字就头痛，又有不好的预感。

纪梵就知道何子殊还不知道发生了什么，继续开口："安姐不是去接你了吗？"

照理来说，这事乐青公关部会第一时间通知林佳安，何子殊没理由不知道。

何子殊偏头，看了陆瑾沉一眼，不知怎的，有些心虚："没，我现在和队长在一起。"

纪梵顿了下："他今天不是有通告吗？去接你了？"

"嗯。"何子殊声音低了下去，"通告离这里不远，就顺道来了，安姐应该知道。"

纪梵："先回来再说，路上小心。"

"好。"

这头电话刚挂断，林佳安的电话又打了进来。

与此同时，陆瑾沉的电话也响了。

陆瑾沉三两下挂断，把手机递给何子殊，说："给他们回个消息，说知道了，现在在开车，不方便接电话。"

何子殊一条一条回过去，等打开热搜的时候，已经是十几分钟后了。

而在这十几分钟里，#宋希清关注何子殊#这话题，已经一路从底爬到顶。

何子殊点开一看，置顶的是一个名为"可乐鸡翅不要鸡翅"的个人号。

可乐鸡翅不要鸡翅 V：【究竟发生了什么？？？宋天后是要出山了还是被盗号了？？？为什么会突然关注子殊啊？闲来无事打算在天后长草的微博里找点素材做剪辑，结果打开关注列表，竟然发现我们的共同关注里

多了一个子殊！！！】

点赞数并不算特别高，但因着各路营销号的转发、搬运，评论和转发量一骑绝尘。

【这是什么神展开？】

【不是吧，宋天后连她老公和儿子都没关注，竟然关注了大魔王！这是什么年度大瓜？？？】

【为什么！为什么！我明天就要阶段测验了！这本是一个汲取知识力量的夜晚，都是这热搜害了我！】

【我猜是手滑，宋天后应该是上微博看看，不小心点了关注。】

【手滑 +1】

……

何子殊看完前几条，顺着吃瓜群众的指路，找到了宋希清的微博。

看着关注列表里那一圈名字，名导、影帝、影后、天王，堪堪几人，都是宋希清的老友，均躺在关注列表里十年之久了。

他是唯一一个小辈。

因为是最新关注，置顶，所以看上去像是压了底下诸神一头。

画面极度诡异。

何子殊没忍住，开了口："哥，宋老师不玩微博吗？"

陆瑾沉笑了笑："嗯。"

陆瑾沉看着低头不知道在想些什么的何子殊，说道："她嫌麻烦。"

她在圈中地位特殊，哪怕是一个简单的礼貌性回关，都能被一众营销号无限放大，解读为"看好""承认"。

尤其是对小辈来说，其实算不上一件好事。

议论太多，容易摔，索性一个都没关注，小辈粉丝也消停。

毕竟天后连她儿子都没关注，哪有工夫关注自家。

可是何子殊的出现，不仅打破了宋希清的规矩，还打破了微妙的平衡。

车驶到地下车库，纪梵和谢沐然正在电梯口接人。

何子殊跨出车门的时候，见陆瑾沉没有下车的意思，道："哥，你不上去吗？"

　　说完，何子殊低头看了眼手机："很晚了。"

　　陆瑾沉："你先上去，我打个电话。"

　　何子殊猜着应该跟今晚的热搜有关，便跟着纪梵和谢沐然先上了楼。

　　陆瑾沉看着何子殊进了电梯，才关了车窗，调出宋希清的电话号码，拨了过去。

　　响了好半天，那头才接了。

　　宋希清不情不愿地笑了两下："儿子。"

　　陆瑾沉一言不发。

　　"不说话？那我挂了。"

　　陆瑾沉这才开口："回家了？"

　　"路上。"宋希清顿了顿，又道，"闲着没事，就看了看微博。"

　　陆瑾沉："然后呢？"

　　宋希清叹了口气："你要听实话，还是谎话。"

　　陆瑾沉："随便。"

　　"真的是手滑。"宋希清语气无奈，"点到主页那个热门内容，本来想点更多那一栏的，不小心点了关注，又刚好接了个电话，等发现的时候，消息已经出来了。怕关注之后又取消，弄得动静更大，就不管了。

　　"也不是坏事，两种解决方案。

　　"要么把你、然然和小梵也都关注上，要么就关注子殊一个，《天尽头》主题曲我接了，和子殊一起。"

　　陆瑾沉沉默了下。

　　《天尽头》就是白英新接的电影，从最开始的时候，片方便一直想请动宋希清。

　　宋希清又问："你觉得呢？"

　　陆瑾沉往后一靠："看你。"

　　宋希清："接主题曲吧。"

　　陆瑾沉笑了："不嫌麻烦？"

　　"左右都是自家孩子，再麻烦能有你麻烦？"

190

"就是不知道他愿不愿意。"

……

解决了事情，两人又聊了两句，挂了电话。

陆瑾沉看着慢慢暗下去的手机屏幕，半晌，笑了笑。

这面子，独一份了。

何子殊从来不是一个得失心重的人，所以当白英给了他电影邀约的时候，他第一个想到的，不是他能凭这个得到什么，而是会不会给白英带来麻烦。

他学着演戏，认真听课，努力去做好每一件事。

不敷衍，不潦草，能做到几分，就做到几分。

偶尔林佳安她们还会劝一句，说不需要太拼命。

可何子殊总觉得少了点什么。

但在今天，他找到了。

答案是他自己。

他得让自己走得快一点，再快一点，直到可以毫无顾忌地张开手。

何子殊后知后觉领会到白英的用意，她的确是手把手教着他转型，却也不止于此。

之后几天，林佳安和白英商量过后，直接让何子殊住在了白英家里。

白英明显感觉到何子殊不一样了。

她一直觉得，何子殊就像是一张白纸，拥有无限可能性。

可原先的时候，边角总带了些褶皱，光亮找不到的地方，便嵌着点凉。

可现在，白纸铺平了。

她看着认真看书的何子殊，笑说："这是遇上什么好事了呀？这么开心。"

何子殊抬起头来，笑得眉眼弯弯："没有，就想跟着老师好好学习。"

白英点了点头："那要给你送份礼物才行。"

何子殊以为白英只是随口一说，可谁知，当他收到礼物的时候，整个人都不好了。

因为这礼物是一个人——梁也，白英的老师。

在论资排辈的电影圈，金字塔塔尖上的人。

何子殊见到梁也的时候，极度震惊之下，甚至不知道该开口喊什么。

哪怕是一句通用的"老师"，和梁也在圈中的地位比起来，也觉得浅了。

毕竟梁也是白英的老师，而他也算白英半个学生。

若是按以前的规矩算，他应该喊一声"太师父""师祖"才对。

可白英教他，和梁老教他，这其中差的，不只是辈分这么简单。

何子殊不敢乱攀关系，最后只是深深地鞠了一个躬，恭恭敬敬地喊了一声"梁老"。

梁也应声，点了点头，进屋。

别墅右侧有一间茶室，窗外一片装饰用的翠竹和枯木山水，环境格外清幽。

白英就坐在茶室的藤椅上，刚备好茶具，正夹着品茗杯，用滚水冲烫。

听到脚步声，她也没抬头，语气轻快："什么红茶也忘了，祁门香还是滇红来着？别人送的。

"上回不是说香气还可以吗，还剩了小半，刚好今天都喝完，免得受潮。"

梁也慢腾腾地摘围巾和帽子，一边回："不会喝就不要收，好东西就放那里浪费。"

"没浪费啊，这不都泡上了吗？"白英笑了笑，"最后下了您肚子，不浪费不浪费。"

梁也嗤了一声，轻车熟路坐上了主座。

何子殊在一旁看得新奇。

他没想到白英和梁老会是这样的相处模式。

毕竟他之前把白英所有纪录、访谈，都过了一遍。

只要话题谈到梁老，都离不开"知遇之恩"几个字，态度也是毕恭毕敬，和现在拉家常的模样截然不同。

何子殊在茶室门口站了会儿，就听到白英说："杯托我给忘了，子殊，你去拿一下，就在厨房的台面上，进门就能看到。"

何子殊点头："好。"

等拿回杯托，何子殊在转角处就碰上了白英。

白英正靠着墙，俨然一副在等人的模样。

何子殊递过杯托，白英轻轻扬了扬眉："怎么样，礼物喜不喜欢？"

何子殊无奈，拖着音调喊了句："老师。"

白英抬着下巴，指了指茶室的方向："怎么，这么大礼物都不喜欢？"

何子殊跟着往墙上一靠，没说话。

就是因为太大了，所以没有喜，只剩惊了。

何子殊脑海里忽然闪过一句话。

德不配位，必有灾殃；人不配财，必有所失。

他现在不是人不配财，是人不配才。

何子殊正出神，白英拍了拍他的肩膀："放轻松，骗你的。"

何子殊抬眸。

"前两天恰好老师回来了，便聚一下，没其他意思。"

何子殊长舒了一口气："那我上楼看会儿书，老师您先……"

看着白英嘴角的弧度越来越深，何子殊越来越没底气，最后几个字打着旋儿囫囵了下去。

半晌，何子殊抿了抿嘴，软乎乎地喊了句"老师"。

他也不是怕，只是毫无准备，一下子遇见这样一个前辈，冲击力比遇见宋希清还要翻上一番。

白英轻笑出声："这事我说了不算。

"请不请得到人，是我的面子。

"愿不愿意教，是你的本事。"

何子殊觉得他得缓一缓。

白英看着何子殊，笑了笑。

她倒也没撒谎，今天把梁也请来，的确是小聚。

但要说一点私心也没有，那也不是。只不过这"招呼"打得太晚，好像把人吓到了。

白英玩笑道："别那么紧张，就聊聊天，聊得好了，白捡一个师父，哪怕当个一日师徒，我们也赚了。"

何子殊看了看白英，无奈道："老师，辈分乱了。"

"老师收徒的规矩多，早年还有工夫折腾，现在不行了。"白英偏头看向何子殊，格外温柔，"演员并不看重出身，但一个好的出身，会让你的路好走一点。

"尤其是电影圈，看着大，其实很小。

"来来往往这么多人，但真的能进到小圈那一绺人里，难。

"演技是敲门砖，是立足之本，不假，但真的想扎扎实实走得稳，还有很多要学。"

何子殊有些诧异地抬头。

她知道白英这是在剖实话给他听。

和上次在小屋，白英第一次跟他说的那些，很理想化的东西比起来，这显山又露水的语句，就格外有冲击力。

白英知道何子殊听进去了，继续道："当年如果没有老师，我还得摔很长一段时间。

"我当年一根筋，很多人情世故还不懂，觉得什么事情都要靠自己，不想麻烦别人，不想欠人情。

"还是老师教了我一句话。"

白英顿了顿，何子殊眨着眼睛看她。

白英说道："要学会借力。

"别人愿意借你的时候，你就接着，他给几分，你便还几分，这就够了。

"知道吗？"

何子殊从一开始就知道了白英的来意，慢慢地也静下心来。

他深吸一口气，点了点头，跟在白英身后进了茶室。

梁老自顾自斟了杯茶："拿个茶托拿这么久？"

"没，"白英开了一点窗，把暖茶香散了一点出去，"哄我学生呢，被你吓得躲在墙角哭。"

被吓得躲在墙角哭的何子殊："……"

梁老瞟了何子殊一眼。

何子殊笑了笑，朝着梁老微微颔首。

借着茶盏的遮掩，梁老也不着痕迹地打量着何子殊。

第一眼，只觉得这孩子的眼睛生得好，颈肩比例也正。

端端肃肃往那儿一坐，跟株小翠竹似的。的确跟白英说的一样，怪合眼缘的。

梁也放下茶盏，开了口："这几天都跟着你白老师学习？"

何子殊："嗯，四天了。"

梁也："都学了些什么？"

何子殊目光没有闪躲："一些基本要素，但也悟得浅。"

梁也点了点头。"悟得浅"，不是"学得浅"。

知道自己会试他，先把白英摘出来。言下之意就是师父教得好，但修行还看个人。

梁也顺着何子殊的话，挑拣着问了几个专业问题，但何子殊都答上来了，是他意料之外的。

梁也笑了笑："看了很多东西？"

何子殊："老师给我挑了一些资料，大方向跟您这几个问题是一样的。"

梁也觉得这孩子实诚，又道："都记得住也是本事。"

"我记东西比较快，读书的时候时间紧，要背的东西也多，可能是那时候养成习惯了。"

"听说高中是在一中读的？"

"嗯，您知道一中？"

"我孙女也在那里读书。"

……

白英静静坐在一旁煮茶。

看着渐渐进入状态的何子殊和梁也，神情舒展开来。

白英没忍住，拍了一张照，点了发送。

梁也那边来接人的时候，已经入夜。

何子殊这才发觉他竟然和梁老聊了一天。

从专业知识、情绪把控到拍摄电影的一些运镜、技巧、演戏张力，只要何子殊开口问，梁老都讲了一遍，甚至还抽了一段剧本，跟梁老对了对戏。

何子殊直到和白英道了晚安，躺在床上，那种真实感才沉甸甸压下来。

何子殊正想着，手机响了起来。

他翻了个身，当看到屏幕上"队长"两个字的时候，眨了眨眼睛，然后撑着床，手忙脚乱坐了起来。

刚一接通，他还没来得及开口说话，就听到小奶猫一阵喵呜叫唤的声音。

何子殊瞬间就分辨了出来，惊喜地喊了一声："盐盐！"

另一头的陆瑾沉开着外放，半举着手机，任由小梅花印肉垫一个劲往手上贴，扒拉着发光的屏幕。

他微屈手指，点了点盐盐的小耳朵，想让它再叫几声。

听到了熟悉的声音，再加上被按摩得舒服了，小奶猫喵呜叫得更欢。

何子殊之前就想把盐盐从小屋带回来，可那时候小奶猫还小，路程又远，难保不会发生什么，所以只好暂时搁置了。

谁知道陆瑾沉竟然把它带回来了。

陆瑾沉的声音再度响起："什么时候回来？"

何子殊浅浅吸了一口气："不知道，我问问老师。"

"今天见到梁老了？"陆瑾沉单手抱起盐盐，放在沙发上，"聊了一天？"

何子殊想都不用想，就知道是白英说的，点头道："嗯，梁老人很好，教了我很多东西。"

陆瑾沉拿起身侧的兔毛条，有一下没一下，在小奶猫头顶晃着。

来回摆动的奇怪物什，瞬间吸引了奶猫全部的注意力。

扑一下，喵一声。

扑一下，喵一声。

直喵得何子殊恨不得立马跑回去抱。今天白英给陆瑾沉发了消息，说四五天了，该放松一下，一直绷着也不好。

可她觉得以何子殊现在的状态，就算给他放了假，应该效果也不大，所以得给他找点事做。

于是，陆瑾沉问过节目组和宠物医生的意见，提前把盐盐带了回来。

陆瑾沉轻笑一声："明天回来，我去接你。"

"嗯。"

第八章 /
绝世甜心

白英随性惯了，三餐没个准。

有人做她就吃，没人做就不吃。

这几天被何子殊硬养了些胃口出来，到了饭点，她就顺着楼梯慢悠悠晃下来。

看着眼前史诗级的早饭，白英心下了然："瑾沉来接？还是佳安？"

正琢磨着如何开口请假的何子殊，眨了眨眼睛回："队长来接。"

"他还挺闲，"白英舀了勺红豆粥，"什么时候来？"

何子殊诚实道："晚上。"

"他晚上来，"白英半举着勺子，对着琳琅一桌子的早餐画了个小圈，揶揄道，"早上就做好放假准备了？"

"不是！姐你昨天晚饭吃得不多，怕你饿……"说着说着，何子殊也有点心虚。

怕白英饿，是原因不假，但后面还要加个"之一"。

毕竟昨天梁老刚上过课，今天就请假，怎么看怎么散漫，总得让老师看到点诚意。

"逗你的。"白英笑了笑，"五天，差不多了，先放个周末消化两天。"

假期突然翻了一番，何子殊眼睛都黑闪闪的。

白英看着开心，又道："不用急，年后才试镜，时间还很多。"

"年末也忙。"白英打开手机的自带日历，扫了一眼，还有小半个月。

她随口问道："跨年通告应该不少？"

何子殊："还没定下来。"

白英："去年赶了两场？"

何子殊没什么记忆，但之前刘夏给他看过个人视频集锦，所以还存了点印象，点了点头。

"今年赶不了两场，"白英冲着何子殊眨了眨眼睛，"放心。"

何子殊抬起头来："？"

"因为请不起。"白英笑道。

"跨了年，就是乐青二十周年，按乐青的大方向，不可能像之前一样，把你们四个拆了，一家分一个。"

"所以要，就全要。"白英把最可能的几家电台拉了出来，"既然四个都要了，那就是冲收视率第一去的。为了降低风险，钱都砸出去了，肯定不会让你们赶第二场。"

白英看着何子殊，神色温柔："所以别那么乖，提前跟公司打好招呼，等跨年演出完，回去休息两天，跟朋友聚聚。"

跨年啊……何子殊握着勺子，搅着自己碗里的粥。

他对过年、过节其实都没什么概念。

对他来说，这些日子稀松平常，甚至比平常还要格外冷清一点。

亲人，关系生疏，早不打扰了。

在遇见刘夏之前，何子殊也只有在满楼道的对联、灯笼和飞涨的菜价中，觉出一点别人口中的年味来。

何子殊点了点头："嗯。"

不知道是何子殊和雨犯冲，还是陆瑾沉和雨犯冲，两次来接，都下了雨不说，雨势还都不小。

这次何子殊学乖了，自己把自己裹得严严实实，撑着伞在门口等。

可没算好时间，所以陆瑾沉来的时候，何子殊已经在雨里站了小半会儿了。

陆瑾沉把车停在墙边，下车，蹙眉道："什么时候出来的？"

"刚到。"何子殊见陆瑾沉没打伞，走了几步，把伞微微抬高，遮住两人后，才道，"没多久。"

陆瑾沉接过伞，偏头看着何子殊："下次不要这么早等在门口。"

何子殊："就盐盐在家吗？"

陆瑾沉："汪文在，等我们到家他再走。"

何子殊想起白英的话，抬头，看向陆瑾沉："跨年通告定了吗？"

"还没，应该就青云台。"陆瑾沉总觉得何子殊想问的不是这个，轻声道，"怎么了？不想去？"

何子殊摇了摇头："没，除了一个跨年演出，还有其他通告吗？"

如果没有的话，他得给自己找点事做。

依照陆瑾沉和纪梵他们的性子，肯定不放心他一个人留在别墅。

难得的假期，是该拿来陪陪亲人。他没有，不代表他们没有，总不能浪费了。

陆瑾沉借着两侧的光，扫了一眼何子殊。那人正抿着嘴，垂首，也不知道在想什么。

他蹙了蹙眉："有安排？"

何子殊笑了笑："没事，就问问，如果有假期的话，想出去走一走。"

陆瑾沉屈指，在方向盘上点了两下："想去哪里？"

何子殊打开手机，随便在附近找了个旅游城市，尽量看起来很有规划的样子，语气轻松："云蓬山，听阿夏说那边雪景很好看。"

"好。"陆瑾沉应道，"想玩几天？"

何子殊见陆瑾沉答应了，松了一口气。

玩几天何子殊都无所谓，无缝衔接工作最好，于是道："安姐给几天假，就玩几天。"

陆瑾沉笑了笑："你想玩几天，就给几天假。"

何子殊斟酌着回道："五天？"

时间也够纪梵和谢沐然来回一趟了。

陆瑾沉点了点头。

"想什么时候走？"陆瑾沉淡声道，"演出完？还是第二天？"

何子殊被问得一怔："所以真的有假期？"

陆瑾沉没答，也没否认。哪怕原先没有，现在也得有了。

何子殊轻声道："第二天吧，演出完就是元旦，太赶了，可能酒店都订不上。"

陆瑾沉："想要住酒店？哪家？"

何子殊犹豫了一下："是不是……不太合适？"

好像是他把事情想得太简单了，以他现在的身份，似乎很难安静住个酒店。

"也不是不行，"陆瑾沉轻描淡写，"只是住我那里，方便点。"

何子殊头点到一半，又猛地抬起来："住……你那里？"

陆瑾沉笑了笑："我刚好也想去一趟云蓬山。"

何子殊挚了挚指尖，严肃道："不行。"

陆瑾沉被他的小表情逗笑："为什么不行？"

"好不容易的假期，你应该回去陪陪宋老师他们。"何子殊颇不赞成道，"一年都见不到几次，他们肯定很想你。"

陆瑾沉失笑："前几天不是刚见过。"

何子殊被一噎，说不出话来，半晌，憋出一句："那不算。"

就打了个照面的事，还是来接他打得照面。

"我回去，你宋老师只会生气。"陆瑾沉开口。

何子殊皱眉："为什么？"

陆瑾沉说："会抽烟。一天三四包也有可能。"

何子殊："……"

愣了好半晌，何子殊小声问了一句："五天都忍不住吗？"

明明宋老师说过，这人烟瘾不重，心情不好才会抽。

现在看来，叛逆陆队在家长面前，还是隐藏了一部分实力。

陆瑾沉降了车速，声音却哑了下去："五天，不短了。"

何子殊皱了皱眉："那这几天抽烟了吗？"

草草算起来，也有五天了。

"没，"陆瑾沉笑了下，"也快了。"

因为这句话，何子殊搜了一路的"多年烟瘾，一个月如何戒掉"。

虽然宋老师说陆瑾沉的烟瘾只有三年，可何子殊却觉得，五天都忍不了，这就不是三年的烟瘾了。

两人到别墅的时候，汪文收到陆瑾沉的消息，已经走了。

何子殊一打开门，盐盐就从不远处的软垫上爬了起来。

毛茸茸的一团，仰着脖子，看了他好一会儿后，才颤了颤耳朵，朝着他跑了过来，喵呜喵呜开始叫。

何子殊立刻蹲下身来。

盐盐扒着他的手就想要抱抱，可他刚脱下羽绒服，周身还浸着些寒气，怕冻着小奶猫，只好先蹲着陪盐盐玩。

没过多久，何子殊就感觉自己的手指湿了一小片，何子殊低头，原来是小奶猫咬了咬他的指尖。

不疼，小小的奶牙只在上面划了几下，便松了口，然后安静下来，乖乖巧巧地蹲着，时不时咪一声。

何子殊转过头，看向陆瑾沉，不知道是落了点光进去，还是因为高兴，眼睛格外亮："牙齿好像又长了些。"

盐盐顺着何子殊的动作，也扬了扬毛茸茸的小脑袋，盯着陆瑾沉看。

一大一小，同时仰头看他。

陆瑾沉笑了笑，说："嗯，牙尖嘴利，会咬人了。"

何子殊挠了挠小奶猫的下巴："没有，我们盐盐不咬人，最乖了。"

可能是之前等陆瑾沉的时候，站的时间久了点，温度又降得厉害，何子殊只觉得周身寒气好半天都没散掉。

陆瑾沉怕人着凉，把人先推进了浴室。

何子殊快速冲了一把，换了套睡衣就下了楼。

盐盐听到动静，从陆瑾沉怀里站起来，朝着何子殊跑了过去。

半途的时候，不知怎的，还跌了一跤。

何子殊跑过去，才发现那里不知道什么时候多了摊水渍。

他忙把盐盐捞起来，抱起来一看，背上已经沾了点水。

陆瑾沉走过来："怎么了？"

"那边不知道哪里倒了一点水，盐盐摔了一下，背上毛湿了一点。"何子殊从一旁的置物柜里取出毛巾和一个小吹风，"得吹一下，着凉了就不好了。"

何子殊说罢，盘腿坐在地毯上，铺开毛巾，把盐盐放在毛巾上。

他调了最小的风速，贴在手背上又试了试温度，觉得差不多了，才低头开始吹。

因为只沾了一点水，所以吹得很快。

何子殊在家陪了盐盐一天，轮轴转的工作便压了下来。

录制完最新一期节目，何子殊只回去换个衣服，就被小周接走了。

车直接转道去了青云台，跨年晚会彩排现场。

自各大卫视跨年晚会筹备开始，APEX今年只同台，不拆不分的消息便流了出来。

各大卫视搬资历的搬资历、搬人气的搬人气、搬人情的搬人情，且对外统一号称"买断了，离手了"，好迷惑对手，趁机钻空子。

事实上，各大卫视的总导演头都愁秃了。

大家还不知道到底是哪家"买断了"A团。

除了各大卫视，年末冲业绩、冲KPI的营销号也收到了消息。

一发，一转，几轮下来，热度持续膨胀。

每年到了这个节点，"跨年晚会"嘉宾阵容就是吃瓜热门。

所有人都在猜，在跨年晚会这样的修罗场上，各路神仙打架、拼收视率的时候，到底哪家能请动APEX？

话题度、关注度之所以一路领跑，居高不下，一反往年，除了APEX

本身的人气，还有最重要的一点，大 A 团，已经将近三年，没在这种大型晚会同台了。

依照近三年的惯例，在跨年夜这种时候，几大卫视非常公平，一台一个。

据说也有钱多到烧的，想一口气吞一双，可还不等被其他卫视骂，四家工作室先拒绝了。

口径出奇一致，被业界亲切地称为"王不见王"。

而今年，不仅破了规矩，甚至可以一口气吞四个。

各大卫视的火药味立刻飙升。

谁都知道，A 团首秀是在《偶像请就位》，节目收视纪录甚至超过了收官之战。

但毕竟是选秀节目，受众面不能跟这种大型晚会相提并论。

再加上节目是录播制，一片叫好声中，也存了一些质疑的声音。

而跨年晚会，在近几年越来越严苛的要求中，不仅现场直播，还全程真唱。

粉丝有没有吹过头，一听便知。

时间转眼一过，各家纷纷官宣，可 APEX 迟迟未出现。

就在众人以为是各大营销号博眼球放假消息的时候，青云台正式官宣嘉宾阵容。

"APEX"赫然在列。

网上热度一浪高过一浪。

青云台官宣后，正式进入彩排。

在跨年晚会这种拼人气和收视率的主战场，能请到的艺人，人气大多不低，档期、行程也比较满。

哪怕都在一个卫视演，演出完立刻离开，赶下一个行程的，比比皆是，所以一般分开彩排，互不打扰。

但青云台把 APEX 放在零点跨年的大轴位置。

这就意味着，除了演出，他们四人还必须和主持人倒计时，同台互动。

何子殊在工作人员的指引下，从特设通道走进去。

刚推开门，他就看到谢沐然正盘腿坐在地上，啃鸭脖。

而陆瑾沉和纪梵，则靠坐在沙发上。

何子殊前脚刚进门，后脚高杰就跟进来了。

他手上正拎着一大袋奶茶和甜点，看着何子殊，无奈道："喝吗？"

谢沐然先抬了头："我不喝。"

高杰把袋子放在桌上："导演请的，全部人都有。"

谢沐然眼神一飘，一边说着"我看看买了什么"，一边把包装袋翻得窸窣响。然后，吸管，插上，一嗦到底，甚至把底下的珍珠嚼了个干净，才放下空罐。

谢沐然吃饱喝足，摇了摇头，道："低血糖太难受了。"

所有人："……"

陆瑾沉看着何子殊有些淡的唇色，又扫了扫传言中的"低血糖"、面色红润的谢沐然，起身走到何子殊面前："不舒服？"

何子殊摇了摇头："坐车坐久了，可能有点晕车。"

陆瑾沉："晚饭也没吃？"

何子殊没说话。

一旁的小周开了杯奶茶，递了过来："没吃，回去换了件衣服就出来了，刚好遇上堵车，所以开的小路，也没什么便利店。"

纪梵接过奶茶，碰了碰杯壁："都冷了，我去买一点吧。"

谢沐然连忙起身："我去。我吃饱了，这边附近有一家馄饨摊，味道很好。"

高杰一摆手："去什么去，我去，你们就在这里待着。"

"不用。"陆瑾沉从衣架上取下一条围巾，裹在何子殊颈间，对着高杰说，"我们出去一趟，半个小时后就回来。"

高杰额角青筋一跳："去干吗！门口围着粉丝呢！出了这门，你们俩还想全须全尾地回来？"

何子殊也觉得不妥，伸手把围巾拉了一半下来，眨了眨眼睛："我不饿，等彩排结束，回去再吃吧。"

陆瑾沉正欲开口，房间里便响起一阵很有节奏感的敲门声。

204

门外有人开口说话："老师，我们可以进来吗？"

几人对视一眼。

何子殊离门近，想了想，好像是……余洛的声音，他也不确定，只开口道："好像是余洛。"

高杰点头，压着声音："应该是，嘉宾名单里有他们，青云台选出来的男团，跨年晚会肯定得带着。"

谢沐然听到敲门声的时候，就已经飞快地擦了嘴角，戴上卫衣帽子，立刻坐回沙发上，俨然一副导师的模样。

高杰开了门，门口果然站了一排人。

余洛打头，和那期略显拘谨的 solo 舞台相比，状态格外好。

也不只是现在，自那场舞台之后，余洛这种状态就一直持续到收官之战，最终以最高的人气和导师分数，C 位出道。

跟在身后的几人，何子殊他们也都叫得出名字。

其中就有最开始不被看好，最后却逆袭出道的夏天。

进门的瞬间，几人朝着何子殊他们四人齐齐鞠了一躬，一声正式的"老师"之后，便撒了欢开始野。

"老师！你们也今天彩排吗？"

"道具组跟我们说的，说今晚你们也在，所以商量了一下，还是要过来打个招呼。"

"还没到我们彩排呢，好像是说舞台灯光出了点问题，在调试，所以彩排时间往后延了。"

……

几人有一阵没一阵聊着。

夏天看着何子殊穿得很齐整，问道："老师您很冷吗？"

何子殊愣了一下，一垂眸，看见颈间的围巾，笑了笑："没。"

他正打算摘，陆瑾沉却把他的手重新按下，对着余洛他们淡声道："你们先聊。"

夏天："老师你们要出门吗？"

"嗯，"陆瑾沉开口，"去吃点东西。"

"老师你还没吃饭啊？"余洛说完，看了看手机，半晌，他摇了摇头，"现在恐怕不行。"

余洛把手机递到陆瑾沉面前："可能是你们彩排的消息不小心被透出去了，现在大门、侧门都挤满了粉丝，工作人员正在维持秩序。可能连外卖都进不来。"

高杰紧接着也收到了消息，说道："别想了，我都出不去。"

他们都是陆瑾沉团队的固定班底，粉丝基本都眼熟。

陆瑾沉皱了皱眉。

何子殊拿了个甜点，晃了晃："就吃这个吧，也不是很饿。"

夏天突然想起什么似的，眸子一亮："可以去食堂啊！"

身后的一群人先是一怔，随即也想到了，纷纷支招。

余洛："对！食堂！这边体育场自带一个食堂，因为这几天晚上都在赶工，节目组特意跟食堂打了招呼，不限时不限量，全天供应！"

"味道好坏不清楚，但听化妆组的姐姐们提过，很多东西可以现烧，只要后厨还有的，都可以点，基本就约等同于一个小饭摊了！"

"这个点，人应该还不多。"

陆瑾沉看着何子殊："去吗？"

何子殊思索了一会儿，彩排还要好些时间，吃点烫的也好，点了点头，随即看向坐在沙发上的谢沐然和纪梵。

谢沐然吃多了甜的，胃里正腻，听说有个小饭店可以现烧，立刻点头："行！"

纪梵闲着也是闲着，也起身。

何子殊见状，索性叫上余洛和高杰他们，可高杰怕节目组找不到人，小周也刚喝完奶茶，肚子胀得很，就留了下来。

余洛他们几个应得很快，极其兴奋地跟在陆瑾沉他们身后。

余洛长叹了一口气："啊，圆满了。"

谢沐然听到话，顿了顿脚步："什么圆满了。"

余洛笑了笑："风云校园生活，圆满了。"

谢沐然："？"

身边人闻言，都挤了上来。

"谢老师你不知道，当时你们下宿舍、和我们一起打了篮球、聊天、同台演出，节目组说给了我们一个重返校园的机会，简直就是风云校园生活。"

"就差个去食堂了。"

"对，当时没请你们去食堂吃饭，是节目组的失误，前一天食堂还大扫除了一遍。"

"那天节目组的伙食特别好，可能是怕你们觉得节目组寒碜，那天阿姨多年的手抖症都好了，肉是肉菜是菜的！"

何子殊隐约听到"校园生活"几个字，低头笑了笑，指了指身后的一群人，说："像不像下了晚自习，一起去食堂吃夜宵？"

陆瑾沉高中、大学都在国外，没这个体验。

但和何子殊有关的东西，他都想知道，于是开口："高中时候？"

"嗯，"何子殊说，"我们住校生下了晚自习，大概十点，所以食堂备着夜宵。"

陆瑾沉："每天都去？"

何子殊："也不是每天，冬天的时候去得多，因为天冷，食堂暖和。

"我们阿姨做的酒酿圆子很好吃，每次去都要排队。"

何子殊尚未回忆完，耳边突然炸开很多声音。

"啊啊啊啊啊啊，是 APEX！还有洛洛他们！两大男团！"

"啊啊啊，看这里看这里！"

"啊啊啊，子殊！"

几人闻声看去，玻璃门那边围了一圈举着灯牌的粉丝。

余洛和谢沐然对视一眼，觉得这大冬天的，在外头待着得感冒，于是跟众人打了个招呼，走了过去。

何子殊隐约听到一些对话。

"嗯，跟老师们去吃夜宵。"

"早点回去吧，彩排不知道什么结束。"

"知道，注意安全。"

……

几人到了餐厅的时候，又引起了一阵轰动。

但大多都是现场工作人员，所以也没太打扰他们。

何子殊看着眼前的酒酿圆子，诧异片刻，笑了笑。

余洛他们吃着馄饨，冲着何子殊道："老师，刚刚有一个男粉丝，你看到了吗，冲在最前面，说是你的颜粉，喊得可大声了。"

何子殊疑惑："嗯？"

"对。"余洛开始吹彩虹屁，"在没看过老师舞台之前，我也是颜粉。"

夏天接："现在是才华粉。"

陆陆续续有人回。

"死忠粉！"

"脑残粉！"

谢沐然一碗馄饨下肚，非常满足，玩笑道："我也是大魔王的粉丝，厨艺粉。"

舞台临时出了故障，大多数工作人员都在彩排现场待命，因此餐厅里人不多，零零散散坐着，隔得也远。

唯独何子殊他们坐着的那片，最角落的圆桌，看着热闹非常。

何子殊就坐在那里，安安静静，吃着小圆子，一勺又一勺。

陆瑾沉看着何子殊，笑了笑："还要吗？"

何子殊抬起头来，茫然道："嗯？"

陆瑾沉："让阿姨再做一份？还是吃点别的？"

何子殊这才发觉碗已经见底。

他摇了摇头，抬手理了理围巾，说道："饱了。"

吃完夜宵，众人还没走出餐厅，高杰就迎面走了进来。

余洛他们挥了挥手，朝着高杰喊了声："杰哥，这里。"

高杰走近，说："时间差不多了，通知可以彩排了。"

何子殊四人先余洛他们一步，结束彩排。

和众人道过别后，他们便从后门上了保姆车。

关上车门，高杰拿出平板，说："仔细听着，我说一下注意事项。"

谢沐然困得眼睛都睁不开了，嚷道："哥，我们从出道开始，每年都要来一次，你烦不烦啊？我们就跳过注意事项这一趴吧，都听腻了。"

纪梵默默戴上耳机。

"听腻了也给我听着。"高杰突然拔高了音量，"尤其是队长。"

陆瑾沉正闭着眼，浅眠，闻言懒懒撩了撩眼皮，示意正听着。

"今年的舞台刚好是十字形，就按彩排的走位来，各站一角。最后往升降台走，时间估摸着也不长，别出岔子。"

高杰看着何子殊，语重心长："对着粉丝，对着镜头，多笑笑。"

何子殊点头应下。

纪梵重新戴上被摘下的耳机，简直精心。

谢沐然挨不住困意，几乎要睡过去了。

高杰继续道："所以最重要的，就是专心做好演出，只要把舞台表现到极致，就能照顾到所有粉丝。

"主持人互动那边也是，今年挑大梁的是余铭老师，都熟悉，只要按着流程走，不搞事，基本就没问题。"

……

高杰在陆瑾沉耳边反反复复，念叨了不下三天，直到上台前，还在强调别搞事。

年末，最后一天，新年伊始。

圣诞的气氛还没完全消下去，又重新红火一片。

青云台跨年演唱会现场，座无虚席。

主舞台只有顶端的照明光亮着，隐约看见舞台的轮廓。

晚会还没开始，底下所有人都在低头，专心刷手机。

青云台今年不仅斥巨资请到了豪华跨年阵容，还特地开启了双直播通道，简直就是青云台之心，路人皆知。

双直播通道分为两部分，主舞台是其中之一，还有一个就是后台。

当主舞台通道开启的时候，后台通道关闭。

后台通道结束，主舞台通道又正式进入正片。

没有时间差，无缝衔接，力求从最开始就把观众留下。

直播间观看人数持续增加，可四家粉丝却迟迟没等来自家哥哥，甚至有路人都开始问："VJ 都不去拍 APEX 吗？"

就在大家等得有些着急的时候，弹幕里闪过一个官博 VIP 账号，写着：来了。

这还是今晚官博的第一次露面，说的又是没头没尾的"来了"两个字，直播间很多人还在分析这金光闪闪的、顶着官博 VIP 账号的弹幕究竟是假是真，就听到直播间里一句清晰的收音。

这次他们听得很清楚，是 VJ 说的。

"你们哥哥来了。"

这次作为主场地的体育馆后台，出入的通道是两扇并着的木门，为了防止进风，基本都关着，有人进出再开门。

门外候场的工作人员，第一时间从对讲机里收到消息，一抬头就看到 APEX 四个人走了过来，立刻上前，一左一右，将木门拉了开来。

于是在镜头里，观众们最先看到的，是缓缓拉开的木门，木门擦着地板，摩出尖锐的拖擦声。

紧接着，从门后陆续走出来四个人。

等了一晚上的直播间立刻炸了。

【前方大型鸡叫现场！鸡笼警告！！！严重警告！！！心脏不好者请自动关闭弹幕！】

【啊啊啊啊啊啊啊啊给我大 A 团排面！！！】

【这偶像剧开场？？？配个音乐完全就可以当 MV 看了！！】

【我已经快要不能呼吸了！当场反复去世！没化妆、没做造型！就走了几步！我已经顶不住了！】

……

VJ 拉长镜头，极其满意这开场效果，等到一个镜头结束，立刻端着长枪跑上前，停在何子殊面前。

何子殊看着眼前的镜头，眨了眨眼睛。

VJ 适时开口："直播呢。"

高杰跟他们说过后台也会直播采访。

可四人都以为是按照以往的惯例，等做好造型，在候场的时候再进行采访。

谁知道直播会来得如此猝不及防。

何子殊愣了愣，抬手，先摘掉了帽子，然后摘掉了口罩。

他脑海中想起高杰这几天，总对他念叨的那句"对着镜头，对着粉丝，要多笑笑"。

可这进门就直播的操作，让他又毫无准备。

这让何子殊有些不好意思，反倒把自己逗笑了。

于是直播间里所有人，在扑面而来的美颜暴击中，还没醒过神来的时候，就见大魔王抿了抿嘴，嘴角微微上扬。

还不等她们看清，大魔王却忽地抬手，揉了揉眼睛，偏过头去，笑开了。

何子殊心里想着避开镜头，但他身上的羽绒服又厚又重，所以脸将将侧过去了一半。

而他身后的三人，也摘了口罩和帽子，视线却都没看镜头，而是全部落在何子殊身上。

素来没什么表情的陆大队长和纪哥，竟然也跟着笑了，而且笑得格外宠溺。

那一瞬间，直播间已然被炸得面目全非。

除了满屏的"啊啊啊啊啊啊啊啊啊"，只剩下一排又一排"绝世甜心！给我宠他！往死里宠！！！"。

何子殊那个揉眼侧颜杀，以及身后三人看着他笑的片段，被迅速录屏，做成动图，传了上去。

短短三分钟之内，屠了整个超话广场。

不仅是何家、陆家、谢家、纪家，以及各大营销号，也都跟着上传了动图。

不掺一丝水分，硬生生靠着转发、评论和点赞数，冲上了热搜。

直播间的人数也跟着直线飙升。

在这之前，VJ 搜寻直播对象的时候，都比较小心。

毕竟是直播，打的就是预热的旗号。

青云台的目的，是给艺人、收视率加分，肯定不能把招牌砸了。

但后台的整体环境跟舞台根本没法比，光线有偏差，环境也比较嘈杂。

不打光、不后期，因此节目组再三强调，要尽可能挑选不容易出差错的。

所以出现在镜头里的艺人，基本都是化好妆，看起来状态极佳的。

除了 APEX。

因为是零点的演出，再加上刚从乐青对完通告回来，耽误了点时间，所以何子殊他们来得比较晚。

四个人都只穿了一件最普通的黑色羽绒服，戴着口罩和帽子。

没有造型，没有化妆，就这么恰好的，赶上了后台直播的末班车。

VJ 原本还有些担心，怕这几个人吃不住镜头。尤其是有了之前的比对。

今天被派到后台通道的，都是从各家节目组挑出来的老手，拍摄其艺人的时候，都会想着法子挑些光线，不着痕迹地添点自然滤镜。

能上跨年演出舞台的，人气都不低，本身颜值在那里顶着，再加上一些后期辅助，所以直播间里就没有翻车的。

可何子殊他们来得晚。

照理来说，其实应该知会一声再拍，或是直接放过。

可不拍的话，这么多粉丝蹲着，想等他们化好妆，又怕时间来不及。

所以 VJ 拉近景的时候，心下也有些犯嘀咕。

直到四人摘下口罩，他才觉得自己完全多虑了，怪不得粉丝说就算披麻袋也好看。

本次跨年晚会，青云台花了很多心血。

为了和观众互动，达到最佳直播效果，后台监制会依照观众弹幕，实时下达指令。

于是，VJ 耳机里响起直播监制的声音："快！继续拉近景！拍子殊！"

VJ 打起精神，刚把摄像机扛起来，纪梵和陆瑾沉就往前走了一步。

两人笑意不减，却把何子殊挡在了身后。

VJ晃了晃镜头，用气音拖长音调："陆队，拍不到了。"

陆瑾沉看着摄影师："直播？"

VJ点头："对，粉丝都看着，说要看子殊。"

陆瑾沉抬眸，看着镜头，笑了一下，语调漫懒："差不多可以了啊。"

纪梵也回道："你们别闹他。"

弹幕再度崩溃。

【差不多可以了啊！你们别闹他！这是什么魔鬼宠溺语气！】

【疯了疯了我疯了！十分钟内！我要这两句话的语音！】

【陆队和梵梵往前挡住子殊那一步，真的不是事先说好的吗？保护子殊的步伐迈得如此一致！】

【然然和子殊在背后说什么悄悄话！我有个朋友想听一听！】

【快快快，给我看我的绝世甜心大宝贝！[吸氧.GIF]宝贝刚刚那一笑真的太好看了！我躺在沙发上看这动图已经看了一百遍了！笑容都开始逐渐变态！】

陆瑾沉用余光扫了眼身后，对着谢沐然开口："先去化妆室。"

谢沐然自然知道陆瑾沉的意思，比了个"OK"的手势，拉着何子殊就跑了。

整个直播间的人，就随着VJ逐渐偏移的镜头，看着何子殊被谢沐然带走了。

【这……这就跑了？】

【连多一眼都不给看？！连句话都不给说？！】

【脸红红的子殊！可爱……】

【好！陆瑾沉！你够狠！】

弹幕只增不减。

VJ没逮到用一个侧颜笑造了一个名场面的何子殊，也没逮到最好说话的谢沐然，只留下了陆瑾沉和纪梵。

偏巧这两位都是出了名的油盐不进。

幸好临近主舞台开场，后台直播通道即将关闭。

所以VJ也没再为难这几个人，依照直播监制的指令，循规蹈矩地采访了几句，关了直播。

粉丝们立即切换到主战场。

今晚的主持人，除了一个特邀的余铭，剩下的四个都是青云台的台柱子，主持经验丰富，一开场，便轻松调动起了全场的氛围。

观众席人声鼎沸，声潮一浪高过一浪。

随着零点的临近，粉丝的期待值也越来越高。

当余铭用话筒喊出那句"APEX"的时候，原本安静的观众席爆发出一阵尖锐的喊叫，差点掀翻整个场馆。

直到舞台灯光慢慢暗了下来，粉丝收到讯号，才拼命压着喊叫，屏息等待。

主舞台一片黑暗，只隐隐看见悬空挂着的青云台和赞助商的标志。

可慢慢地，从两侧传来声音，一下两下，有节奏地响着，就像是心脏跳动的声音，被环绕的音响不断放大，回荡在全场。

明明是前奏自带的音效，可那一瞬间，无论是坐在观众席上，还是守着直播的粉丝，都觉得那就是自己心跳的声音。

最后一声落下，干净收尾。

余韵还未过，没给粉丝留下一点间隙，舞台的环绕灯突然以一种惊人的气势次第打开。

只那么晃眼的一瞬，被圈在光晕里的舞台四角，隐隐出现了四个轮廓。

何子殊的声音，就在这落白的舞台上，毫无防备透了出来。

只唱了一个字，瞬间引爆全场。

被死命压在喉口的尖叫，也突然有了爆发口似的，席卷了整个舞台。

等到四人出现在实时投影屏幕上，所有人看清 APEX 今天的造型，这下粉丝已经是扯着嗓子声嘶力竭地喊了。

与那天的西装不同，这四人今日穿的都是同样款式的白色衬衫。

原本是禁欲到极致的搭配，可因着肉眼可见的垂坠感，几乎贴着身线，变得格外危险。

镜头一拉近，粉丝才惊觉这几人穿得都不怎么规矩。

领口的扣子像个装饰品似的，虚虚扣着，手上是半露指的铆钉手套，左耳还戴了黑色的耳钉。

从骨子里透出一股"生人勿近"的气息，轻而易举掌控整个舞台。

【这比例！这控制力！这卡点！这睥睨天下的神情！除了牛我什么都不会说了。】

【这才是业务能力啊！】

【还有谁！我就说还有谁！我大A团还能再战一百年！！！永远没有改朝换代！！！】

【啊啊啊啊啊啊啊啊啊啊，血槽已空！全员在线索命！别拉近景了！我受不了！】

【也只能大轴放了！连指尖都在踩点！】

【真的帅到鼻血横飞！刚刚子殊那个指尖的动作！再配上那个邪气的笑！简直就像游戏人间的撒旦在演奏亡灵序曲！！！】

直播间弹幕凶残到卡屏。

现场冲击力更甚。

从音乐一开始，粉丝的尖叫声就没有停止过。

最后一声枪响。

四人一个抬眸，卡点定格。

闪光灯跟着爆闪了一下。

当粉丝以为表演结束的时候，却发现台上四个人极度默契地转身，面对面，朝着舞台中央走去。

每走一步，所及之处便带起一圈涡纹。

舞台上的特效涡纹慢慢聚合，凝成一滴朱红色的红墨。

伴奏声再起的时候，红墨"叮咚"一声，坠入水，晕成丝丝缕缕的红色细线，从舞台四角往中间延伸。

直到四人站在升降台上，红色细线急速缠绕，最后破水而出，腾空而起，化成"APEX"四个字母。

所有人都被这特效震撼到无话可说。

当弹幕都在刷"这是什么神仙舞美"的时候，突然一条充了钱似的高级弹幕弹了出来。

【前方核爆全开麦！！！全员警戒！！！】

钢琴曲的声音，贝斯的声音，加上和声团一个流畅的转音，四人的声音响了起来。

磁性沙哑的低音炮，挟着温柔倦懒的尾音，一呼一吸，展现得淋漓尽致。

四人神情淡漠，抬手调了调耳返。

那丝毫不受影响的气息，完全看不出来刚跳完一段快节奏的舞。

就在这时，升降台上飘起水汽。

四人踏着水波走来，站在烟雾中。水汽沾在四人发梢、衣上。

雾蒙蒙的眼睫，和微湿的衬衣，这颠覆性的冲击力直击心脏。

底下粉丝拿着手机的手都开始抖，一边拍视频，一边声嘶力竭地喊。

鞠躬落幕的时候，粉丝都已经喊累了。可是全场还是响起了"APEX""APEX"的尖叫声，余铭控了两次场才堪堪稳住。

何子殊放下话筒，深深吸了一口气。

这是他失忆后，第一次以这样的身份，面对这么多粉丝。

说不震撼，是假的。

当他看见那整片闪着他的名字，闪着"APEX"几个字母的灯牌的时候，好几次，差点没稳住心神。

观众席很暗。

他在舞台上，其实看不清人。

可他什么念头都没有，脑海里只有一句：要做好一点，再好一点。

余铭站在何子殊和陆瑾沉中间，拿起话筒，对着观众席开口："要不要再来一首？"

底下齐声高喊："要！"

余铭笑着说："再来一首怕你们嗓子喊坏。"

说完，他冲陆瑾沉扬了扬眉。

陆瑾沉刚拿起话筒，底下又爆发出一阵尖叫，费了点劲才歇下来的"APEX"再度响彻整个体育馆。

陆瑾沉摘下耳返，轻声做了几句介绍。

何子殊拿起话筒，尖叫声又起。

这次他也没忍住，下意识抿了抿嘴角。尖叫声更大了。

当场馆好不容易安静下来，他正想开口时，前排一个角落里，突然冒出一句"你们别闹他"。

声音极其洪亮，穿透感十足，简直就跟拿了个话筒似的，瞬间吸引了台上所有人的视线。

何子殊想起在后台，刷到的那些动图，耳根不自觉红了红。

大抵是见到了理想中的反应，前排胆子更大了，又有人陆续跟上。

"差不多可以了啊！"

"你们别闹他！"

"差不多可以了啊！"

"你们别闹他！"

所有人都笑了，包括罪魁祸首，陆瑾沉和纪梵。

何子殊根本藏不住笑意，这次倒没有捂眼睛，只是背过身去，好一会儿，才转过身来。

这个插曲一闹，台上台下都轻松了很多。

余铭依照流程，进入了抽奖环节。

因为只是零点跨年前一个热身抽奖，所以规则很简单。

大屏幕随机抽取现场观众，嘉宾喊停，屏幕定格。

余铭看着离他最近的何子殊，开口："那子殊先来？"

何子殊点了点头，大屏幕立刻滚动起来。

大约过了十几秒，何子殊喊了停。

极其凑巧的，被大屏幕随机抓取的那个女生，手里拿着的，正是何子殊的灯牌。

控场人员立刻递过话筒。

女孩子兴奋到满脸通红，一手拿着话筒，一手举着灯牌，半天说不出话来。

余铭收到节目组的消息，因为之前临时取消了一个环节，导致进度有点快，得拖一下时间。

余铭想了想，对着第一个幸运观众开口："别紧张，抽到子殊的粉丝也不容易，这样吧，我们就再做个小游戏。如果这位粉丝赢了，就送张亲签专辑怎么样？"

那个女孩子周围也都是何子殊的粉丝，听到这消息，几乎都要跳起来。

女粉丝小鸡啄米似的点头。

余铭转头，问何子殊："玩个小游戏吧。"

何子殊看向女粉丝，拿着话筒，笑得眉眼弯弯："有什么想玩的游戏吗？"

女粉丝放下灯牌，拼命捂住嘴巴。

子殊！子殊笑了！子殊跟她说话了！还问她想玩什么！

她指尖攥紧，声音颤抖，挤出一句："都、都可以。"

何子殊笑了笑："那就猜拳？"

女粉丝深吸一口气，简单，纯靠运气。

她点了点头，暗暗给自己打气，身边的人也开始喊加油。

就在她准备放手一搏的时候，台上的何子殊却突轻声问道："要出什么？"

女粉丝下意识地回了一句："拳头。"

何子殊眨了眨眼睛："好。"

她心跳如雷，指尖冰凉。子殊问自己这个，是不是她想的那个意思？

还不等她回过神来，全场已经响起倒计时。

三，二，一。

当最后一个数字结束的时候，看着何子殊出的那个剪刀，她知道自己猜对了。

与此同时，一句带着笑意、格外温柔的"输了"，在所有人耳边炸开来。

那一瞬间，底下无论是不是粉丝，所有人心中都开始反复回荡。

什么输了！！！

什么你输了！！！

是我们输了！！！

这到底是个什么神仙啊！！！

直播间盛况空前。

这一段实力放水，差点引得通道瘫痪。

台下也已经完全沸腾了。

跟着那个女粉丝入镜的，以及周围一圈没入镜的，全都因着这一句"输了"，站了起来，疯狂晃着手上的灯牌。

所有人都以为亲签是最大的惊喜，可谁知道，何子殊才是最大的宝藏。

粉丝差点哭出声音来。

这火一路烧，从何家烧到陆家、谢家、纪家。

一圈下来，直接把全场都点燃了。

跑来看跨年演唱会的，年龄层大多比较集中，哪怕不追星，在这样的环境里，也能直接渲成一个火星子。

几声尖叫，一起，一点，立刻开炸。

余铭不知何时走到陆瑾沉身边，放下话筒，贴在他耳侧，道："你教的？"

陆瑾沉摇了摇头，道："没。"

余铭有些惊讶："那这节目效果可以啊。"

"没做效果，他也不会想这么多，"陆瑾沉看着何子殊，语气带着自己都没察觉的温柔，"只是不想让粉丝失望而已。"

两侧的灯不偏不倚落下，落在何子殊眉梢、眼睫，像是染了一层薄雾，却显得格外柔和。

他笑得浅，可眼中笑意不减。

余铭舒心一笑。

是了。这人没想这么多，是他被职业框着，想多了。

余铭拿起话筒，开始控场。

余铭跟中奖的女粉丝又聊了几句，在控场工作人员收回她的话筒之前，她忽地深吸了一口气，拿着话筒，红着眼眶，喊了一句："子殊！我喜欢你！也会一直喜欢你！新年快乐！"

她说完，便把话筒递给工作人员。

双手高举着印着"何子殊"几个字的灯牌，拼命摇了一下。

身后的粉丝，也跟着用力摇着手上的灯牌、荧光棒，顷刻间连成一片。

导播给了一个全景，观众席也看见了那片灯海。

何子殊眉眼含笑，柔声道："新年快乐。"

余铭原本还有些担心，尤其是在粉丝开口"告白"的时候。

抽到粉丝是意料之外，毕竟是跨年演唱会，不是个人演唱会。

如果把握不好分寸，可能会有麻烦，所以何子殊用一句"新年快乐"结束对话的时候，余铭舒了一口气，毕竟得掐着时间点跨年。

余铭清了清思路，继续抽奖环节。

何子殊开头就是王炸，把原本无趣的抽奖环节，一下子拔高了好几个档次。

所以观众席和直播间都在猜，接下来陆大队长他们可以弄出什么花样来。

可谁知这次玩花样的人，不是他们，而是被抽中的观众。

第二个抽奖的是谢沐然，当他喊停的时候，定格在屏幕上的是一个男生。

二十多岁的模样，手里没有灯牌，没有荧光棒，也没有坐到粉丝圈里。

虽说看不出有没有在追星，但谢沐然的粉丝雷达精准定位，这应该不是他的粉丝。

可谁知，控场人员刚把话筒递到他手里，全场人就听到一长串：

"沐然你好！新年快乐！我是你的粉丝！今天刚转粉！但我也会一直喜欢你！

"我也没什么特别想玩的游戏！要不也玩猜拳吧！我出拳头！"

男孩子叭叭兴奋说完，全场"轰"的一声，笑炸了。

前一个女粉丝是真情流露，这位新晋男粉丝就是狼子野心昭然若揭。

【哈哈哈，笑死我了，然然笑容逐渐僵硬。】

【然然你醒醒！他不是真的粉丝！】

【男粉丝或成今日最大赢家！】

【小拳拳捶你胸口哈哈哈哈】

谢沐然笑得不行，遂了他的意，出了个剪刀。

接下来抽到的两人，全都有样学样。

管他真粉丝，假粉丝，今天全都是 APEX 的粉丝。

抽奖环节一过，零点临近。

青云台每年跨年的常驻节目，就是零点敲钟，由跨年嘉宾敲响新年第一声。

今年跨年嘉宾自然是 APEX，但由于场地限制，古钟置在一个阶上，只能站一个人。

所以全场倒计时开始的时候，最后一秒，是何子殊站在那口据说已经传了百多年，有"仙灵庇佑"的古钟旁，敲响了第一声。

古钟立于阶上，何子殊站在古钟旁。

古钟带着沧桑气，痕迹斑驳。

钟声闷重，悠远，被特制的取音器一收一放，在这偌大的场馆幽幽荡开。

钟声余音一落，绕场四周的烟花便迅速腾空而上。

舞台的光柱四起，玫瑰花瓣纷扬，很快落了满地。

何子殊站在台上，看着观众席。

他一直知道舞台很亮，可那一刻，他才发觉其实观众席也很亮。

对于粉丝来说，他如果是耀眼的，那么对于他来说，粉丝也是。

陆瑾沉站在底下几步的位置。

他抬头，看着何子殊，看着那人立于光柱间。

何子殊垂眸的瞬间，对上了陆瑾沉的眼神。

陆瑾沉怔了片刻，笑着说了一句："新年快乐。"

几人下了台，高杰他们立刻围了过来，把羽绒服披在了四人身上。

台上打着光，底下还有灯暖，只穿着一件薄衬衫也不觉得冷。

后台就不一样了，冷风一灌，加上原本衬衫就沾了点水，谢沐然和何子殊两个立刻瑟瑟发抖。

夏天他们围了过来，递过刚刚泡好的姜茶。

等何子殊抿了一口，余洛才小心翼翼地说了一句："老师，我能摸摸你的手吗？"

一口姜茶呛在喉咙里，何子殊接过谢沐然递来的纸巾，满脸疑惑："什么？"

余洛一带头，后台到处传来"我也想摸"的声音。

何子殊一头雾水。

谢沐然凑到他身边："因为你敲了青云台那口钟。"

何子殊："？"

"青云台这口钟开过光的，网友都说有神灵庇佑。"谢沐然一杯姜茶下肚，浑身都泛着暖，"敲了你就是吉祥物。"

何子殊抬头，看向陆瑾沉和纪梵。

因为敲钟这个环节没有彩排过，要选一个人上去，余铭果断决定从一而终，用猜拳速战速决。

谢沐然是去年的敲钟嘉宾，所以举手"退赛"。

剩三个人，最后赢的是何子殊。

而青云台每年敲钟的艺人，依照惯例，都会被拉上热搜溜一圈。

果然，零点刚过，#何子殊敲钟#的话题就上了实时搜索榜。

全民吸仙气的时候，一条明显被注了水的营销号也被顶了出来。

扒圈小能手V：【今晚APEX整场节目看下来，业务水平不吹不黑，但还有几个问题。照理来说，于情于理，敲钟的人都应该是陆瑾沉才对，毕竟是队长，怎么就是何子殊了？乐青捧何子殊也捧得太明显了吧。合理怀疑，今晚那个抽奖抽中的粉丝也是事先安排，青云台和乐青联合炒作，作秀痕迹太明显了。】

然而还不等乐青公关，一条剪辑粗糙的粉丝直拍，进入了大众视野。

【我真的被笑死了，说出来你可能不信，子殊之所以去敲钟，是因为猜拳赢了，这小学生决斗的方式。】

底下是一段视频，四人站在舞台角落的那口古钟底下，话筒垂在手侧。

台中央其他主持人都在走流程的时候，余铭和何子殊他们就站在那边。

神通广大的粉丝也不知道用什么拍的，口型都对了出来，甚至配上了粉红色的字幕。

【原先以为是天选之子欧皇我子殊，然而，事实是……前方小学生决斗高能现场！！！】

第一轮，子殊对陆队。

陆队笑了笑，问："要出什么？"

子殊眨着眼睛，回答："拳头。"

结果子殊出了布。陆队出了拳头。

子殊，胜。

第二轮，子殊对纪哥。

子殊学聪明了，没问，直接重拳出击。

结果拳头等了半天，纪哥才慢悠悠出了个剪刀。

子殊，胜。

没有第三轮。

因为然然是去年的敲钟嘉宾，激情退赛！

视频剪辑粗糙，一看就是临时赶制出来怼营销号的，但因为画风清奇，在这片瓜田里杀出一条血路。

底下评论飞速上涨。

【我觉得陆队好像是故意的吧？子殊知道陆队想让自己赢，所以说出拳头。照理来说，陆队应该出剪刀，那他出了布，陆队就赢了，可是陆队却出了拳头，是不是猜到了子殊的心思，哈哈哈哈！】

【姐妹大胆点，把"好像"去掉，陆队绝对是故意的。你看子殊赢的时候，那茫然的小表情，再品一品陆队那个笑。】

【哈哈哈哈如果说子殊对粉丝那是放水的话，陆队和纪哥简直就是开闸泄洪！】

【那个重拳出击笑死我了，哈哈哈哈哈哈哈！】

【呜呜呜呜真是什么神仙兄弟情！子殊宠粉！队友宠他！！！】

【所以说根本不是乐青捧子殊，而是我们小奶精本身就是团宠啊！不服憋着！这么个宝贝谁不想宠！】

【这个钟据说超灵的！！！我觉得陆队他们是想让子殊新的一年都平平安安吧，毕竟去年出了好多意外，也受了很多伤。】

青云台收到有人质疑抽奖环节是事先安排的这一消息，第一时间做了澄清，那位被抽中的女粉丝也立刻发了篇长微博，舆论这才慢慢消了下去。

高杰开车，带着他们四个回到别墅的时候，刚好四点，天色很暗。

在后台很多话不好说，何子殊就没问。

在保姆车上，几人又挨不住倦意，睡了过去。

所以下了车，看着被冷风吹清醒了的陆瑾沉他们，何子殊顿了顿。

那个视频下，慢慢被顶到最上面的评论，ID 是"爱笑的眼睛"。

她说："这个钟据说超灵的啊，我觉得陆队他们是想让子殊新的一年都平平安安吧，毕竟去年出了好多意外，也受了很多伤。"

何子殊替谢沐然拢了拢半开的帽子，轻声喊了句"然然"。

谢沐然还困，睡意惺忪，半迷糊着回了一句："嗯？"

何子殊："去年是你敲的钟？"

谢沐然："嗯。"

何子殊见人困成这模样，也自觉问不出什么，话到嘴边，玩笑着变成一句："那灵不灵啊？"

"灵啊！"谢沐然却忽然睁开了眼睛。

何子殊没料到谢沐然反应这么大，笑了："所以新的一年工作顺利，财源广进了？"

"不是，"谢沐然摇了摇头，定定看着何子殊，说了一句，"你回来了。"

你回来了。

四个字，搅着冬夜的风声和暮色，猝不及防地落了下来。

谢沐然这一记直球，让何子殊心口滚烫。他抬手抱住谢沐然，开口："新年快乐。"

谢沐然反手抱住，笑着喊："新年快乐！"

之后下车的纪梵和陆瑾沉，就看着这两人抱在一起，左一句"身体健康"，右一句"心想事成"。

问到接下来有什么安排时，何子殊眼睛一亮："我想去云蓬山。"

陆瑾沉："好。"

其他两个也纷纷附和。

何子殊："听说那边雪景很好看，平安符也很有名。"

陆瑾沉轻笑："想去求平安符？"

何子殊点头。

陆瑾沉他们给了他一个"平安"，他得还一个才行。

陆瑾沉："现在走？"

何子殊："现在？"

陆瑾沉："嗯，路上车不多，几个小时就到。"

何子殊："不累吗？还要开车。"

陆瑾沉："刚刚睡了几个小时，可以了。"

说走就走，这体验很新奇。

再加上他们这平日不好到处跑的身份，何子殊还觉得怪刺激的。

高杰听得云里雾里。

直到两辆跑车，从车库驶了出来，他才拦在前头。

高杰心中警铃大作，扒着车门。

陆瑾沉悠悠降下车窗。高杰正欲开口，陆瑾沉头都没转，轻描淡写："坐不下了。"说完，疾驰而去。

小周围了上来，晃着高杰的手臂："哥，陆队说什么了？"

高杰机械道："坐不下了。"

小周："啊？"

坐、不、下、了？

他就知道陆瑾沉不会这么安分，早该有警觉才对的！

他真傻，真的，他单知道公司给这四人放了五天假，却没想到这四个人要凑在一起过五天。

还没人管。

完了！

长街寂静，下了人声喧沸的舞台，就是两种截然不同的景色。

没了街灯，皮肉、里子都透着黑，还掺着寒气。

与年纪小的时候自己一个人挨过的冬夜相比，其实没什么不同，可何子殊却觉得格外安心。

车内开着空调，暖风把一身的倦意都熏了上来。

何子殊睡意渐浓，可却强撑着，没让自己睡过去。

陆瑾沉换了首安静点的曲子，偏头看他："睡一下，到了叫你。"

何子殊揉了揉眼睛，摇了摇头："我不困。"说着不困，可尾音都闷着，飘忽着落下去。

一路上，借着车窗的玻璃，陆瑾沉都看到这人打了好几个呵欠，每次都侧过身去，藏着囫囵打完一个，然后眨着眼睛，等眼中的水汽消掉一点，再转回来。

明明困得要死。

陆瑾沉又觉得心疼，又觉得好笑。

问了好几次，又说不困，有一句没一句说着话。

车又驶了一段路，天色都开始有些蒙蒙亮。

陆瑾沉怕累到他，所以语气放得很轻，开口道："睡一下。"

何子殊："快到了吗？"

"快了。"

"那我等到了再睡。"何子殊扯了扯安全带，半撑着直起身子，往窗外扫了一眼，"是不是要早上了。我是熬夜冠军。"

"嗯，冠军。"陆瑾沉轻笑，"你赢了，现在可以睡了。再不睡天都亮了。"

"不行，"何子殊努力辨认窗外的指路牌，看着看着，意识又开始模糊，"我怕睡着了，没人跟你说话，会困。"

何子殊声音慢慢低了下去，可还是轻声说着，一句接着一句。

"疲劳驾驶不好。"

"我刚刚好像看到路旁的护栏都结冰了，也不知道路面上有没有。"

陆瑾沉这才意识到，这人强撑着不睡，是为了陪他。

看着前面的指示牌，陆瑾沉还是拐了个方向，把车开到了休息站，停了下来。

何子殊感觉到车一停下，就想坐起身来，可还不等他起身，陆瑾沉已经拉开安全带，替他把车座放平。

陆瑾沉坐回位置上，伸出手，覆在何子殊眼睫上方的位置，替他遮着光，道："睡一下。"

何子殊："到了？"

陆瑾沉："没，休息站，睡吧。"

隔了好半天，何子殊才反应过来："那你呢？"

陆瑾沉："我也睡一下。"

何子殊总算放下心来，闭上眼睛的时候还不忘说一句："别下车，可能会被拍到。"

陆瑾沉："好。"

陆瑾沉没有睡意，就坐在那里。

十几分钟后，车窗被敲响。

陆瑾沉转头，看着全副武装，手里还端着咖啡的纪梵。

他拿出手机，给纪梵发了信息。

【睡了，开窗会进风。】

纪梵低头回消息。

【怎么停休息站了？】

陆瑾沉三两句话，讲了讲始末。纪梵点头，端着咖啡进车。

【那等他睡醒再走？】

【等睡沉了走，你也睡一下，到时候打电话。】

【我不困。】

【小然呢？】

纪梵抿了口咖啡，扫了眼副驾驶，看着一路上就没睁过眼睛的某人，再想想前面那辆车上，突然觉得手里的咖啡不香了。

第九章 /

小棉花糖

JINZHIDANFEI

连轴转了半个月，何子殊这一觉睡得格外沉，再醒来的时候，已经在别墅房间了。

他隐约听到楼下说话的声音，简单洗漱了一下，从房间走了出来。

陆瑾沉听到楼上转角处传来声响，循声抬眸。

何子殊就双手搭在栏杆上，笑吟吟看着他。

奶白色的毛衣，染着背后的暖阳，眸子沾了点水汽，显得格外亮。

那人往前靠了靠，一半身子倾在外头，像是根本藏不住笑意似的说了一句："早安。"

窗外太阳已经要斜下去了，午后时分，可这一句"早安"，却好像来得刚刚好。

何子殊下了楼，刚醒来的时候，他看了看手机，那时谢沐然正喊饿，现在看他瘫在沙发上，笑了下，转身进了厨房。

他正低头切菜，俯身拿碗碟的时候，余光才扫到身后的谢沐然。

他转过身，谢沐然就坐在搬来的椅子上，手撑着椅背，下巴抵着手，正看着自己，跟个小孩子似的。

谢沐然笑吟吟："饿了。"

"我知道，很快就好了。"何子殊做最后的收盘，随口问，"不回家吗？五天假期，也不算短，来回一趟应该够的。"

谢沐然摇头："想跟你们玩。"

何子殊笑了："不是天天都在一起嘛。"

这两个月，除了在其他市录制，或者节目组有特殊安排，几个人都会回别墅。

"以前不是啊。"视线没地落，谢沐然就看着正前方的水壶，壶嘴不住往外翻着白汽。

谢沐然百无聊赖，数着沸水咕噜的声音，轻声道："好久没有一起跨年了。

"刚出道的那几年，过这种节日，一个晚上要赶两三场演出，接下来通告也排得满。"

谢沐然语气有些低："后来成立了个人工作室，可以自己选通告了，但大家也都挺忙的。"

水汽飘着，撞在玻璃窗上，凝成浑圆的水珠，又贴着玻璃，滑了下来。

谢沐然看着看着，恍神间，突然听到一句："以后都可以一起过，如果你想的话。"

谢沐然抬眸，看着何子殊。片刻后，笑了，点了点头。

几人吃完饭，又一起在客厅里看了部电影。

因为明天要起个大早去爬山，所以特地挑了部催眠的。

谢沐然先扛不住，上了楼，何子殊也跑了。

在何子殊房门关上的瞬间，纪梵没什么灵魂地开了口："哥。"

陆瑾沉撩了下眼皮："说。"

纪梵起身："早点睡。"

陆瑾沉："……"

第二天，几人收拾好出门的时候，天色还很暗，只透着点稀薄的亮光。

安市是旅游城市，又赶上难得的假期，看雪看景的人不少。

因为害怕被认出来，几人从头包到尾，格外严实，幸好天寒地冻的，路上行人装备都差不多，天也还没彻底放亮，也不至于特别显眼。

陆瑾沉挑了辆低调的车，开到云蓬山脚，停在外街上。

谢沐然做导航，七拐八拐，走了半个小时，总算在街尾旮旯里，找到了个馄饨摊。

时间还早，摊上人不多。几人围着小桌坐了下来。

"能找到这地方，也算你厉害。"纪梵把口罩往下拉了几分，没摘，虚虚挂着。

陆瑾沉扫了一圈："什么时候来过？"

他记忆中谢沐然似乎没来过安市。

"没有，"谢沐然拿下手套，搓了搓手，"小周介绍的。

"他不是安市人嘛，说这里的馄饨和烧卖很好吃，来云蓬的话一定要尝尝。"

纪梵随手翻了翻安市旅游攻略："我怎么都没看到？"

"小周说攻略上的那些推荐店铺基本都是商业合作，有推广费的，不能代表真正的安市味道，真要吃东西，得往角落钻。"

"位置都不好找，不过能到这里来吃的，大多都是本地人，绝对有安全保障。"谢沐然晃了晃手上的手绘地图，"我都不知道，小周还是个大触！子殊你看这地图，画得也太好了。"

恰好老板端上了馄饨，说了一句"慢吃"。

何子殊也顾不上烫口，低头吃馄饨。

陆瑾沉把烧卖推了过去："等凉了再吃，先吃这个烧卖。"

街灯还亮着，雾气蒙蒙的。

几人正吃着，就看到从巷门跑出来两个人。

一个男孩一个女孩，高中生模样，穿着一身校服。

谢沐然正对着两人的位置，抬头看了一眼，唏嘘："真辛苦，节假日都要上课。"

几人有一句没一句正聊着，突然听到隔壁桌的声音。

小摊本来就隔得近，女孩子的声音又脆脆亮亮，所以格外清晰。

"我不是让你看跨年了嘛，你怎么没看！是不是打游戏去了？"

男孩抑扬顿挫："是的了，我没看，但给哥哥点了赞。"

"给我哪个哥哥点了？"

"都点了。"

"光点赞！都不看！你这行为很渣男！"

"行行行，看看看！"

两人一唱一和，跟说相声似的。

谢沐然忍笑忍到肚子疼。

紧接着，女孩子掏出了手机，开始按头安利。

前奏刚响起，四人都顿了顿。何子殊和谢沐然对视一眼。

这就是传说中的吃瓜吃到自己家了吗？

"你看我大 A 团！牛！"

"先吃饭。"

"牛！"

"馄饨都凉了。"

"牛！"

"好好好！牛！"

接下来的几分钟，何子殊他们被迫听了长达七分钟的彩虹屁。

"我给你发的那套卷子做了没？"男孩子问。

"……"

"没做？"男孩子语气有点冷，"半个月后就期末考了，知不知道。"

谢沐然和何子殊对视一眼，竖起八卦的小耳朵。

小粉丝好像翻车了。

"小朋友就要有小朋友的亚（样）子，好好读树（书），"男孩子语气猛地转了个弯，"你魔王哥哥据说是省重毕业的，只嗑颜，你的层次未免太低了嗲（点）。"

大魔王子殊突然被提及，谢沐然彻底绷不住了，直接笑出了声。

那边听到动静，往这边看了一眼。

纪梵抬手，按下了谢沐然乱颤的小脑袋。

幸好天色暗，谁也看不清谁，所以男孩子很快转过身去，女孩子多看了几眼。

片刻后，几人听到女孩子叹了一口气。

"我魔王哥哥微博好久没营业了，我那天本来打算看完跨年就写作业的，真的，我发四（誓）。

"可是粉丝群里都在说，APEX 好不容易同台跨年，肯定会有后台合照什么的，我就想等等看，所以多刷了会儿。

"上次哥哥发微博的时候，你知道我兴奋起来，写了几套卷子吗？

"八套！

"我都觉得自己能上清华了你知道吗！"

男孩毫无灵魂地鼓掌。

"向组织保证，仅此一次，下不为例，向您这位学霸看齐，向清北看齐，向我魔王哥哥学习！"

……

何子殊听着听着，起身走到馄饨摊老板那边。

他微微颔首，问道："老板，您这里的纸和笔方便借用一下吗？"

老板抬头瞄了一眼，随即开口："方便方便，就是可能不太好写，平常我也不怎么用，你看看能不能写出字来。"

老板说着，放下捞馄饨的漏勺，撕了一张纸试了试："还可以写。"

何子殊笑着说了声谢谢，拿着纸和笔走回位置上，把纸铺平，低头在纸上写了几个字，落款是他的名字。

陆瑾沉接过纸，看见上面写着：新年快乐，好好刷题，好好学习，不要熬夜。

笔锋干净利落，一笔一画写得很认真。

陆瑾沉轻笑："笔给我。"

何子殊把笔递过去。

挨着何子殊的名字旁，陆瑾沉也签了自己的名字。

笔纸转了一圈，四人的名字都在上面了。

　　女孩子还在专心刷手机，男孩子已经起身付钱，等付完钱回来，他走过何子殊他们这桌的时候，肩膀突然被拍了拍。

　　男孩子停住脚步，还有些发蒙的时候，手里多了一张纸，还听到一句温温润润的："这个给你。"

　　男孩子一头雾水，闻言抬起头来。

　　眼前这人戴着口罩，看不清相貌，但露在外面的一双眼睛生得很好。

　　对方又轻轻说了一句："迟点再给她吧……嗯，考试加油。"

　　话说完，人转身朝着巷口走去。

　　男孩子这才看见巷口处还有三个人，靠着墙站着，似乎在等他。

　　男孩子稀里糊涂打开纸，只一眼，眼睛便猛地睁大。

　　他想都不想，颤着手拿出手机，对着那边的背影又是摄影又是录像一顿狂按。

　　等四人的身影消失在巷口处，他才低下头去。

　　他看着手机上的四个背影，又看了看手上的纸，屏着呼吸打开微博，一一按下关注。

　　放下手机的瞬间，那边传来女孩的声音。

　　"你怎么突然关注我家哥哥了？！"

　　"别问，问就是粉丝。"

　　"是不是刚刚的跨年舞台飒到你了，所以垂直入坑！"

　　"要不要去隔壁桌坐坐？"

　　"干吗？我吃饱了。"

　　"没什么，在巷口多看几眼，多走几遍，这馄饨摊，可能也要涨价了。"

　　"说什么呢？我怎么一个字都听不懂？你是不是病了？"

　　……

　　云蓬山不算高，胜在景色好，香客也多。

　　四人挑了一条人流比较小的青石板路，慢慢往上走。

　　越往上，温度越低，积雪也跟着厚起来。

　　到了山顶的时候，天光已然大亮。

何子殊回头，看着深浅不一的脚印，给陆瑾沉指了指："你看。"

陆瑾沉逗他："嗯，踩得真整齐。"

何子殊失笑："又不是盐盐。"什么踩得真整齐。

陆瑾沉手插在兜里，轻笑："遗传得好，盐盐它爸也教得好。"

何子殊笑得眉眼弯弯。

天空忽然飘了点雪沫，越来越大。

何子殊闭着眼睛，一仰头，雪沫很快落满眼睫。

有点凉，何子殊轻轻眨了眨，细碎的一点白色就从眼睫上掉了下来。

陆瑾沉："帽子戴上。"

"口罩也湿了。"何子殊闷声道，呼出的热气撞碎在冷风里，一冷一热，口罩很快就洇在一片水雾里。

陆瑾沉抬手："摘了，别闷着。"

何子殊吓了一跳，抓着陆瑾沉的手腕不让他动："会被发现！"

陆瑾沉只笑了下道："这边是小路，人不多，没事。"

何子殊仰头："现在人少，那先去买平安符？"

陆瑾沉笑着应下。

云蓬山的平安符一贯很有名气，因此这边卖平安符的小摊比比皆是，何子殊绕了一圈，最后走到小路尽头一个立岩旁，在那里看见了一个老人家。

老人家的摊位就是一辆木质的小车，旁边没什么人，可能是位置太偏了点，外头小摊上花样又多，所以也没多少人注意这边，倒正合了何子殊的意。

何子殊慢慢走过去，摊上七零八落摆了很多款式，从几块到几十，价格不一。

何子殊随口问了一句："哪款卖得最好啊？"

老人家挑了个红色的出来："这个。"

何子殊："这个最灵吗？"

老人家精气神还挺足，也实诚："因为好看。"等说完，又道，"都灵，我们这云蓬山出来的平安符，都灵。"

何子殊笑了，一般人这时候不应该说越贵的越灵吗。

他看向陆瑾沉："那就在这里买？"

陆瑾沉自然随他，何子殊摸了摸口袋，抬头。

陆瑾沉："怎么了？"

何子殊："手机刚刚放然然那里了。"

所以现在身上没手机，也没零钱。

"你在这边等等，我去拿。"何子殊说完就要走，刚走出半步，就被陆瑾沉拉住。

陆瑾沉："我有。"

何子殊摇头："不行，我要给你们买，怎么可以用你的钱。"

"是借的。"陆瑾沉莞尔，指了指最边上的，"就这个吧。"

最贵的。

陆瑾沉又问："还有吗？"

老人家："没了。"

陆瑾沉："就这几个了？"

老人家："这个贵。"

陆瑾沉："嗯，就要贵的。越贵越好。"

老人家笑了，这后生说话可真有意思，笑道："就这几个了，贵，所以买的人也不多，可以再看看别的。"

陆瑾沉看何子殊："要几个？"

半晌，何子殊吸了一口气，才低声回："都要。"

刘夏、安姐、余铭老师、白英老师、宋老师……要送的人实在太多了。

如果今天不是陆瑾沉付钱，他想把摊子都买回去，还能让老人家早点回家。

陆瑾沉又笑了下："好。"

老人家接了大单，分着款式，往自制的小布袋里装。

而何子殊正靠在大立岩旁，朝外远远望了一眼。

这云蓬山山顶视野开阔，树并不多，只有一两株，覆在新雪下，风一吹，花叶挟着雪粒，簌簌往下落，煞是好看。

手里的手机振了振，何子殊低头一看，谢沐然问他在哪儿。

何子殊回了一句"马上就来",拎着满满一袋平安符,和陆瑾沉一起往谢沐然那边走。

上山的小路那边,已经立了块指示牌,说雪天路滑,禁止通行,字旁还画了个箭头,指着大路的位置。

几人没辙,只好转道走大路,又怕四个人走在一起太显眼,特地隔了段距离。

谢沐然和纪梵走在前面,何子殊和陆瑾沉跟在后面。

刚走了一小段路,何子殊回头看了一眼,这才想起似乎自己忘了拍照。

他低下头,有些孩子气地挑了点碎雪起来,随口说了一句:"好像忘了拍照了。难得四个人一起出来,也不是为了工作,应该拍张照的。"

"不难得,"陆瑾沉抬眸,"只要你想,什么时候来都可以。"

何子殊:"那会被小周和杰哥他们念死。"

"不会,"陆瑾沉轻笑,"拿人手短,他们不敢。"

何子殊不解:"他们拿什么了?"

陆瑾沉食指微屈,钩了钩那个装满平安符的布袋子。

陆瑾沉付钱的时候,何子殊没在跟前,他接过,扫了一眼,问:"一共几个?"

陆瑾沉:"二十一个。这些都要送给谁?"

何子殊报了一串名字,提到宋老师的时候,他顿了顿,抬眸看向陆瑾沉:"宋老师会不会不喜欢?"

何子殊看着手上的平安符。其实就是个小荷包,针脚并不细致,甚至有些粗糙。

何子殊又想起宋希清那周身的气质,越看越觉得有些不合适。

陆瑾沉笑了一下:"不会,这个很好。"

何子殊:"那你挑一个老师最喜欢的颜色,等回家的时候带给她。"

陆瑾沉随手挑了一个,放到何子殊掌心:"想什么时候回去?"

何子殊看着手里粉色的小荷包:"随你啊,你什么时候方便,就什么时候回去。"

陆瑾沉："那就春节？"

何子殊点头："什么时候都可以，不急的，这个平安符也不是什么吃的，没什么保质期。"

陆瑾沉："你宋老师只有春节那几天在家。"

何子殊："……"

陆瑾沉继续道："别担心，我会提前打招呼，让她在家里等你，等不到人不出门。"

何子殊："……"

谢沐然和纪梵一路上频频回头，然而跟在身后的两人依旧慢腾腾，还没锻炼的老大爷们走得快。

走到山脚，两人等了半天也不见人，耐心告罄，索性直接走了过来。

纵使几人裹得再严实，也架不住那出挑的外形。

虽然都低着头，偏了主道走在最边角，还是吸引了不少视线。

几人正有一搭没一搭聊着天，何子殊突然觉得裤脚被轻轻扯了一下。

他低头一看，是一只小博美。个头很小，通体雪白，小脑袋上的毛被修剪得很齐整，圆滚滚的，像个会动的小汤圆。

小狗耳朵立着，风吹一下，就颤着抿一下，一双乌黑的眼睛直直盯着何子殊。

何子殊发现它颈间挂了个铃铛，上面还有一个"福"字。

沿着背脊，拖着一根长长的牵引绳，一看就知道是有主的。

何子殊往四周看了看，注意到这边的很多，可大多都是看他们的，找小博美的人倒是没看到。

何子殊想了想，蹲下身子，摸了摸小博美的脑袋："是不是走丢了啊？"

小狗狗晃着耳朵，视线追着何子殊的手，看样子是想去舔一口，连带着小脑袋跟着一起晃。

何子殊和陆瑾沉对视一眼，看着越来越多的人注意这边，一时之间也不知道怎么办才好。

这时，不远处突然传来一个女孩子的声音，由远及近。

"不好意思，不好意思！刚刚我就蹲下系了个鞋带！一下子没注意松了手，也不知道怎么就跑出来了！没吓到你吧！"

女孩子显然急得不行，跑到跟前的时候，嘴里还不住喘着气。

当时她还在上半段台阶上，隔着来往的游客，就看见自家狗狗正趴在一个人脚边。

她根本来不及猜发生了什么，但生怕它吓到人，三步并两步就冲了下来。

可等这人站起身，抬眸的瞬间，她彻底惊了，好半天，挤不出一个字来。

如果有人告诉她，有一天她的狗会在云蓬山的山脚，扒拉住一个低调路过的路人，而这个低调路过的路人，恰好是何子殊，她一定会说："但凡有粒花生米，也不至于醉成这样。"

可现在……

她敢打包票这人就是何子殊！

这世界除了她哥哥！还有谁配拥有这样勾魂夺魄的大眼睛！

谁不知道 APEX 四人路透图少，大多都戴着口罩，老粉们看眼识人的本领都已经炉火纯青了。

她拼命捂住嘴巴，顾忌着周围，不敢大喊，但声音已经疯狂颤抖："子子子子殊！！！"

何子殊一怔，眨了眨眼睛，没想到都包成这样了，还能被认出来。

何子殊本来想否认，可看到那女孩子紧紧攥着拳头，像是马上要哭出来似的，嘴里还不停地在压着声音说："我不喊我不喊！"

沉默了片刻，她极尽小心地开口："是、是子殊吗？"

见对方急切又紧张的语气，登时红了的眼睛，何子殊忽然就说不出那句"我不是"了。

话到嘴边顿住，何子殊笑了下，把怀里的狗狗抱还："下次要小心，记得把绳子牵牢一点。"

没应声，却也没否认。

答案不言而喻。

粉丝愣愣接过，感觉手都是僵硬的。

狗狗没被抱牢，趁势又跳下来，用前爪碰了碰何子殊。

它低声呜呜叫了两下，目不转睛仰头看他，吐着舌头。

何子殊家里还有只小的，所以对这个动作很熟悉，是要他抱的意思。

何子殊和它对视好一会儿，心软得不行。

他看着粉丝："它叫什么名字啊？"

"年年。"

"哪个年？"

"年月的年。"

"女孩子吗？"

"对，女孩子。"

"几岁了？"

"一岁。"

"那比盐盐大一点，是姐姐。"何子殊眼神越发柔软，"年年，盐盐，名字也挺像的。"

粉丝灵魂都要出窍了，连连摆手。

她自然知道盐盐是谁，公认的富家千金白富美！

她家小憨憨哪能比！

还有！这是什么自然而然拉家常的语气！是要"鲨"死她吗！

何子殊，你不要再发散你的魅力了！！！

粉丝心里正天人交战，突然听到一句："那年年可以入镜吗？"

"入镜？"

"嗯，想借年年拍个短视频，可能会传上微博，可以吗？"

拍视频，传微博！

"可以！"女粉丝激动到跳脚，一下子把眼前的何子殊当成了纸片人，习惯性说了句，"哥哥你终于记得要营业了吗！"

等话出口，才意识到自己喊了句"哥哥"。

何子殊闻言，也笑了一下。

他其实已经想了一天了。

早上在小巷子里，听完那个女孩子的话，就在想其实他应该要做些什么。

何子殊也知道哪怕他自己只是发个照片，随便说句话，粉丝也会很高兴，可总觉得少了点什么。

尤其是和那些熬夜等他发个微博的粉丝比起来，如果只是随便说句话，发张照片，他这份"礼物"，未免回得太简单，太不费劲了。

粉丝肯定不会失望，可他自己挺失望的。

可除了发张照片、发句话，何子殊也实在想不出什么其他的，谁知道这小汤圆直接撞上来了。

也挺好，何子殊蹲下身，打开录制软件前，回头看了陆瑾沉他们一眼。

眉眼含笑，一双眸子像是晕了点水痕似的，格外璨亮。

陆瑾沉轻笑着点头，却在何子殊背过身去的瞬间，拿出手机，也开了镜头。

视频不长，就几分钟，所以录得很快。

何子殊拉着进度条，看了一眼。

镜头基本都集中在小汤圆身上，但最后的时候，彩蛋似的扫了一圈，把陆瑾沉他们三个都拍了进去。

天光温凉，小汤圆找了个舒服的姿势，蜷在何子殊怀里，小耳朵一抿一抿。

周围游客渐渐多了起来，声音杂糅着，一点一点往他们这边传。

走过他们身边的时候，还都有意无意慢下脚步，停一会儿视线。

尤其是一些年纪小一点的，在上前要微信的边缘疯狂试探。

何子殊看了眼时间，留了点心思。

这个时期、这种地点，如果被认出来，很大可能会引起拥堵，难保不会出事。

何子殊不敢冒险，他低头，抱着小汤圆哄了好一会儿，等着不闹腾了，把它还了回去。

狗狗还想扑，女孩这次总算抱紧了，冲着它皱了皱眉："听话！"

女孩也看出了周围的视线越来越多，忙道：

"是不是得走了？

"要是现在不走，等会儿可能就走不了了！

"我打掩护，子殊你们快走。"

女孩说着往外侧了一步，看起来竟比何子殊他们还要紧张些。

何子殊笑了下，点了点头："嗯，是要走了。"

在转身的瞬间，何子殊又伸出手指，点了点小汤圆的小肉垫："下次不能再乱跑了，知道吗？"

小汤圆呜呜叫了两下，女孩也跟着小鸡啄米似的狂点头。

知道了知道了。

子殊和她家年年对手指了！

四舍五入就是和她对手指了！

这是什么绝世大甜心哦！

和粉丝道完别，几人回到了车上。

何子殊把视频发给了林佳安，跟她说了要发微博的事，又随便聊了两句，回了别墅。

当晚，何子殊就更新了微博。

是一个短视频，标题写着："这是谁家的小棉花糖啊。"

短短几分钟之内，粉丝全部冒泡，数据一带，转发、评论、点赞数立刻爆炸。

粉丝从来没想过，自家哥哥会在今天开张，开得如此猝不及防。

而且不是一张照片，是一段小视频。

按截图算，就一帧一帧截，都能截满整个相册。

等到视频到底，猛地发现视频里不仅有他自己，甚至还有大A团其他三人。

信息量瞬间飙升。

同游！同游！同游！

陆家、纪家、谢家！姐妹们都过来尖叫！

其他还没来得及看视频的粉丝，一点开视频，毫无防备，就听到何子殊带着笑意的声音——"这是谁家的小棉花糖啊。"

声音温柔到了极致，清润治愈，又卷着点不自知的软。

硕白的标题文字，就飘在视频顶端。

那句原先只是拿来做做标题的"这是谁家的小棉花糖啊"，一下子有了声音，还是何子殊的声音。

整整十个字踮着、敲着落进她们耳朵里，那爆棚的冲击力，炸得她们头晕眼花。

【我受不了了！这声音杀我！我要录下来当起床铃声！！！】

【也太可爱了吧，小棉花糖是！子殊更是！！！都太可爱了吧！】

【所以那个自称是"乐青内部工作人员"说他们的摇钱树跨完年，天都没亮就跑了，不是诓我们的？还是四人一起跑的！呜呜呜还有谁要说我们大 A 团是塑料兄弟情！】

【超话炸了！小棉花糖的主人现身了！据说是爬山的时候，不小心松了牵引绳，小棉花糖死活扒拉着子殊不走！之后就认出来了！我疯了！我要天天给我家喵主子汪主子看子殊的照片！】

【人不如狗系列，今夜我们都是棉花糖！！！】

何子殊的视频发出来没多久，一个第三视角的视频也跟着传了上来。

传视频的是一个有名的剪辑手。

跨年晚会轰动一时的"舞台角落猜拳敲钟"就出自她手。

与何子殊的第一视角相比，四人的互动更加明显。

标题是：【我大 A 团粉丝无处不在！一位不欲透露姓名的棉花糖母亲投稿！】

视频依旧是熟悉的粉色字幕，后期制作也充满个人主观色彩。

背景声音不大，隐约能听见旁人走动的窸窣声。

镜头里四个人都在，也没有说话。

可就算这样，粉丝都足够兴奋了。尤其是团粉。

对于她们来说，这四人只要同框就是名场面，更何况还是私下同游！

简直就是有生之年系列。

就在她们一脸欣慰笑到嘴角发僵的时候，镜头里的何子殊突然转了个头，朝着身后的三个人，笑了一下。

一双眼睛跟玻璃珠子一样亮，盛着光似的。

视频自带弹幕，刷刷弹出两句话。

242

【企图用可爱死对方的神情萌混过关！】

【A爆全场Slay舞台的是APEX主唱大魔王，关我小奶精何子殊什么事？】

因为无人说话，PO主尽职尽职，甚至给镜头里的几个人，配上了心理活动。

视频中何子殊晃了晃手机，指着身旁仰头看他的小汤圆，又看向陆队他们：【可爱，想rua，想拍。】

陆队轻笑，点头：【拍吧。】

然然跟着蹲了下来：【可可爱爱！还有脑袋！让我也康康（看看）！】

只有纪哥皱了皱眉：【不行，人太多了，会被认出来。】

何子殊笑得眉眼弯弯，又眨了眨眼：【可是小棉花糖很可爱，想拍。】

纪哥瞬间投降：【你拍你拍。】

身体还格外诚实地往右边跨了一步。

纪梵侧身的这个动作被慢放了两次，旁边还跟了一串字幕：【我们纪哥单手插兜，酷到不行，看上去像是一个无情机器，实际上，是为了帮子殊挡住后头游客的视线。】

视频快到底的时候，镜头下的狗狗突然翻了个肚皮，歪头去碰何子殊的手。

字幕写着：【小动物愿意亲近的人，都很温暖很善良，因为人身上的气息是藏不住也装不出来的，我们魔王哥哥就是最温暖善良的小神仙鸭（呀）！！！】

底下评论飞涨。

【陆队，你别以为我没看见你也拿手机了！我有一个朋友，想看看你手机里拍了什么！】

【子殊和小棉花糖排排蹲，太可爱了太可爱了！！】

【大大的剪辑一如既往的风格！我喜欢！】

【一位不欲透露姓名的棉花糖它母亲哈哈哈哈哈哈哈哈哈哈哈，子殊的粉丝都是戏精哈哈哈！】

这个视频比何子殊的长一点。

几人全程没说什么话，但眼神互动很多。

那种从细枝末节处，透出来的合拍和默契，格外柔软的生活气息，跟舞台上的 A 团截然不同，却又很真实。

【我可以靠这个视频过年了！！！】

【请务必允许我吹一波我大 A 团的团魂！真的好像一家人啊我的天！我要爱他们到下一个、下下一个七年！】

【陆队真的只有和子殊他们在一起的时候，才会经常笑！】

就在这时，在一群哈哈声中，一条评论突然以迅雷之势出现，并且扫荡了上来。

【姐妹们！！！最新消息！！！快去首页！！！柠檬精第三波！还是波大的！！！陆家纪家谢家姐妹们也去看看啊啊啊啊啊！！！】

所有人闻讯赶去。

有些找不到阵地的粉丝立刻在这条评论下问：“今天子殊发微博，首页消息肯定很多啊，求指路。”

粉丝一刷新，底下评论立刻更新十几条。

不明真相的粉丝和吃瓜群众更加好奇，摸着声翻了过去。

还没等她们看清发微博人的名字，也还没看那一长串文字和感叹号。

光看着配图，所有人齐齐骂了一句脏话。

两张配图。

一个平平无奇的巷口，四个人的背影。

一张平平无奇的白纸，四个人的签名。

四个人，背影。

四个人，签名。

吃瓜群众只能感慨一句这个小粉丝后台挺硬啊，牛啊。

但对粉丝来说，就不是牛这么简单了。

就因为这张集合四个人签名的纸，四家粉丝群，无论是官方还是非官方，全都捅了窝似的，炸出一堆人。

她们连做梦都不敢做这么猖狂的！

四联签，什么概念？

APEX 出道七年，一口气、在同一张纸上拿下四个人签名的，点都点得过来，更别提成立个人工作室后的三年。

因为绝大多数签名不是个人签，就是 APEX 的团名签。

粉丝间甚至玩笑过，你能凑齐 APEX 四个人的签名，你就能凑齐大半个娱乐圈的签名，因为那一定是颁奖典礼或者大型晚会的签名墙。

可现在，这签名墙竟然成精了！！！

而且上面还有祝福语——新年快乐，好好刷题，好好学习，不要熬夜。

一看就是特地写的。

所有人都炸了。这粉丝开挂了吧！！！

这是哪家富二代星二代啊！她妈是白英还是她爸是余铭啊？？？

她们"含恨"点了进去，以为这是个炫富的故事。

她们"含酸"退了出来，还真是个偶遇的励志故事！

【破案了，安市，云蓬山，小馄饨摊，我是本地人，很多小姐妹群里都在传，说今天云蓬来了四个长腿男神，照片传了一堆，大家都开玩笑说身形、身高都跟四位很像，甚至被盖头封了一个"安市 APEX"的称谓！谁知道竟然是真的？！】

【哈哈哈哈哈哈，我快被这个小粉丝笑死了，说明天要做十套数学卷子，还要打卡汇报！】

【这条小巷我经常走，感觉没什么不同，可今天看着这四个背影！这巷子好酷炫！】

【哇，你们想想那场景啊！冒着热气的路边小摊，雾蒙蒙的天色，平日出行前拥后堵的大明星和学生，坐在邻桌，一起吃馄饨，走的时候留了张字条，品品！品品！真的是酷到不行又暖到爆炸！！！】

【当事人很有礼貌啊。尤其是小男生，让博主不要随便发微博，可能会给子殊他们带来麻烦，毕竟是私人行程。也是看到子殊发了微博，被其他粉丝先看出来了安市才发的，要是我绝对想不到这么多，满脑子都是我家哥哥。最后还说一定会好好学习，拿到 B 大录取通知书再跟子殊报喜。】

【小男生太可爱了，让她去隔壁桌坐坐，多看看这巷子，小馄饨可能要涨价了哈哈哈哈！】

【# 一夜成名是个什么体验 #——馄饨摊老板：谢邀。哈哈哈哈哈哈哈】

而更刺激的还在后头，粉丝们发现万年不更微博的陆队竟然也更新了微博，也是一条短视频，入镜的人也相差无二，可标题却用着同样的一句："这是谁家的小棉花糖啊。"

这下，粉丝们炸得彻底。

第二天，几人起来的时候，天色已经大亮。

爬了一天山的后劲显了出来，浑身都泛着酸。

谢沐然趴在沙发上，头搭着靠枕，叹了一口气："我感觉自己都快成面汤了，这几天都是汤汤水水，馄饨、水饺。"

"想吃什么，我给你做。"何子殊把垂了大半、只差一点就要和地面亲密接触的薄毯捡了起来，重新披在谢沐然身上。

谢沐然直截了当地开口："我想吃熏牛排、威士忌蛋糕、柠香白虾、山楂鹅肝、鲔鱼小牛肉。"

俨然就是一个没有感情的点菜机器。

何子殊被逗笑，回道："我去厨房看看。"

正要走，陆瑾沉拉住他："出去吃。"

打着旅游放松的旗子，何子殊这几天却没有闲过，陆瑾沉怕他吃不消。

谢沐然闻言坐起身来。

何子殊想了想，皱眉道："现在出去，方便吗？"

高杰那边可是三令五申不让他们出门的，说要是再看到一张路透，他就从乐青大楼一跃而下。

陆瑾沉笑了下："方便，朋友的私人山庄。"

言下之意就是没有粉丝，也不会有狗仔。

陆瑾沉带他们去的地方叫"一江水"，离市区很远，开在半山腰上，是个保密性很强的私人会所。

几人到的时候，已经是下午，刚下了车，便有人专门来迎。

山间景致很好，石阶上雪化了一半，空气有些凉，但不远处燃着很多小焙炉，带着点炭火香，还有茶的甘清，冷意霎时少了一半。

246

　　陆瑾沉提前打了招呼，几人直接被带进了包厢。

　　一顿饭吃了很久，何子殊他们知道这是陆瑾沉朋友开的餐厅，可直到结束，几人都没看见这位传说中的朋友。

　　就在谢沐然开始怀疑这位传说中的朋友究竟存不存在的时候，领班进来说了一声："陆先生，我们老板回来了。"

　　陆瑾沉转身看着何子殊他们："想去看看吗？"

　　谢沐然："哥你先去，我先去洗个手！"

　　何子殊看了看："那你先去吧。"

　　陆瑾沉点头，跟着领班走了出去。

　　陆瑾沉和宋易，也就是山庄主人只聊了一会儿，还不到一盏茶的工夫，就收到一则消息。

　　宋易见陆瑾沉看完消息后就皱起了眉，问道："怎么了？

　　陆瑾沉没说话。

　　手机上是谢沐然发来的那条：哥，子殊好像喝醉了？

　　默了片刻，陆瑾沉看向宋易："你让人上酒了？"

　　宋易一脸茫然："没啊，不是说今天开车回去吗，就没上酒。"

　　陆瑾沉闻言，把手机放下，径直朝着包厢走去。

　　宋易不放心，最后也跟了上去。

　　陆瑾沉一推开包厢的门，就看到何子殊坐在位置上，垂着眸子，没说话，也没什么动作。

　　纪梵坐在他旁边，半扶着椅子。

　　陆瑾沉走上前，看见何子殊手旁一个系着半截红绸的窄玻璃瓶，已经空了一小半，随即淡淡地看了宋易一眼。

　　宋易愣了好一会儿，认出了那东西，才挠了挠下巴。

　　还真上酒了！

　　宋易视线飘忽："呃……那个是新酿的果酒，本来是想让你带回去给阿姨的，上次她不是说想喝吗……"

　　陆瑾沉语气很轻："然后呢？"

　　宋易不太想回答，可在陆瑾沉的死亡凝视下，不得不回答："下午接了个电话，赶着走。"

"可能……没跟他们说清楚，所以以为是晚上用的。"

宋易笑容逐渐僵硬。

谢沐然俯身，闻了闻："这是酒？"

他也喝了一杯，还以为就是萃过的果茶。

宋易干巴巴笑了一下："专人酿的，酒味不浓，就是这个后劲吧，可能稍微有点大。"

陆瑾沉看向谢沐然："喝了多少？"

纪梵先开了口："一小杯。"

宋易悬着的心落了点："一小杯没事，吹吹风就散了。"

陆瑾沉叹了一口气。

何子殊不会喝酒，平日护着嗓子也不怎么碰，所以沾一点都不行。

幸好喝得不多，借着酒劲睡得沉一点也好。

陆瑾沉蹲下身子，和坐着的何子殊差不多的高度，看着明显喝蒙了的何子殊，有些无奈地用指背贴了贴他的侧脸。

屋内温度高，何子殊没穿外套，里面就穿了一件白色的绒衫。

陆瑾沉回头扫了一圈，开口："外套呢？"

宋易自觉这个东道主做的不大地道，亲自去取了衣服，递给陆瑾沉。

酒气慢慢蒸上来，何子殊本身就有些发烫，披上羽绒服的瞬间，一下子更热了，热得他只想把衣服脱掉，所以动作不太配合。

何子殊抿着嘴，低头盯着羽绒服的拉链看。

拉链拉到哪儿，他的视线就跟到哪儿，头也越埋越低。

等拉链总算到底，何子殊如临大敌似的，伸手去解，可好半天都没成功。

山间风深，穿过半开的门，打在身上，一下轻一下重，像柄磨了刃的钝刀。

宋易看着眼神不大清明的何子殊，又看了看陆瑾沉，开口："开车回去费时间，人都醉了，早点休息也好。"

隔着后壁的木窗，他伸手一指："就后面那幢别墅，房间都空着，平日也有人打理，很干净，吃的用的也都有，要的话，我让人给你们准备一下。"

何子殊抬起眸子，前侧的装饰灯挺亮，他被晃了下眼。

他睫毛轻轻颤了颤，看着陆瑾沉："是不是要回家了？"

何子殊身后就有一盏小烘灯，暖气将酒意一蒸，把人蒸得越发昏，连眼尾都被熏了点红，还带着水汽。

陆瑾沉沉默了下，怕何子殊半夜醒了酒没人看着，也不敢把他单独放在一个陌生的环境里，回道："不用了，回去睡，这里他不熟悉，半夜醒来会找人。"

宋易："我让人去把车给你开出来。"

宋易走到一半，又折回来："还是找个人开车送？"

陆瑾沉的别墅宋易是知道的，路有点绕，离这里也远，宋易怕再出什么意外。

陆瑾沉回道："不用，小梵开车。"

宋易放下心，点头出了门。

门一开，冷风一吹，何子殊指尖都往回缩了一下。

车就停在山庄门口，宋易怕他们看不见，把车前两盏照明灯全给开了，亮得跟白天似的。

陆瑾沉抬手，替何子殊挡了挡。

纪梵先上车，开空调，开灯，调座位，一气呵成，然后降下窗："哥，你陪着他坐后面？"

"嗯。"

陆瑾沉护着头，把何子殊带上后座，俯身给他系好安全带，看向驾驶座上的纪梵："这里的路你不熟，把导航打开，慢慢开。"

纪梵应声，启动车子，从山庄开了出去。

纪梵把车开得很慢，何子殊睡了一觉，却睡得并不安稳，也不久。

醒来的时候，背后覆着一点薄汗，细涔涔的。

他闷哼着动了一下，牵动了安全带，"吧嗒"一声，安全带往里又扣了一圈，把人缚得更紧。

何子殊觉得不舒服，下意识地想解开，于是低下头，伸手解安全带。

可他的意识还在清醒和浑沌之间来回游走，一会儿知道这是安全带，一会儿又把它当成绳子，摸索半天，也找不到扣槽。

陆瑾沉看着跟羽绒服搏斗完，又跟安全带搏斗的何子殊，觉得又可爱又好笑。

他压下何子殊不安分的手，笑说："很快就到了。"

安全带陷进羽绒服里，原本鼓胀的羽绒服就跟漏着气似的，塌下去一小块。

何子殊没回答，看了看陆瑾沉，又看了看窗外。

今晚的月色很白，有点冷，把人照得有点恍神。

何子殊看着看着，忽然侧过身去，凑近车窗。

他十指搭在窗玻璃下的内饰框上，脸几乎要贴着玻璃，不知道在看什么，神情很专注。

安全带被扯出一条卷曲的弧度，陆瑾沉以为何子殊是被缚得难受，想帮他解了，却忽然听到一句："下雪了。"

何子殊的声音很轻，一个字一个字，说得很慢。

车上其他三人都往外扫了一眼。

外头很干净。

没有雪，也没有风，只有不断闪过的装饰树，和一地月白。

副驾驶座上的谢沐然偏过头，隔着座椅，看着何子殊，语气温柔："没有雪，想看的话，下次带你去看。"

何子殊愣了愣，片刻后，却忽然抬手，伸出食指，在车窗上点了一下。

"咚"的一声响。

他回头，抿着嘴笑了一下，轻声道："下雪了。"

陆瑾沉笑了下："嗯，下雪了。"

何子殊眸子亮了亮。

借着后视镜，谢沐然沉默了下，半晌，也扬起嘴角，语调轻快："下雪了，好漂亮啊。"

纪梵点头，轻声回了一句："嗯。"

离别墅只有十几分钟的路程，车继续往前开着，路过一个又一个街灯。

忽明忽亮的光线，打在何子殊的脸上，很潦草，来不及收回似的，碎了点光沫，漏进眼睛。

第十章 /
天尽头

JINZHIDANFEI

何子殊睡着的时候，一贯很安静，喝醉的时候更甚。

陆瑾沉坐在床边，倒了杯水，给沈誉回电话。刚刚沈誉给他打了个电话，没接到。

"说。"

"语气这么差？"沈誉悠悠道。

陆瑾沉语气平静："挂了。"

沈誉笑了下，说："白姐给我打电话了。"

陆瑾沉眼皮一撩，顿了下："什么时候？"

"刚刚，没多久。"

陆瑾沉没说话。

沈誉："白姐让我转告你，也是梁老的意思，说子殊马上要试镜进组，他有天赋，可毕竟缺少后天系统的培养，和科班出身的演员比起来，少了点经验，所以要弥补不足，除了努力，最重要的就是心境。"

沈誉："你也知道，白姐的这部电影，整体基调比较晦涩，虽然子殊那个角色色调比较明快，但最关键的那段戏比较难，导演肯定会下功夫磨。"

沈誉："白姐说可能会有一些调整。"

陆瑾沉："什么调整？"

沈誉："戏份调整，没时间给他适应的时间，可能一开始就要拍一些难度大的戏。梁老说，毕竟是第一次尝试大银幕，要尽可能减少失误。"

陆瑾沉轻声问："梁老想要怎么做？"

沈誉："？"

陆瑾沉："戏份如果提前，要做什么准备？"

陆瑾沉没演过戏，可身边却不缺会演戏的人。

所以他很清楚，演得好和入戏，是两码事。

入戏一定演得好，可演得好，并不代表就入戏。

如果有人随时随地把"入戏"两个字放在嘴边，别人可能会觉得是表面功夫，但说这话的是梁也，一切就不一样了。

他说要"入戏"，那就没有一点商量的余地。

同样的，他说了"吃些苦"，那也是真的吃苦。

当年白英拿下影后的时候，只有二十五岁。

为了最后那几个镜头呈现出来的"死气"，为了让她彻底入戏，梁也找了当时一个专门和罪犯对话的节目，带她进了监狱。

而那几期，是节目最后也最沉重的专题——死刑犯的最后一夜。

哪怕是心理建设足够强大的主持人，采访结束的时候，神情都有些恍惚了。

梁也就让白英隔着玻璃窗，坐一旁记录，一个字一个字地记录。

一个专题，十个人。

最后一个是个女孩子，年纪跟白英差不多大。

那个女孩子一夜没睡，白英也一夜没睡。

这事知道的人很少，白英也从不在旁人面前提及。

陆瑾沉知道这事，是因为宋希清。

当时白英杀青的时候，宋希清陪了她足足半个月，才让人重新"活"了过来。

所以梁老口中的"入戏"，绝对不只是说说而已。

沈誉刚开始还以为陆瑾沉会生气，可谁知他第一时间问的竟是这个，回道："这个你最好去问白姐，她没细说，我也没多问。

"不过我听她的意思，也就那一个戏份，等过了就好了。"

陆瑾沉："知道了。"

两人又聊了两句，陆瑾沉挂了电话。

他扫了眼时间，又点了一根烟，最终还是给白英发了一条信息。

何子殊醒来的时候，喉咙很烧，也很干，还有点发苦的刺涩。

他抬手，腕骨抵着额角，揉了揉酸胀的太阳穴。

还没等他起身，何子殊就听到一阵由远及近的脚步声："醒了？"

何子殊眨了眨眼睛。

他刚刚……好像听到了陆瑾沉的声音？

怔神间，那声音又响起。

陆瑾沉："头疼不疼？"

何子殊这下总算确定不是幻听，彻底醒转。

他坐起身来，皱了皱眉，神情极度茫然："哥？"

陆瑾沉把蜂蜜水递过来："嗯，小梵煮的蜂蜜水，先喝一点，润润喉咙。"

何子殊愣愣地接过："哥，你怎么在这里？"

"先把水喝了。"陆瑾沉在床边坐下。

何子殊捧着杯子，抿了一口。

蜂蜜水顺着喉道滑了下去，刺涩感顿时消了大半。

一阵开门声传来，何子殊抬头往门的方向扫了一眼，就看到了谢沐然。

两人视线对上，谢沐然还穿着睡衣，一副还没睡醒的模样。

谢沐然揉了揉眼睛，朝着何子殊走过来："子殊，你头痛不痛啊？肚子饿吗？要不要去给你弄点吃的？"

"要不要再睡一下？"陆瑾沉看了眼时间，"也还早。"

何子殊摇了摇头。

"那把衣服穿好，下楼吃东西。"陆瑾沉从衣柜里拿了套灰色的睡衣，披在何子殊身上，"都温着，你看看想吃什么。"

昨晚何子殊吃得不多，又喝了酒，陆瑾沉怕他胃里烧，就去附近买了些吃的。

陆瑾沉说道："如果不喜欢或者有其他想吃的，可以打电话让人再送过来。"

"没事，我吃什么都可以。"何子殊抿了抿嘴，"哥你吃了吗？"

陆瑾沉摇了摇头："你先去吃。"

何子殊皱了皱眉："那你呢，不吃吗？"

陆瑾沉"嗯"了一声："我睡一下。"

陆瑾沉昨晚在沙发上坐了一夜。

因为怕何子殊半夜醒了酒难受，又被沈誉那通电话一搅和，也就没了睡觉的心思。

何子殊这才看清陆瑾沉眼底的血丝，负罪感油然而生。

几人原本打算明早回去，可林佳安打了个电话，只能连夜往回赶。

何子殊上了车就跟谢沐然窝在后座睡觉。

五天的假期，几人欠了不少债，都没来得及回别墅，在乐青门口就被自家工作室的人带走了。

所有人来回跑，脚不沾地地忙了一个多星期。

何子殊也一连七天没有跟陆瑾沉见过面，直到《榕树下》最后一期录制。

两人都是结束最后一个通告才去的小屋，并不同路。

何子殊先陆瑾沉一步，到的时候，白英和徐铭已经在了。

小屋贴了春联，院子里的晾晒木架上，挂满了辣椒，地上还铺了很多切成片、晒得半干的地瓜。

村里一个百岁老人送了一个词碟，正在收音机里咿呀放着。

乡野小调，听不懂词，可鼓声悠长，缓缓落着。

给阿柴建的小乐园旁的葫芦架，已经长了一点藤，阿柴在底下打着盹，听到开门声，迈着小短腿迎了上来。

何子殊笑了笑。

他突然就想起自己第一次来的时候，似乎跟这情景大致无二。

那时候白英和余铭也先他和陆瑾沉一步，到了小院。

院子里也都是些农家吃食，挂在檐上的、晒在地上的。

相同的人，相同的地点，但总归是不一样的。

白英不再客气出门迎他。余铭不再特意找话题制造对话。

他也不用紧张于陆瑾沉的存在。

还有阿柴、大米、小乐园……都带着他们的痕迹。

阿柴围着何子殊转圈圈，尾巴翘得很高。

何子殊把它抱了起来，往白英他们那边走。

白英正靠在藤椅上，手里还拿着一根很长的小耙犁，随手扫了两下，把粘在编席上的地瓜干翻了翻，看见何子殊，把耙犁一扔，大声喊："子殊，快过来。"

"来了。"何子殊抱着阿柴跑了过来，掂了掂，"最近是不是吃得很好，好像胖了不少。"

余铭笑道："养了只柴猪，长点肉，也挺好的。"

余铭怕阿柴去扑辣椒，接过之后，坐下，把阿柴半圈在膝盖上摸它，阿柴发出呼噜噜的叫声。

何子殊把小耙犁捡起来，放在一旁，问："姐怎么了？"

白英逗他："小吉祥物快给姐摸一下。"

就在这时，门突然"吱呀"一响。

众人循声望去，发现是陆瑾沉，穿着件黑色大衣，站在门口。

节目组处了这么长时间，所有人都熟了，见陆瑾沉来得这么是时候，纷纷开始调侃。

"陆队你来得很是时候啊。"

陆瑾沉一边往里走，一边笑着问："什么很是时候。"

余铭把兴奋的阿柴放到地上，回道："你白老师正打算摸一下新晋吉祥物。"

身后人又开始闹。

"我也想摸。"

"是摸过我们青云台'镇台之宝'的吉祥物，也是我们《榕树下》的吉祥物，摸一下一定收视长虹，导演你快去摸一下。"

"机不可失，失不再来。"

"快，趁其不备，快摸。"

所有人哈哈大笑。

最后还是陆瑾沉把小吉祥物从人群中带了出来。

余铭对着摄影组招了招手："天气这么好，别老是待在那小棚子里，都出来都出来，晒晒太阳聊聊天，下一次再聚都不知道什么时候了，素材有的是。"

导演看着他身后的几个女孩子，笑了笑，点头放人。

得到了导演的首肯，除了必须在岗的收音组和摄制组，所有人一哄而出，棚里瞬间空了一半。

所有人围在小桌子旁，把还没干透的地瓜干瓜分了大半。

众人你一句我一句，正说着跨年晚会的事，一个女策划手机收了条消息，屏幕亮了亮。

她离陆瑾沉近，所以陆瑾沉看了个正着。

等她回完消息，陆瑾沉指了指她的屏幕。

女策划笑得不行："开年锦鲤封面，内部流传，不外发，转发这个子殊，获得一年的好运。"

旁边人听到动静，也全都围了过来，纷纷展示自己的锁屏。

一水的何子殊，她们青云台的吉祥物。

占据锁屏榜榜首的，是一张细节图。

何子殊当年出道就出圈的神图很多，其中最著名的就包括一张细节图。

和何子殊眼睛齐名的，就是何子殊的手，干净修长，线条感十足。

今天，这神图又重出江湖。

白英低头看了一圈："这个拍得好。"

工作人员："拍得好，寓意也好。"

余铭也有些好奇："说说看，都什么寓意。"

工作人员："转发这双手，会打架子鼓、会写歌、会做饭、会考试、猜拳还不会输。"

余铭和白英全都笑了："发过来发过来，给我也换上。"

女策划抬头看陆瑾沉，问了句："陆队，你要不要也换上？"

陆瑾沉看了何子殊一眼，轻笑："换啊，一家人就要整整齐齐。"

《榕树下》最后一期录制，和以往比起来，反倒显得格外闲适。

李旭没花心思去折腾大家，没嘉宾，也没什么条件限制，只是在闲聊的过程中提了一下，节目组准备的那个"关机仪式"。

"关机仪式"这个事，在节目中后期的时候就做了预告，网上也都知道，但没说具体的内容。

李旭给了答案。

很简单，就是结束录制的时候，每个嘉宾要把这几个月在小屋里最大的收获，或者是最有念想的东西挑出来，放进盒子里，埋到榕树下。

至于什么时候去取，也没有给出明确的答复。

白英手里还抓着一把地瓜干，一边吃一边看向导演："这要是播出来，可能就等不到我们去取了。"

哪怕录制的村庄经过筛选，保密措施也比较到位，但已经有粉丝摸着风声过来了。

李旭摆了摆手："不会，我们埋在后山，不是院旁那棵。"

余铭见缝插针，笑了笑："其实李导本意是那棵大榕树，可这是百年老树，不让动，才退而求其次。"

何子殊抱着阿柴，抬眸："我们走了，这小屋会拆吗？"

"不会。"余铭回道，"拆什么，本身也是古屋翻新，这么大片的拆了可惜，也不好看。"

白英："捐给村里了，这边旅游开发，拿来做个标志性建筑。"

何子殊笑了下："所以下次来的时候，是要买门票吗？"

李旭："别人要，你可以刷脸，迎宾人员会把你接进去的。"

何子殊疑惑："还有迎宾人员？"

余铭闻言，往远处扔了个弹球，阿柴跟个炮弹似的冲了出去。

等叼着弹球回来，就围着余铭的椅子转。

余铭捡起球，又用力一掷，开口："看看，院子里少了什么。"

何子殊扫了一圈，回道："大米和小油？"

白英："我们家的鸡和鹅都是要出门应酬的，自然也能迎宾。"

何子殊笑了笑，看着仰头看着自己的阿柴，手上动作一顿，开口道："老师，那这几只小的怎么办？"

余铭躺在藤椅上，脚下稍一用力，弧形的底座便贴着地晃起来。

他慢悠悠开口："只能成为留守儿童了。"

白英回道："阿柴还可以带走，大米和小油怕是不行，养在院子比养在家里合适。"

"也跟村里知会过了，会帮着照看，而且大米本身也是从村长家挑过来的，再给人送回去也行。"

何子殊皱了皱眉，朝着大米和小油的窝看了一眼。

半晌，他蹲下身，用小耙犁把堆成一团的地瓜干翻开，也没抬头，自顾自道："上次看了条推送，说一家农场着火，消防员从火里救了十几头小猪崽，半年后，农场经理把猪做成了香肠送给了消防员，表示感谢。"

白英和余铭怔了怔，随即大笑，不远处的录制棚也"轰——"的一声，笑了开来。

陆瑾沉换了身运动服，从里屋走出来，恰好听见这动静。

陆瑾沉："怎么了？"

余铭从藤椅上坐起来："子殊怕我们走了，大米和小油留在这里会被炖了。"

白英轻轻拍了拍何子殊的脑袋："平日被你余老师说怕了吧，成天什么铁锅炖大鹅、小鸡炖蘑菇。"

何子殊没说话，眨了眨眼睛，又问："那阿柴呢？"

可爱。想抱走。

白英刚想说"可以跟我走"，就被陆瑾沉截住话头。

陆瑾沉屈膝，在何子殊身旁蹲下来，把阿柴嘴里的弹球拿了出来："带回家陪盐盐玩。"

何子殊眸子一亮，努力压着语气，看向余铭和白英："可以吗？"

他原先也打算把阿柴和盐盐都抱走，可想着又似乎太贪心了点，所以没敢开口。

白英和余铭看着何子殊那双眼睛，哪还能说个"不"字，笑着点头。

白英："怎么没把盐盐带过来？"

陆瑾沉："路远。"

何子殊顺着陆瑾沉的话往下说："上次带回去好像有点吓着了，陪了好几天才敢在屋子里走，也不太敢往外带。"

白英："长大了多少？"

"一点。"何子殊笑得眉眼弯弯，伸出手比画了一下，"大概就这么点，长得慢，但能吃些小罐头了。"

白英点了点头，起身，从屋子里翻了个透明袋子出来，递给陆瑾沉："拿点地瓜干，给你宋老师带回去。"

陆瑾沉："太甜了。"

宋希清和陆瑾沉哪里都不像，除了天生一副好嗓子和口味。

这地瓜干是农家种的，纯天然，甜得很，陆瑾沉觉得宋希清可能不会喜欢。

"你们自己又是挖又是洗，又是切又是晒的，宋老师这点面子不会不给。"白英扬了扬下巴，"快抓。"

陆瑾沉微一挑眉，把袋子递给了何子殊，抬手把收音话筒一摘，把白英的话复述了一遍："拿点地瓜干，给你宋老师带回去。"

何子殊抿了抿嘴，没说话，低头开始挑。

陆瑾沉和白英就看着何子殊一根一根挑，神情格外专注。

白英没忍住，偷偷拿出手机，借着陆瑾沉的遮掩，拍了一段小视频，给宋希清发了过去。

【想给你带点地瓜干回去，让你儿子挑，你儿子不挑，还把袋子给了子殊，你看看多乖，给你挑个地瓜干都跟选美似的，一根一根挑的，记得

吃完。】

宋希清消息回得很快。

【我儿子。】

【哪个？】

【两个。】

白英笑着把手机收起来。

几人在院里又闲聊了一阵，等到中午的时候，余铭决定做一顿史诗级别的午餐，把录制组所有人都安排上。

虽是临时起意，却也热闹，节目组特意给村长打了个电话，没过多久，院里便支起了三个大红圆桌。

院子里闹得很，可里屋却有些安静。

因为在忙着直播前的准备。

青云台综艺向来能打，这与他花样繁多的"固粉特映"有很大的关系。

比如《偶像请就位》APEX 舞台首秀之后的下宿舍环节，又比如《榕树下》第一期的 A 团合体。

最后一期收官之战，虽说整体基调已经定型，但总归还是想给观众看些彩蛋。

官博底下又总有粉丝嚷着做菜的镜头太少，李旭想了想，索性开个直播。

官博后台立刻推送了及时消息。

临近中午，又是工作日，本来李旭想着当个彩头就好，动静也不用闹得太大，毕竟口碑、收视率都已经赚了，全权做一个回馈粉丝的环节。

可谁知道，飞速上涨的评论和转发数，把＃榕树下 直播＃的话题送上了热搜。

李旭给青云台公关部立刻发了消息。

【哪里没对接好？买热搜了？我们就随便直播一下，直播通道都是加急赶出来的，播几分钟还不确定，也不能保证直播质量。】

那头回了消息。

【没买，数据自己涨上去的。】

【……】

李旭跟何子殊打了个招呼："人可能有点多。"

陆瑾沉抬眸："上热搜了？"

"嗯。"李旭有些讪讪的，刚打算开直播的时候，说随便说个两句就好，现在看样子有点难办，又怕陆瑾沉误会，解释道，"打电话了，没买，实时搜索量比较高。"

白英擦了擦手，道："正常，发个小视频都能在微博上挂一天，别说直播了。"

李旭回了句："就小棉花糖那个？"

何子殊切菜动作一顿，下意识转头看李旭，忘了手里还举着把刀。

陆瑾沉失笑，屈指在刀背上敲了一下，发出"铮——"的一声响，开口："拿稳了。"

何子殊这才反应过来，意识到自己还举着菜刀，忙放下。

半个小时后，直播通道开启。

镜头刚一开，弹幕便被感叹号刷屏。

何子殊对着镜头开口："这次没做什么准备，也是临时开的直播，就做做菜聊聊天，大家可以随意点。

"余老师和白老师就在前面，等会儿会出镜。"

【陆队呢？陆队呢？陆队呢？】

【是四个人都在厨房吗？】

【啊啊啊啊啊啊啊，这个男人怎么什么角度什么衣服都这么好看！！！】

何子殊低头切菜，只能时不时扫一下弹幕，所以语速慢，语气很缓，就跟哄人似的，整个直播间都被带得格外温柔。

何子殊："都在厨房，队长也在，对，最后一期。"

【子殊能不能剧透一下呀？最后一期嘉宾是谁，一点消息都没有！】

【是不是阵容非常豪华！我看着窗外来来往往人好多啊！】

【有嘉宾吗？一点消息都没有，瞒得太好了吧。】

何子殊笑了下："有啊，阵容很豪华。"

场外摄制组愣了愣。

最后一期，不仅没有豪华阵容，连嘉宾都没有。

李旭打了个手势，刚想提醒何子殊，就听到一句："我们节目组全体工作人员。所以午饭任务艰巨，得让他们吃得开心才行。"

余铭、白英、陆瑾沉动作都顿了顿，看了他一眼。

何子殊说这话的时候，正低头清理菜叶。

没有深思熟虑，没有斟词酌句，漫不经心又眉眼含笑地说出了口。

节目组所有人都被这句"嘉宾就是节目组全体工作人员"弄得愣了一下。

他们当中很多人工作了十几年，跟拍的节目换了一个又一个，也录制了成百上千期节目，从来没听过这样的话。

那种熟稔又温柔的口吻，一下子砸下来，别说几个女策划，连李旭都老脸一红。

"这段一定要剪到正片里。"

"从今以后，我真的就是子殊和 A 团的死忠粉了。"

"第一期下大雨的时候，子殊也是，陆队也是，冒着雨就冲出来了，还让我们几个女生进屋子里去。"

……

【呜呜呜，这人间烟火的气息！】

【今日，我们都是《榕树下》工作人员。】

【呀！是我们的活力小憨来了！阿柴！我看到阿柴了！姨母抱抱！！！】

何子殊看了弹幕才发现阿柴来了，正朝着他摇尾巴。

不知道是不是太久没见了，今天的阿柴格外黏人，仰着脖子，用一双黑圆圆的眼睛看他，还吐着舌头。

何子殊摇了摇头，看着阿柴："不行，不能抱，手上切了辣椒，去外面玩，乖。"

【这种温柔的气息……】

【啊啊啊啊啊啊啊，疯狂心动！】

【之前有人问我，如果在路上捡到子殊的狗狗，会怎么样，我最开始

的回答，是抱着它去接近子殊，现在，我懂了，接近个屁！！！我要代替它！！！】

阿柴仍旧在脚边转悠，厨房到处都烧着水，何子殊没辙，小心翼翼地抱起它放到院子里，关上门。

等他回来之后，看到弹幕上好多人在问"关机仪式"的事。

何子殊偏头看向窗外："好多人都在问我们'关机仪式'的事，能说吗？"

李旭点头。

何子殊模糊了一下，讲了个大概。

何子殊说完，因着手背上沾了点黄泥，所以跟直播间说了声，转身进了浴室。

他不知道，身后的弹幕已经完全炸锅。

【要埋最喜欢的？不行啊！这样的话不得把我们子殊埋了！】

【带感！我有一个美丽的愿望，最后一期能播种子殊！】

【播种一个，一个就够了，会结出许多的许多的子殊！】

【送我一个送我一个！！！】

白英接下临时的主播位，看着疯狂扫过的弹幕，笑得不能自已。

余铭："弹幕说什么了，笑成这样。"

白英说了个始末，最后道："说要种子殊呢。"

陆瑾沉闻言，慢悠悠走了过来。

他刚露出一个衣角，弹幕就以席卷之势排队杀了出来。

【啊啊啊啊啊啊，这不是那个'等小哥哥下班'的陆队嘛。】

【依照惯例再问一句，陆队现在在干吗啊。】

陆瑾沉看着那句"等小哥哥下班"笑了笑，回道："陪小哥哥上班。"

承前启后，有因有果。

陆瑾沉露脸一分钟，就转身出了镜头。

何子殊出来的时候，看着屏幕上密麻到眼晕的弹幕，不明就里。

他努力回想走之前自己说了什么话。

好像也没什么，就剧透了一下"关机仪式"的事。

洗了个手的工夫，弹幕凶成这样，还全变成粉红色。

何子殊皱着眉，看了一下。

除了一长串的"啊"，就是一长串的"yooo"。

而且从他入镜开始，刷屏的速度就越来越快，接连盖了很多层。

何子殊正茫然，那边的陆瑾沉开了口："把手擦了。"

何子殊出来的时候，手上还沾着水，他嫌麻烦就没擦，被风一吹，没一会儿关节处就红了一片。

何子殊在厨台上扫了一圈，回道："等会儿还要洗菜。"

擦干了手也要打湿。

陆瑾沉："还有哪些要洗？"

何子殊指了指。

陆瑾沉："递过来，我去外面洗。"

何子殊想着分工也快，挑拣了些，放在盆里，摆得整整齐齐，给陆瑾沉递了过去。

两人的对话一字不落收进了直播间。

陆瑾沉没有入镜，只有声音，却莫名地更引人注意。

所有人都听得格外专注。

等何子殊把菜递过去，转身回来，手里已经多了条嫩黄色的毛巾。

想都不用想，是陆瑾沉给的。

何子殊有一搭没一搭地聊，粉丝也认真看。

等到直播结束的时候，满网都是何子殊低头做菜的动图和截屏，以及陆瑾沉那几句话。

院子的大红桌上，也不知道什么时候摆满了果干、米饼，还有用薄膜随便包了包的瓜子，众人围着，正在聊天。

余铭往窗外扫了眼，往锅里淋了一勺油，刺啦腾出一股子香气。

他笑呵呵："录制的时候，不让说话也不让随便走动，我看都憋坏了。"

白英正在摆盘，闻言道："我记得听谁说过，你以前还想过要去做幕后？"

余铭："年轻不懂事的时候。"

"还真有这想法?"白英抬头,调侃道,"这活你做不来,一天不说话,余老师还是余老师?"

何子殊听着好笑:"那就不是余老师了,是余导。"

余铭:"子殊懂我。"

陆瑾沉随口一说:"幕后挺好。"

余铭甩了甩手,转身把锅盖压上:"别,也还能再用两年。"

三人笑了笑,把话题揭过。

院外的人起身,扒着窗户朝里看,见灶火都熄得差不多了,三两进出,把菜都摆了出去。

桌子摆满,人齐落座。

要素材,就得动设备,要动设备,就得有人看着,意味着有人就吃不上饭。

下次聚齐也不知道是什么时候,何子殊他们又特地做了这一大桌,李旭随便拍了几个菜和吃饭的镜头,索性关了设备。

没了收音话筒,气氛又着实好,没多久,便开始唠嗑。

有人特意提了一句:"这大桌子是村里办喜事用的,刚村长送来的时候,特意说了一下。"

白英喝了一口汤:"怪不得这么喜庆。"

她看了看桌子上画着的图案,伸手描了描:"这是鸳鸯吧。"

何子殊:"嗯,那两桌画着并蒂莲和鹣鲽。"

余铭:"村子里喜事大多都是流水席,图个热闹。"

众人吃吃聊聊,结束的时候,太阳都落了大半。

节目组包下了善后工作,放何子殊他们去休息。

何子殊给阿柴做好晚饭,蹲着陪它玩了会儿。

白英躺在藤椅上喊:"子殊,要走了,和瑾沉一起,去跟附近的邻居打声招呼,谢谢他们这几个月的关照。"

余铭在矮檐上看了半天,补充道:"顺便看看大米和小油去哪儿了,孩子大了,就不着家了。"

何子殊应声。

就是随便逛逛，陆瑾沉也没让节目组跟，两人沿着小路走。

割稻时节早已过去，没了机器的轰鸣声。

可埂道依然是原先的样子，人也还是那些人，却又跟以前不同。

现在路上再遇上的时候，已经可以停下寒暄好一阵了。

从秋分到小寒，撕着日历数一下，一季，三个月，六个小节气。

不知不觉中，原来他们也已经在小屋里待了这么久了。

何子殊深吸了口气，空气里卷着些不知名的香气，说道："也不知道下次来是什么时候。"

陆瑾沉："想来随时可以来。"

何子殊笑了下，把脚边一块碎石踢进路旁的渠沟："还记得第二天的时候，姐也是让我们两个出来，去跟邻居打声招呼。就跟今天一样。"

何子殊低着头，自顾自说着，声音很轻，飘在暮色的软风里。

那时候他还有些怕陆瑾沉，也不太敢和陆瑾沉说话，可陆瑾沉却把盐盐送给了他，还有很多。

何子殊抬眸："后来我问文哥了，他说那天晚上在保姆车上的是你。"

他还误会了，以为是汪文，还让这人帮着道谢。

原来那句"他知道了"是这个意思。

从医院醒来，他的生命里慢慢多了很多东西。

曾经让他不安的，让他无措的，原来都有着温柔的模样。

在之后的岁月里，被风一点点吹开，在心头慢慢沸腾。

何子殊慢慢说，陆瑾沉静静听。

直到两人在附近转完一圈。

天光已经大暗，路上没有人，也没有声音，只有聊胜于无的灯光，虚虚照着。

陆瑾沉朝着阶梯上的何子殊轻笑："回家了。"

何子殊："嗯。"

回家了。

翌日，何子殊他们再起来的时候，檐角已经挂起了几个大红灯笼，在正门镂空的窗几上，还贴了几个倒着的"福"字。

热闹的红色，院里晒着的辣椒也很鲜艳，可录制组建好的小棚已经空了大半。

李旭念叨了一早上，说明明昨天看天气预报的时候，还说今天又是晴又是无风，这也适宜那也适宜的，临了搞这冷沉沉的一出。

所有人都被第一期那场大雨吓怕了，只好摸黑爬起来，赶早撤了很多设备。

白英昨晚睡得浅，听着楼下的动静就没睡了，还难得地化个妆，端着杯燕麦站在院子里。

何子殊从楼梯下来，穿了一件兜帽衫，看着就薄，白英远远看见，进了门，看着他说道："今天天气冷，怎么就穿了这么点，上楼，先把衣服换了再下来。"

白英说完，从兜里掏出一个暖手宝出来，直接塞给了何子殊。

何子殊被烫得一激灵，微微张口，便呵了口白气。

屋子里暖气开了一个晚上，把窗都洇得水腾腾，湿得慌，何子殊又觉着闷，也没注意，随便套了件衣服就下楼了，也不知道外头这么冷。

白英："换件羽绒服再下来。"

何子殊应声，把手缩进袖子里，往楼上走。

刚走上台阶，转角处就传来脚步声，何子殊循声抬头，便看见了陆瑾沉。

陆瑾沉手臂间还挂着一件羽绒服。

何子殊眼角弯起一个小弧度，梯口光线暗，眸子却很亮："哥，早。"

陆瑾沉笑了笑："早。"

何子殊指了指陆瑾沉臂间的羽绒服："今天外面很冷，哥你把衣服穿上再出门。"

陆瑾沉从楼梯上走下来，把衣服披在何子殊身上："知道冷，还穿这么点。"

何子殊晃了晃头，把脑袋从羽绒服宽大的帽子里露出来："这个你自己穿，我上楼穿自己的。"

陆瑾沉趁人还恍惚着，低头替他扣领口上的系扣，"啪嗒"一声响，回道："不是被小周带走了吗？"

何子殊想了想，这才记起来昨天理行李的时候，他觉得怕羽绒服占地方，这两天体感温度又高，就让小周收走了。

何子殊抿了抿嘴，轻声道："你怎么知道被小周带走了？"

陆瑾沉从善如流："汪文发了信息，问要不要送过来。"

何子殊穿好衣服，疑惑道："这是不是我的？"

不像是陆瑾沉的，因为很合身。

陆瑾沉："嗯，你的。"

何子殊低头看了眼时间："文哥他们送过来了？"

陆瑾沉："没。"

何子殊怕冷，又经常不好好穿衣服，陆瑾沉现在光车上就有三四件照着何子殊尺寸做的羽绒服。

所以汪文问他要不要送过来的时候，他说不用，因为他那里有。

两人往院子里走，还没走到，刚跨过门槛，顶上突然晃悠悠掉了个东西下来。

何子殊都没反应过来，厚实的羽绒服一个缓冲，他下意识一伸手，就接了个从天而降的"福"字。

何子殊眨了眨眼睛，又眨了眨，随即抬起头来，看着那梁框。

梁框还沾着点糨糊痕迹，可能是本身就没贴牢，糨糊又不干，被风一吹就掉了。

不远处的工作人员和白英见到这一幕，直接笑出了声。

白英："吉祥物就是吉祥物，我都在这里站半天了，这'福'字也没往我头上砸。"

何子殊有些不好意思，道："我重新贴一下。"

工作人员从储物室拉了个过膝高、敞口式的编篓出来，入眼皆是红彤彤一片。

白英惊了惊："这么多？"

有人道："都在里面了，春联、灯笼、福字、拉花什么都有，挑自己喜欢的就好了。"

"一年到头最热闹的也就春节了，就想趁着我们没走之前把屋子捯饬一下，别人看着也喜庆。"

何子殊："那也不用买这么多吧。"

工作人员："批发的，就说都有用，具体有什么用我们也不知道。"

白英看着何子殊："先挑着，我进去把杯子冲一冲，干了不好洗。"

何子殊点头，蹲在编篓旁挑拣。

里里外外全部贴好，金花红料，看着分外明快。

厨房里炉灶正起，煲着粥，烟火气息扑面而来。

余铭今日起得迟，看着这一屋子的红火挂件，说不吃顿饺子都对不起这一大早的忙活。

于是和面、调馅、下水，闹腾腾吃了顿饺子。

窗外飘了雨，不大，却很密，细碎着沾在眼睫上。

天光有些暗，被枝叶一遮，更是看不出什么颜色来。

几人一起往后山走，录制最后的镜头。

李旭说完那句"在小屋里最大的收获"的时候，何子殊下意识想偏头去看陆瑾沉，还有白英、余铭、节目组、盐盐、阿柴、每个嘉宾，甚至是这个小村庄，都是他的收获，每个日子，每个人都是特别又温柔的存在。

李旭给每个人发了个盒子。

也看不出是什么材质做的，银色，色调看着有点冷，可盒子上却印着几个花痕。

何子殊一眼就看出来，那是盐盐的小梅花印，阿柴的小肉垫，还有大米和小油的。

何子殊笑了下，节目组是真的很用心。

何子殊没放什么特殊的东西，只有一张照片。

是闹得满城风雨的那时候，陆瑾沉发过的。

《榕树下》第一期，最后一个晚上，他们四个人的照片。

何子殊其实没想在这些人和事当中分个高下，也不是非要分个高下。

只是在李旭开口说这个话的时候，他脑海中第一个出现的，就是陆瑾沉、谢沐然、纪梵他们。

除了自己，彼此之间都不知道各自放了什么。

李旭也没有取这个景。

他做这个的目的，不是为了给观众看，只是单纯觉得，要给白英他们留下点不同的，能够念想的。

在以后的某一天，说不定就会悄无声息地重新出现。

最后一个镜头结束，《榕树下》第一季正式落下帷幕。

李旭也说不清会不会有第二季，但他知道，就算有第二季，也很难再请到这班人马了。

你我本无缘，全靠"欠人情"。

李旭的私心是没有第二季的，不是怕第二季的嘉宾砸了招牌，也不是怕他们不够好。

只是觉得，换了人，换了屋子，《榕树下》就不是《榕树下》了。

和电视剧、电影杀青不同，《榕树下》开始得安静，结束得也很安静。

从闲聊着开始第一期，也从闲聊着结束最后一期。

只有沿着山路，回到小屋的时候，看着院子最角落，突然拆了的录制棚，几人才有了几分真切感。

何子殊被几个工作人员围着，抽不开身。

陆瑾沉想去把人带出来，汪文就跑了过来。

汪文往后指了指："哥，白老师在楼上那个小阁楼等你。"

陆瑾沉朝着阁楼的方向一看。

白英就撑着手，站在窗边，看着他。

陆瑾沉给汪文留下一句"别让人上来"，转身，朝着阁楼走去。

木门依旧吱吱呀呀响着，这小房间鲜少人走动，也不通风，天气好时不显，天气一潮，就散着股霉气。

白英关了窗，光线越发暗："《榕树下》结束，这几天乐青那边有没有什么其他安排？"

陆瑾沉："没。"

白英点头："上次说过的，试镜差不多也就这几天了。"

陆瑾沉："什么时候？"

白英："具体还不知道，试镜片段也还未定。导演是王野，你也知道他的脾气，不会给什么面子。"

"有两场戏是硬骨头，难啃。"白英轻声说，"其他也不见得简单，剧本变动，尤其是他那条人物线，满了很多。"

陆瑾沉："满了很多？"

"嗯，丰满了很多，对一个演员来说肯定是好事，"白英语锋一转，"但老师的建议是隔离几天，全部人都别联系。"

陆瑾沉皱眉。王野，梁也，不仅名字像，做事风格也像。

为了一个镜头磨好几天是常有的事。

圈子里很多人甚至都说王野就是翻版的梁也，跟当年尚且年轻时候的梁老，简直就是同一条生产线落地的。

陆瑾沉："梁老什么意思？"

白英："得把他放到那个环境里去。"

陆瑾沉："需要多长时间？"

白英："看他自己，我也不知道，快的话就几天，慢的话可能要几个月。"

"我的意思是，最难的那场戏，想要少吃点苦，就得浸点东西进去，但也只是阶段性的，我怕他入不了戏，也怕他出不了戏，所以你也得准备好。"

陆瑾沉："？"

白英："那几场戏份过去了，如果出不来的话，你得帮一把。"

陆瑾沉不答。

"他的事，可以等拍戏的时候再说，现在是个什么情况，也都说不准。"白英抬眸，定定地看着陆瑾沉，"现在，来说说你的事。"

白英语气一沉，整个人看起来，便锋锐了很多。

陆瑾沉却不同，话题从何子殊身上一转，他便淡了神情，回道："我有什么事。"

白英："你想做什么？电视剧不接，电影不接，综艺不接，其他资源也慢慢脱手，你这是转的哪门子型？

"陆瑾沉，你别告诉我，你这就打算退圈了？！"

陆瑾沉慢悠悠地走过去，推开窗，撑着半干未干的台面，看着楼下被众人围着的何子殊。

半晌，他轻笑："没。"

白英微微偏头，看着陆瑾沉。

顿了好一会儿，白英才转过身，半倚着墙，顺着陆瑾沉的视线往下看。

何子殊被围在人群中间，正笑着，手上是一个暖手宝，粉灰色，隐约能看出是个玩偶的轮廓。猜也知道是那些女策划给的，知道他的体质，怕他冷。

白英笑了下："你看看，他多受欢迎。"

"让宋老师放心。"陆瑾沉轻声道，"退不了。"

"你知道？"白英一噎，"谁跟你说的？佳安？"

她之所以把人特意叫上来，还真是授了宋希清的意。

"她还没来得及，应该也快了。"陆瑾沉轻笑，"被白老师抢先了，不是吗？"

白英："既然不退圈，那也好办，拍电影就选剧本，约歌就写专辑，这些东西也不是说说就来的。你别以为我不知道，沐然和小梵很多资源都有你的手笔，队长是做得够称职了，麻烦抽个空给自己打算打算。"

白英没说，其实她在问出那句"难不成真要退圈"的时候，语气重，但心里头并不惊讶。

她甚至默认了陆瑾沉会答一句"是"，因为这太符合这人的脾性了。

反倒是那句"退不了"，让她怔了怔。

陆瑾沉抬眸："在做打算。"

白英："？"

陆瑾沉："我说了，幕后挺好。"

白英彻底愣住，脑子里忽然闪过早上的片段。

"我记得听谁说过，你以前还想过要去做幕后？"

"年轻不懂事的时候。"

"还真有这想法？"

"那就不是余老师了，是余导。"

"幕后挺好。"

……

白英："……"

她自己挑起的话题，也是她结束的话题。

所有人的玩笑话中，陆瑾沉那句没什么情绪的"幕后挺好"，是仅有的一句真话。

白英："你想去做什么？"

陆瑾沉直接开口："公司。"

白英一下子懂了，却也被惊了一下。

现在圈子里黎星、乐青、华夏几乎就是"三分天下"的局势，没有一家独大，相互制衡。

高层之间私交也比较密，因此这个"生态环"紧凑流畅，一环扣着一环。

要是陆瑾沉从乐青抽出来，这条链一断，就有点难保证了。

尤其是 APEX。

陆瑾沉一走，其他三个不也得跟着一起跑？

摇钱树一跑，乐青不也得跟着乱？

网上还不得闹翻天？

白英："你可想好了，把他们三个带出去，不一定是好事，现在处在一个转型期，每一个决定都要深思熟虑。而且你上哪儿找艺人，除了挖墙脚，就是培养新人，无论哪个，都不是说说就可以做的。"

白英不担心陆瑾沉的人脉，更不担心他的资金链，唯一担心的，就是这每一件事都不可能闷头去做。

要做，一定有动静，有动静，别人就盯得紧。

陆瑾沉失笑："为什么要带出去？"

白英："？"

陆瑾沉："艺人都是现成的，不用培养，也不用挖墙脚。"

白英眉头越皱越深，半晌，压着声音开口："你想要乐青？"

她从一开始就没往这个方向想。

沈誉和陆瑾沉关系在那里摆着，怎么想，陆瑾沉也不会去动沈誉。

陆瑾沉看着白英这一脸"家门不幸"的表情，没忍住，笑了："沈伯父要回来了。"

白英："沈誉他爸？"

陆瑾沉："嗯，沈家重心要转到国内。"

可无论手伸到哪儿，娱乐产业，绝对不在沈家"重心产业"这个范畴内。

当年沈誉买下乐青的时候，也是从别人手里低价接手，本身就带了"半玩票"性质。

现在乐青做大了，可沈誉就不行了，不仅被他爸咬住了，还被咬得死死的。

白英："所以沈誉急着脱手，你恰好接手？"

陆瑾沉："明面上的人，必须是我。"

乐青红利正盛，很难估价，沈誉不计较，陆瑾沉却不会让他吃亏。

但明面上乐青的老板，得是陆瑾沉。

一来，让沈誉他爸宽心。

二来，是为了何子殊。

跨年晚会一个"敲钟人选"，都能被营销号抓成那样。

偏心、资源不均、乐青"强捧"等名号，一个接着一个。

如果乐青明面上的人，换成陆瑾沉，性质就变了。

就像沈誉之于陆瑾沉。

两人的关系就在那里摆着，没遮没掩，几乎是默认的"规则"。

哪怕资源全砸他头上，不服，也只能憋着。

就像粉丝经常对特意来酸的黑子说的话——"有本事，你也有个总裁朋友啊。"

公司老板和公司艺人，差的从来不是"身价"，而是"身家"，如果他接手了乐青，很多事就迎刃而解了。

白英把利害关系理了个遍，虽说放心了很多，却还有些顾虑："沈家就沈誉一个儿子，别忘了你也是，其实找个人上去，就跟沈誉和你一样，也不是护不住。"

陆瑾沉："不一样。"

白英："？"

他和沈誉不一样。

沈誉能管得了他一件事，却管不了全部，但他能。

陆瑾沉看着白英，一字一字道："要他完全没有后顾之忧，拍什么电影，接什么节目，在哪儿拍，和谁拍，都随着自己的心思来。

"那这个人，只能是我。"

白英忽然觉得，她可能没有自己想象中那么了解陆瑾沉。

就像现在，他们两人站在这霉潮湿漉的房间里，站在低矮的窗口旁，安安静静看着何子殊，安安静静做完了所有事。

白英伸了个懒腰："那是不是该改口喊你陆总了？"

陆瑾沉笑了下，随口道："还早。"

《榕树下》录制结束后的第四天，何子殊拿到了《天尽头》的首稿剧本。

林佳安把剧本给他的时候，已经是晚上了。

剧本被一个土黄色的密封袋包着，外头红色封条已经被拆了一半，鼓起一个夸张的弧度。

谢沐然在手上掂了掂，重量感人。

半晌，他目露震惊："这是……剧本？"

怎么能这么重，不会还有《天尽头2》《天尽头3》《天尽头之尽了又尽》什么的吧。

居然还用密封袋封着！他还以为拿了沓试卷进来。

林佳安："这是王野导演个人习惯，他这个人特别注重仪式感。

"这份本来是给英姐的，她过了一遍，先拿来给你，除了剧本，还有她的一些东西。"

谢沐然点了点头："吓死我了，我还以为光剧本就这么厚。"

何子殊笑了笑，接过袋子，开口："姐，那边有说试镜时间吗？"

"还没，不过应该也就这几天了。"林佳安继续道，"英姐这两天不在国内，去参加电影节开幕式了，可能联系不上，要你先好好看看剧本。"

何子殊点头应下。

因为是首稿剧本，林佳安放心不下，所以没让其他人送，亲自走了一趟。

等把稿子交到何子殊手上，连杯水都没喝完，接了个电话后，直接打道回了乐青。

纪梵和陆瑾沉这两天又被一个品牌方邀请，正在国外，因此别墅里只有谢沐然和何子殊。

谢沐然给何子殊温了杯牛奶："要不要给你做点吃的？"

何子殊笑了下："不是刚吃过吗？"

"怕你等会儿饿。"谢沐然指了指那个袋子。

谢沐然太了解何子殊了，这人一向认真，试镜时间又紧，今晚肯定会通宵把剧本看完。

谢沐然："我蒸几个包子，放在厨房温着，你饿了记得下来吃。"

何子殊："好，你明天不是还要赶飞机吗，快去睡觉。"

谢沐然还有些不放心："你也别睡太晚，慢慢看，好剧本，要细细研究！"

何子殊点头。

谢沐然语调一扬："一定要早点睡，否则我就跟哥打报告。"

何子殊："……"

何子殊回到房间，刚进门，谢沐然就发了个表情包过来。

图上正是《天尽头》导演，王野。

他靠坐在一张黑色的沙发椅上，应该是正在接受采访，手里还举着一个话筒，面带微笑，却因着充满个人风格的"锐利眼神"，变成一张标准嘲讽脸。

底下是谢沐然自己用不知道什么软件添的字，写着：有的人试图用一晚上就弄懂我几年的深邃思想。

何子殊笑得不行。

等换好睡衣，他坐在床上，才把拆了口的密封袋完全打开。

入眼的就是"天尽头"这几个字，何子殊猜应该是王野手写的，看着有些潦草，但很大气。

剧本封面颜色发黄，有一种粗砺毛糙的触感，像是有些年岁的旧纸张。

何子殊再一次感叹王野导演那别具一格的仪式感。

何子殊深吸一口气，慢慢从床上起身，走到桌子旁，坐得规矩又端正，这才打开了剧本。

这一看，就没有歇下来。

在剧中，白英饰演的女主角名字叫杨美珠，有一个自闭症的儿子。

而他扮演的角色叫林秋，是个小哑巴。

林秋和杨美珠的交集，始于一条小巷。

与坑洼狭窄，又满目斑驳的连排屋不同，这条小巷有一个与之完全不符、突兀到甚至有些诡异的名字——天尽头。

杨美珠和林秋是同时搬进来的，两家门挨着，阴错阳差成了邻居。

林秋不会说话，是个小哑巴，但一双眼睛生得格外漂亮。

林秋喜欢花草，窗前总摆着几盆，是这个小巷子里难得的亮丽颜色。

周围人都很喜欢他，但别人看不懂他的手语，久而久之，渐渐也不打扰了。

和林秋不同，巷子里的人，对杨美珠这对母子，却敬而远之。

因为杨美珠有一个患有自闭症的儿子，每到深夜，这孩子就会嘶吼得格外厉害。

那种尖锐又怪异的喊声足以扎透这条巷子，一两天人们还能忍，时间一久，闲言碎语就多了起来，甚至有人说杨美珠的儿子是怪物。

杨美珠不想再让别人说她儿子的事，不得不用布条封住他的嘴。

小巷这么多人中，最受其扰的，就是隔壁的林秋，但林秋却从不像别人一样，从不去敲门，也从不破口骂。

因为他第一眼就知道，隔壁的那个小孩子也跟他一样，不能说话。

或者说，是不会说话。

那个小孩子生病了，病得比他严重。

278

两家人原本相安无事，直到一场火……

何子殊一页一页看，看林秋，看杨美珠，看她的儿子，看小巷子里其他人。

那种长久的专注很要命，剧本只翻了一半，额角、耳后便有种针扎似的疼。

何子殊用掌根抵着太阳穴的位置，揉了好几分钟，也没见情况有什么缓和的迹象。

谢沐然半夜被渴醒，本来想去喝个水，可刚出门，透过何子殊房间的门缝，发现里面还透着光。

谢沐然知道何子殊睡觉的时候，都会留盏灯，但绝对不会这么亮。

他走过去，按着门把手，小心翼翼推开门。

床上铺得齐整，没睡人。

谢沐然往旁边一瞄。何子殊背对着他，正揉着额角，明显不大舒服。

谢沐然看了小半会儿，皱着眉，把门轻轻关好，最终转身回了房间。

他知道哪怕现在他进去把何子殊赶到床上去睡觉，那人心里挂着事，最终还是会爬起来。

所以他说没用，得找个有用的。

谢沐然看了看时间。

凌晨 4:37。

那梵梵他们那边应该是晚上九点多。

时间差不多，刚刚好。他拿出手机，给陆瑾沉发了个信息。

房间里的何子殊，在桌上趴了好一会儿，又接连做了三四个深呼吸，准备继续往后翻。

这时，微信突然发出"叮咚"一声响，在这一丁点声响都没有的房间里，格外清晰。

何子殊被这突如其来的消息吓了一跳，指尖都颤了颤。

他低头，一看消息界面，是陆瑾沉。

何子殊下意识地看了看时间。都这个时间点了，陆瑾沉怎么还会给他发消息？

何子殊突然想起来刚刚趴着休息的时候，隐约好像听到了关门声，当时还以为是自己听岔了，现在看来，应该没听错，的确是沐然。

何子殊正想着要不要去隔壁看看，白色的消息框倏地闪出来，满满当当，不偏不倚，挤了整整一个屏幕。

【小哥哥，在吗？小哥哥还没睡吗？小哥哥是搞什么工作的，这么忙的吗？自拍发来看看？有空出来吃个饭，睡个觉吗？小哥哥在吗？在忙吗？朋友圈为什么一张自拍都没有？没有的话，现拍一张给我看看？这么晚还不睡觉，是想等谁吗？要不要接个视频？】

何子殊把那个头像来回看了不下五遍。

看着熟悉的黑色背景，熟悉的"陆"字，还顺手点进了朋友圈，最新一条还是小半月前的"新年快乐"。

何子殊这才确定没有人顶着陆瑾沉的头像恶作剧。

看着这一连串的"小哥哥"，何子殊忽然想起自那次直播后，每次只要他开个直播，也是闪过满屏的"小哥哥"。五彩斑斓，什么颜色都有。

何子殊本来以为自己都快免疫了。

"叮咚"又一声响。

何子殊回神，从陆瑾沉朋友圈退出来。

界面上是陆瑾沉的第二条消息，只有一句话，干净利落。

【还要我继续问吗？】

何子殊知道陆瑾沉那一大段话是故意的，怕他一门心思扑在剧本上。

效果也挺显著，他现在满脑子都是"小哥哥"了，哪还看得下剧本。

何子殊都能想象陆瑾沉发这句话时，用的是什么表情。

他深吸一口气，敲了敲键盘。

【不了。】

陆瑾沉那头几乎是秒回。

【所以现在该做什么。】

何子殊抿嘴。

【睡觉。】

何子殊一觉睡得很沉。

醒来的时候，已经是下午了。

小周带了饭，在楼下等他。

何子殊吃了几口，坐在沙发上，仔仔细细把剧本看完了。

他这才知道，白英口中的"难骨头"，指的不是林秋这个"哑巴"的人物设定，而是后来的心境转变。

因电线老化，巷里起了一场火，火起初烧得不大，可烧得很快。

林秋发现的时候，已经来不及了，一根断了的石杆斜着塌下来，横在门和窗上，封死了他的路。

门打不开，窗户也打不开。

巷子里各种尖叫声，所有人都在呼救。

可是林秋不会说话。

他拍着门，希望有人能听见，可是没有。

在他们那里，门口的三轮车、院子里散养的鸡，甚至是未收的衣服，都比他起眼。

是原本已经跑出去的杨美珠，觉得哪里不对劲，一直放不下心，带着消防员折返了回来，才救了他。

那天晚上，杨美珠给林秋做了碗饺子，说她儿子最喜欢吃饺子。

吃饺子的时候，是她儿子最安静的时候。

林秋也是那时候，才知道杨美珠的事。

原来，她带着儿子是来这边看医生的。

因为听别人说，这里的医生很好，能治好她儿子的病。

要治病，就必须赚钱，而且数额不小。

林秋很感激杨美珠，于是在杨美珠出去工作的时候，他会帮着照看她儿子。

杨美珠的儿子也姓林，叫林阳阳。

林阳阳很喜欢林秋。

可就在这段时间，杨美珠的人生也发生了翻天覆地的变化。

最后，她的儿子，成了压垮她的最后一根稻草。

杨美珠把儿子丢给了林秋，走了。

在林秋还没出现的时候，为了上班，杨美珠会把儿子绑在床上。

哪怕用的绳子是用一种特殊材料织的，还加了绒，努力不伤到她儿子。

可林秋不喜欢，他觉得是绳子，绑着都会疼的。

他总是很耐心，带着林阳阳看花、晒太阳。

可当杨美珠把儿子抛给他的时候，慢慢地，一切都变了。

林秋学着杨美珠，把孩子绑到了床上。

小孩子又开始声嘶力竭地喊叫，一次比一次喊得更响。

他也跟着整宿整宿失眠。

巷子里的人劝他把孩子送到福利机构，可这需要手续，需要各种证明，他拿不出来。

他拿不出来，就会惊动警方。

意味着，他会亲手把救他一命的杨美珠送到牢里。

他不信杨美珠会这么狠心，所以他想再等等。

他不会说话，火场里，是杨美珠救了他，就像他第二个母亲。

林阳阳也不会说话。可这次，杨美珠没有救自己的亲儿子。

两个月过去，杨美珠音信全无。

心力交瘁中，林秋甚至分不清，杨美珠究竟是救了他，还是害了他。

他只知道窗台的花枯了，枯了很久了。

最后，林秋做了碗饺子，看着那个孩子吃完。

他松了绳子，开了门……

这两个月里，他变成了第二个林阳阳，会砸东西，不愿和人接触。

也在最后，变成了第二个杨美珠。

走出巷口的瞬间，林秋回头看了一眼。

对他来说，对杨美珠来说，对巷子里很多人来说，这个"天尽头"，其实是没有尽头的。

何子殊合上剧本，神情都有些恍惚。

林秋的戏份，在最后那一眼中结束。

他只是《天尽头》众多故事线中的一条支线。

就像白英说的，故事线满，不代表戏份就多。

在电影里，很多事情甚至会精简成几个镜头，所以说王野口中的"眼神很重要"，就是这个意思。

在何子殊想翻第二遍的时候，小周把剧本没收了。

何子殊这才知道，小周是陆瑾沉派来的第二个小间谍，因为第一个已经坐飞机走了。

何子殊没辙，比起谢沐然来，他反倒更怕小周。

因为这个小间谍，滴水不漏。

陆瑾沉想知道什么，二号小间谍绝对知无不言，言无不尽。

何子殊一连五天都泡在剧本里，根本没心思做其他事。

直到《天尽头》，正式试镜。

APEX

- 未完待续 -